SÍGUEME EN LA OSCURIDAD

HELEN HARDT

SÍGUEME EN LA OSCURIDAD

TITANIA

Argentina • Chile • Colombia • España
Estados Unidos • México • Perú • Uruguay

Título original: *Follow Me Darkly*
Editor original: Amara, an imprint of Entangled Publishing, LLC.
Traducción: María Palma Carvajal e Inmaculada Rodríguez Lopera

1ª. edición Febrero 2023

Plaza de los Reyes Magos, 8, piso 1.º C y D – 28007 Madrid
www.titania.org
atencion@titania.org

ISBN: 978-84-17421-97-7
E-ISBN: 978-84-19413-47-5
Depósito legal: B-21.934-2022

Fotocomposición: Ediciones Urano, S.A.U.
Impreso por Romanyà Valls, S.A. – Verdaguer, 1 – 08786 Capellades (Barcelona)

Impreso en España – *Printed in Spain*

Para Dean, Eric y Grant

1

Addison Ames odia el café.

Es más, dice que el olor le da arcadas.

Pero aquí está, con un café moka con canela en la mano, mientras le hago una foto con su teléfono móvil. Extiende el brazo izquierdo porque tiene que parecer un selfi. Uno perfecto, que es donde entro yo. Un selfi normal está sujeto a tonterías como la longitud del brazo y una iluminación defectuosa, así que tenemos que crear la ilusión de que se lo ha hecho ella.

Bean There Done That, un nueva cafetería que espera hacerle la competencia a Starbucks, acaba de pagarle a Addison un montón de dinero para que publique un selfi con una de sus bebidas hípster. Al parecer, el hecho de que una heredera de un hotel de Boston deguste su bebida dice mucho.

Aunque todavía no he descubierto qué es lo que dice exactamente.

Addison no podría gastar su fortuna ni en tres vidas, pero le pagan por posar con una sonrisa falsa y un café con leche.

La edito enseguida, haciéndola parecer aún más guapa de lo que es, y le doy el teléfono.

Ella sacude la cabeza.

—No. En esta me veo gorda y tengo el pelo hecho un desastre.

¿Gorda? Pero si Addison podrá pesar unos cuarenta y cinco kilos como mucho... Aun así, vuelvo a tomar el teléfono. Odio no hacerlo bien a la primera, pues soy una maniática del control por naturaleza, pero ya estoy acostumbrada. Toma una polvera del bolso, juguetea con su pelo rubio y vuelve a posar.

Necesito este trabajo. Tengo suerte de tenerlo. Me he dejado la piel para conseguirlo, calculando cada movimiento que hacía. Si no, ¿cómo iban a contratar a Skye Manning, granjera de Kansas y aspirante a fotógrafa, como asistenta de Addison Ames, heredera de un hotel y extraordinaria *influencer* de Instagram? Para mí es una estrategia empresarial y no voy a estropearlo, por mucho que mi jefa me ponga de los nervios.

Vuelvo a tomar la foto. Es casi idéntica a la primera. La edito y le paso el teléfono.

—Mucho mejor —dice—. Sube esto de inmediato. Utiliza el texto que nos ha enviado la empresa. Ya están detrás de mí porque tenía que haberlo publicado a principios de semana.

Asiento, etiqueto la ubicación y publico la foto.

Pasando el rato en la nueva cafetería Bean There Done That en el centro de Boston. ¡El café moka con canela es para morirse! @beantheredonethat #colaboración #elcaféesunadroga #caféadicta #café #latte #beantheredonethat

En cinco minutos, Addison tiene mil «me gusta» y cien comentarios.

Alucinante.

A veces, Addison escribe ella misma el texto. Pero, por lo general, soy yo la que suele encargarse. Esta vez, utilizamos el texto de Bean There, ya que Addison no tiene nada bueno que decir sobre ningún tipo de café.

No comparto su opinión con respecto al café. No me canso de tomarlo y se me hace la boca agua con el café moka con canela que acabará en la basura. ¿Se le habrá pasado por la cabeza siquiera ofrecérmelo?

Pues no.

Addison Ames no se preocupa por quien la «ayuda».

Mi teléfono no deja de sonar con nuevos comentarios en la última publicación de Addison. Miro hacia abajo. Sí, más de lo mismo:

¡Addison, eres lo máximo! #erestanguapa

¡Me encanta el café moka con canela!

Me encanta tu brillo de labios. ¿De qué marca es?
¡Bean There es lo mejor! #quiénnecesitaunstarbucks
¡A ti y a mí nos encantan los cafés moka con canela!
¡Te quiero, @realaddisonames!

Hasta que se me cae la mandíbula al suelo.

Buen intento, @realaddisonames. El café te hace vomitar.
Yo lo sé bien. #eresunamentirosa

Oh, oh.

Parte de mi trabajo consiste en borrar todos los comentarios negativos en cuanto se publican, y estoy a punto de hacerlo cuando me doy cuenta de quién es el que lo ha escrito.

@bradenblackinc

¿Braden Black?

¿El multimillonario? No puede ser.

Pero lo es.

Su foto de perfil es muy acertada. Tiene un precioso cabello oscuro y unos ojos azules intensos y brillantes. Lo sé porque me he pasado el último mes babeando con su publicación en *GQ*. No hay duda de que es Braden Black. Es un nuevo multimillonario, no ha heredado el dinero como Addison, y está claro que proviene de una familia de clase trabajadora. ¿Cómo es que se conocen?

En realidad, da igual. Rápidamente borro el comentario ofensivo y busco entre el resto. Esta parte de mi trabajo es interminable. Las publicaciones en las redes sociales son eternas, así que un comentario negativo puede aparecer en cualquier momento. Mi único consuelo es que Addison rara vez revisa su cuenta de Instagram. ¿Las preguntas que a veces responde? Soy yo, no ella. Tiene un Instagram privado para su gran círculo de amigos ricos y también utiliza otras redes sociales. Pero es con su Instagram público con el que gana dinero.

Tomo un Uber por mi cuenta para volver a su oficina. Se encuentra en uno de los hoteles más elegantes de su padre, en el centro de Boston. Aunque Addison no tiene un horario normal, se espera que yo sí lo tenga. A mí me da igual. Es un trabajo. Se supone que un trabajo tiene un horario normal. Por supuesto, a menudo me llama fuera de esas horas normales si necesita que le haga un selfi.

—Nadie me hace un selfi como tú, Skye —me dice con una sonrisa.

Debería sentirme halagada. Mi habilidad como fotógrafa ha tenido mucho que ver con que consiguiera este puesto. Vale, no es exactamente arte. Pero al menos estoy haciendo lo que me gusta.

Más o menos.

Todo forma parte de mi plan maestro.

Unos minutos después de mi regreso, Addison entra por la puerta de la oficina.

—Hola, Addie —la saludo.

Está mirando su teléfono, escribiendo muy rápido, cuando...

—¿Qué diablos es esto? —Sus mejillas se vuelven de un rojo intenso.

—¿Qué ocurre?

—Este comentario. ¡Mierda! ¿Por qué no lo has borrado?

—¿El de Braden Black? Lo he hecho.

—No, no lo has hecho. ¡Joder! —Y lanza el teléfono contra la pared, y luego rebota en el suelo.

Me apresuro a buscar en su Instagram.

Mierda.

Todavía sigue ahí.

Estaba segura de que lo había borrado. No debo haber presionado lo suficiente el icono de la papelera. Esto no es propio de mí. Mi atención a los detalles suele ser monstruosamente impecable. ¿Por qué ha tenido que elegir el día de hoy para mirar la cuenta?

Esta vez me aseguro de que ha desaparecido y luego leo el resto de las hordas de comentarios, buscando cualquier cosa que pueda dejar mal a Addison o a Bean There. De momento no hay nada más.

Addison recoge su teléfono. Está bien. Tiene la funda más absorbente de golpes que puede haber. Es genial, porque tira mucho el teléfono.

—Lo siento —comento—. Lo he visto en Bean There y pensaba que lo había borrado entonces.

Addison no responde.

—A tus seguidores les encanta la foto —añado, tratando de sonar alegre—. Los de Bean There estarán contentos.

—No si creen que aborrezco el café.

—Pero ya no está.

—No gracias a ti.

Se está comportando como una bruja, pero esta vez no puedo echarle la culpa. La he cagado. Muevo los hombros, intentando disipar la tensión que hay en ellos. ¿Va a despedirme por esto? Respiro hondo y reviso sus últimos mensajes. No hay nada que tenga que borrar.

—Es un imbécil —dice Addison.

Parece que no me va a despedir después de todo. Estupendo. Alzo la vista.

—¿Quién?

—Pues ¿quién va a ser? Braden Black.

—No sabía que lo conocías.

—Durante unos cinco minutos, el verano después de graduarme en el instituto —responde—. Tuvimos algo.

Evito que mis ojos se abran de par en par.

—Ah, ¿sí?

—Sí. —Da unos golpecitos con el pie en el suelo de mármol—. ¿Sabes qué? Llámalo. No se va a salir con la suya.

—Claro. Enseguida.

Braden Black está establecido aquí en Boston. Todo el mundo en la ciudad conoce el edificio de Black, Inc. Hago una llamada.

—Black, Inc.

—Buenas tardes, soy Skye Manning de la oficina de Addison Ames. Llamo para hablar con Braden Black.

—El señor Black se encuentra en una reunión. Puede dejarle un mensaje.

—Addison Ames. El número es...

Addison sigue dando golpecitos con el pie, cerniéndose sobre mí.

—Dile que te pase con su buzón de voz.

Me aclaro la garganta.

—La verdad es que me gustaría dejarle un mensaje de voz, por favor.

—El señor Black prefiere un mensaje escrito.

—Prefiere un mensaje escrito —le digo a Addison.

—¡Oh, por el amor de Dios! Dame el teléfono. —Me lo quita—. Soy Addison Ames. Braden y yo nos conocemos desde hace mucho tiempo. Conéctame a su buzón de voz ahora mismo.

Continúa dando golpecitos con su zapato de Prada.

—Esto es ridículo. Conéctame a su buzón de voz o te quedarás sin trabajo.

Más golpecitos.

Addison resopla.

—Bien. Dile que llame a Addison Ames ahora mismo. —Me devuelve el teléfono—. ¿Lo ves? Es un imbécil.

—No ha sido él. Ha sido una recepcionista.

—Cumpliendo las órdenes del imbécil. ¿Quién diablos no acepta mensajes de voz?

No tengo respuesta para eso, así que no digo nada.

Addison irrumpe en su lujoso despacho privado, cerrando la puerta detrás de ella. Menos mal. Es hora de responder a los correos electrónicos de esta tarde.

La mayoría son correos de fans, y tengo una respuesta preparada que copio y pego, añadiendo solo el nombre y cualquier otro detalle personal para que parezca que la respuesta es de verdad de Addison.

Otra oferta de Susanne Cosmetics. Addison se burló de su primera oferta, cincuenta mil dólares por una foto con su nueva barra de labios con efecto voluminizador que garantiza la eliminación de esas líneas en el labio superior. La han subido a ciento cincuenta mil. Se lo enviaré a Su Alteza. Probablemente la rechazará.

Elimino todos los argumentos de venta, vacío la carpeta de correo no deseado y luego vuelvo a echar un vistazo a la publicación de hoy, buscando los comentarios negativos y los que requieren una respuesta. Respondo a dos. Después miro la hora. Son las cinco y media. No hay nada más que hacer hoy. Vigilaré la publicación desde casa, pero ya soy libre para irme de la oficina. Agarro el bolso y...

La puerta de la oficina se abre.

Y me quedo con la boca abierta.

2

—Buenas tardes —dice una voz profunda y ronca.

Una voz profunda y ronca que pertenece a Braden Black.

Braden Black está de pie en la oficina de Addison, justo enfrente de mí. Trago saliva, me pongo de pie, salgo de detrás de mi escritorio... y dejo caer sin miramientos mi bolso. El contenido se esparce por el suelo de mármol.

Que alguien me mate.

Delante, en el centro, hay un preservativo.

Soy una chica preparada para todo. Eso es algo bueno, ¿no? De todas formas, me sonrojo.

—Lo siento. Ya me iba. —Me arrodillo y comienzo a recoger los objetos. ¿Debería guardar el condón primero? ¿O eso solo llamaría más la atención?

Termino de humillarme cuando Braden Black se arrodilla frente a mí.

—Deje que la ayude.

Me encuentro con su mirada azul ardiente, deseando volverme invisible.

—Es muy amable, pero ya lo he recogido todo. —Agarro el condón junto con un brillo de labios y los vuelvo a meter en el bolso.

Luego, recojo el resto y me levanto.

Vuelve a estar de pie otra vez. Mide casi treinta centímetros más que yo y tiene unos hombros tan anchos que podría perderme en ellos. Parece oscurecer la habitación, aunque no en el mal sentido.

Suelto una risa forzada.

—¡Qué vergüenza! No pensará que he querido hacer esto para que supiera que no llevaba un cuchillo escondido en el bolso, ¿no?

—¿De verdad cree que mi primer pensamiento al mirarla sería preguntarme si lleva escondido un cuchillo o cualquier otra cosa peligrosa?

Su voz. Un escalofrío me recorre la columna vertebral.

—¿Qué mujer no quiere parecer un poco peligrosa?

—No parece tan peligrosa como alguien a quien le gusta estar al mando.

—¿Y eso no le gusta a todo el mundo?

Le tiemblan los labios. Solo un poco, pero lo noto. ¿Cómo no voy a notar cada pequeño gesto de él si llena la habitación?

—Supongo que depende de si uno se encuentra en horizontal —contesta.

Un torrente de calor me recorre. Debo estar roja como un tomate. Y yo que sentía vergüenza por haber dejado caer el bolso. No soy el tipo de persona que se dedica a hacer bromas sexuales con un multimillonario. Pero estoy muy intrigada. Más que intrigada. Mi cuerpo ya está respondiendo. ¿A él o a sus modales oscuros? No estoy segura.

Respiro hondo y me aclaro la garganta.

—¿En qué puedo ayudarlo?

—Soy Braden Black. He venido a ver a Addison.

—Está en su despacho. ¿Tenía una reunión concertada?

Sé muy bien que no tenía ninguna reunión. Le llevo la agenda a Addison. Tengo la ligera sospecha de que no lo he engañado por la media sonrisa socarrona que me dedica.

—No, es una vieja amiga.

—Por supuesto. Le avisaré de que está aquí.

—No hace falta. —Ladea la cabeza hacia la puerta cerrada—. ¿Está ahí dentro?

Asiento.

—Sí.

Entra en el despacho privado de Addison.

—No puede —le digo.

—Claro que puedo. Mírame.

Sin embargo, antes de que llame a la puerta, esta se abre.

—Skye, ¿puedes...? —Los labios de Addison se curvan hacia abajo en un ceño enojado—. ¿Qué mierda estás haciendo aquí?

—Pensé en venir a decirte que si vuelves a intimidar a mi recepcionista, me aseguraré de que todos tus seguidores sepan la verdad sobre ti.

—¿La verdad sobre mí? ¿Estás de broma? No soy yo la que tiene algo que ocultar, Braden.

—Tienes mucho más que ocultar que el odio al café —dice.

—¿Y tú qué? ¿Quieres que tus socios sepan...?

—¡Basta!

La voz de Braden Black retumba en la oficina y me hace temblar. Juro que las paredes vibran y se encogen contra la oscuridad que rezuma.

Espero a que Addison diga algo más, a que mencione lo que él está ocultando. Pero no lo hace. Su orden parece haberla detenido.

Es curioso, pero lo entiendo. Yo también dejo de hacer lo que estoy haciendo. Algo en el tono ominoso de su voz hace que quiera obedecerle sin rechistar.

Lo que no es propio de mí.

Al final, Addison tan solo dice:

—No te metas en mi Instagram.

—No estoy seguro de que debas decirme lo que tengo que hacer —le contesta Braden—, pero por ahora haré lo que dices.

—Bien. —Addison vuelve a entrar en su despacho y cierra de un portazo.

Él se queda quieto por un momento y mira fijamente la puerta cerrada, pasándose los dedos por el pelo. ¿En qué estará pensando? No tengo ni idea... hasta que se da la vuelta y se encuentra con mi mirada.

—No ha cambiado —me dice.

¿Se supone que tengo que responderle?

—¿Quiere decir que no es la primera vez que le da un portazo en la cara?

—Mucha gente lo ha hecho.

Sonrío. No puedo evitarlo. Habla con un tono despreocupado. Está claro que no le importa quién le dé un portazo, y eso me gusta. En cierto modo me dice algo, me muestra cómo quiero ser.

—Supongo que es mejor a que alguien sea amable delante de usted y que luego lo apuñale por la espalda.

—También he experimentado eso —contesta—. Y estoy de acuerdo. Siempre es mejor saber a qué atenerse. —Entonces, me mira fijamente. Me mira de verdad, como si estuviera hambriento y yo fuera el plato especial del día.

Bajo la vista a mis pies y luego me repongo. Sí, hace un minuto he sido una torpe y ha visto el condón. ¿Y qué? Son cosas que pasan. Al menos eso es lo que quiero pensar. Todavía estoy un poco avergonzada, pero vuelvo a mirar hacia arriba y me encuentro con su mirada.

—Supongo que sabe a qué atenerse con Addie —le digo—. Casi todo el mundo lo sabe.

Curva un poco los labios hacia arriba. Reprimo un escalofrío. La sonrisa sutil es un destello de luz en su comportamiento ominoso. De repente, hace frío en la habitación con calefacción.

—No he podido evitarlo —me contesta—. Odia el café.

Sonrío, olvidándome por un segundo que este hombre acaba de verme guardar un condón.

—Lo sé. Ha tirado el café después del reportaje. Y eso que estaba buenísimo y calentito. Me lo habría bebido con gusto.

—¿Le gusta entonces beber café?

Asiento.

—Claro.

—A mí también. —Me vuelve a mirar fijamente, pero parece concentrarse en mi boca—. ¿Quieres ir a tomar uno...?

Esta vez no puedo detener los ojos. Se abren de par en par. ¿Braden Black me está invitando a salir?

Mira hacia mi escritorio, donde está la placa con mi nombre.

—¿... Skye?

«Di algo, Skye. ¡Por el amor de Dios!».

—Es tarde para un café.

—¿Y a cenar?

Estoy hecha un manojo de nervios. Un manojo de nervios de verdad.

Braden Black, el soltero más codiciado de Boston —bueno, del país—, me acaba de invitar a cenar.

Bajo la mirada, hacia mi blusa de seda arrugada y mis pantalones vaqueros ajustados. Llevo trabajando diez horas y estoy agotada. Se me está saliendo el pelo castaño rojizo de la coleta y a saber cómo tengo la cara.

¿Y Addison? ¿Qué pensará Addison? Miro hacia su puerta cerrada.

—No necesitas su permiso —me dice Braden. Ha vuelto su comportamiento peligroso.

Me flaquean las piernas y me pongo colorada de vergüenza.

—No estaba...

—Claro que sí. A tu jefa no le caigo especialmente bien, así que estabas preguntándote si ir a cenar conmigo podría costarte de alguna forma tu trabajo.

Abro la boca para responder, pero me quedo sin palabras.

—¿Eres buena en tu trabajo, Skye?

Sí, otra vez me sonrojo.

—Bueno, yo...

—Voy a preguntártelo de otra forma. ¿Cuánto tiempo llevas trabajando para Addison?

—Casi un año.

—Entonces seguro que eres buena en tu trabajo, si no, ella se habría deshecho de ti hace tiempo. Addison puede ser como un grano en el culo, pero es lista. No va a dejar escapar a alguien bueno. —Una de las comisuras de la boca se le mueve ligeramente, como si quisiera sonreír pero no pudiera. Después, como si algún tipo de magia tirara de él, saca a relucir su sonrisa.

Y yo casi me derrito en un charco de babas en el resbaladizo suelo de mármol. Sus hoyuelos se asoman a través de la barba negra de varios días y entrecierra uno de los ojos un poco. Una imperfección adorable en una cara que de otro modo sería perfecta.

—No voy bien vestida —le respondo, obligándome a encontrarme con su mirada azul.

—No he dicho que fuéramos a ir a un evento de etiqueta.

Trago saliva. Qué tonta soy. Esto no es una cita. Quizás sea un asunto de negocios. Puede que quiera información, o tal vez incluso trapos sucios, de Addison. Tienen una especie de historia. Tiene sentido.

Addison es más su tipo de lo que yo puedo aspirar a ser.

—No creo que...

Me interrumpe.

—Te ves bien. Es hora de cenar y tengo hambre. No me apetece comer solo por una vez. No pienses que es más de lo que es. Tu trabajo estará a salvo.

Así que definitivamente no es una cita. Por supuesto que no lo es. Braden Black puede tener a cualquier mujer que quiera. Seguro que no quiere a una chica de una granja de Kansas.

Abro la boca para negarme cuando me ruge el estómago de hambre.

—Es obvio que tienes hambre —dice—. Vamos.

Sin pensarlo, me dirijo hacia la puerta de la oficina.

—Vale. ¿A dónde vamos?

Parece que ya me he decidido.

—Me apetecen ostras —contesta.

Me encantan las ostras. Me encantan todos los tipos de marisco. En realidad, me encanta toda clase de comida.

—Me parece bien —le respondo mientras me abre la puerta—. Espere —añado.

—¿Qué?

—Ni siquiera lo conozco. Nos... Nos encontraremos allí. ¿Qué restaurante tenía en mente?

—El Union Oyster House. ¿Quieres que te llame a un taxi?

Es el destino. El Union Oyster House es uno de mis favoritos. Me parece bien. ¿O solo quiero que me parezca bien?

—Claro, supongo.

—O puedes venir en mi coche. No está muy lejos y te garantizo personalmente tu seguridad.

¿Estoy comportándome como una estúpida? En realidad no, pero algo dentro de mí quiere confiar en él. Es Braden Black. Todo el mundo lo conoce.

Además, tengo el teléfono con la batería totalmente cargada.

Me vuelvo hacia él.

—Siempre que me garantice personalmente mi seguridad...

—Por supuesto.

Lo sigo hasta un Mercedes negro que está aparcado delante del hotel. El conductor sale y abre la puerta. El asiento trasero es exuberante, con un interior de cuero de color crema. Braden se sube a mi lado.

—Al Union Oyster House, Christopher —le dice al conductor.

—Sí, señor. —Christopher cierra la puerta del coche y se monta en el asiento del conductor.

Estoy bien vestida para ir al Union Oyster House. Además, no me quedaré en números rojos. No es que Braden Black tenga que preocuparse por el dinero, pero pienso pagarme mi propia comida.

Normalmente no me importa la tranquilidad, pero el silencio durante el corto trayecto me ensordece. No tengo ni idea de qué decir. Estoy en un Mercedes con Braden Black. Estoy sentada lo bastante cerca de él como para poder olerlo. Su aroma es embriagador: clavo y pino con un toque de cuero. Quiero inhalarlo profundamente en mi cuerpo para no olvidarlo nunca más.

Porque nunca volveré a estar tan cerca de Braden Black. Nunca tan cerca de la perfección humana, y su olor, como el resto de él, es perfecto.

Se relaja. Me doy cuenta por cómo reacciona su cuerpo. Su rodilla toca la mía y yo me tenso por el efecto. Tengo calor y frío al mismo tiempo, como si mi cuerpo no pudiera decidir cómo quiere responder a él. ¿Cómo voy a aguantar toda una comida con este hombre? Soy muy consciente de cada parte de él.

El coche se detiene y Christopher vuelve a abrir la puerta una vez más.

Tomo su mano enguantada mientras me ayuda a salir del vehículo.

Es surrealista.

—Gracias —murmuro.

—De nada, señora.

¿Señora? Nunca me habían llamado así. No estoy segura de que me guste. Tengo veinticuatro años, soy demasiado joven para que me llamen «señora».

—Gracias, Christopher —le dice Braden.

—De nada. Estaré aquí cuando terminen. —Christopher se despide con la mano.

Entonces, entro en el Union Oyster House con Braden Black.

Con el mismísimo Braden Black.

—Señor Black —dice el metre—, estamos encantados de que nos acompañe esta noche. ¿Su mesa de siempre?

—Eso sería magnífico. Gracias, Marco.

Marco nos guía personalmente a una mesa. Está cerca del fondo, donde hay menos ruido.

Me siento cuando Marco me acerca una silla.

—Gracias —vuelvo a murmurar.

—A veces me gusta sentarme en la barra —comenta Braden—. Los camareros que están ahí pelando ostras cuentan historias increíbles.

Asiento. Yo también me he sentado algunas veces en la barra. Es divertido. Casi desearía que nos sentáramos allí esta noche. No tendría por qué darle tanta conversación.

Tomo el menú que Marco me da y lo miro. Me lo sé de memoria, pero me da algo que hacer.

—Skye.

—¿Sí? —contesto mientras aún miro el menú.

Braden me quita el menú de la mano.

—Mírame.

Su voz profunda me habla a un nivel que no comprendo del todo. Me encuentro con su mirada.

—Quiero llevarte esta noche a la cama.

3

Me quedo helada.

Braden Black *no* acaba de decirme que quiere llevarme a la cama.

Los caballeros no hablan así y yo no me voy a la cama con cada hombre que se cruza en mi camino. O que me invita a cenar.

No sé muy bien qué decir. Al final, me sale un:

—¿Perdón?

Se le ve un destello en el rabillo del ojo. ¿Es juguetón? No estoy segura.

—Estoy bastante seguro de que no he tartamudeado —responde— y tampoco creo que te pase nada en el oído.

Me aclaro la garganta.

—No voy a irme a la cama con usted, señor Black. —Aunque ya me tiemblan los muslos solo de pensarlo.

En serio. Me tiemblan.

—Llámame Braden.

Su voz es grave y sexi y me produce un cosquilleo entre las piernas, un cosquilleo al que estoy acostumbrada en compañía de un hombre al que deseo, pero un cosquilleo que sé que no me llevará a ninguna parte.

—¿Siempre es tan directo?

—Me resulta útil en las negociaciones poner la mayoría de mis cartas sobre la mesa sin rodeos.

Lo miro. No está sonriendo y su comportamiento se ha ensombrecido.

—Supongo que no me había dado cuenta de que esto era una negociación.

—Todo es una negociación, Skye.

—Esto es una cena, no una negociación.

—Ahí es donde te equivocas. Piénsalo. Tienes una razón para todo lo que haces. Puede que no lo pienses, pero tu subconsciente sí. Por ejemplo, tienes un motivo para aceptar mi invitación a cenar.

Solo que en realidad nunca la he aceptado. Me he limitado a seguirlo.

—Ah, ¿sí? ¿Además de tener hambre?

—No tenías que aceptar mi invitación para saciar tu hambre. —Se lame el labio inferior.

Me vuelven a temblar los muslos.

—¿Qué otro motivo iba a tener?

—Dímelo tú.

Vaya manera de ponerme en un aprieto.

—No lo sé. Tal vez quiero que me vean con usted.

—Eso es una tontería.

—¿Cómo lo sabe?

—Porque estás trabajando para Addison Ames. Trabajas entre bastidores. No te interesa que te vean solo por el hecho de que te vean. Te interesa avanzar en tu carrera y estás dispuesta a dedicarle tiempo.

Es extraño que me haya calado tan bien. Tiene toda la razón. Me aclaro la garganta.

—Tal vez quiero...

—Deja de jugar, Skye. Solo hay una razón por la que has aceptado y ambos sabemos cuál es. —Los ojos le arden con un fuego de color azul—. Quieres irte a la cama conmigo.

No se equivoca, pero estoy decidida a mantener la calma. Quiero que no se me quiebre la voz.

—Ha dicho que ponía la mayoría de sus cartas sobre la mesa por adelantado. La mayoría, no todas.

—Es cierto. Suelo guardarme un as bajo la manga.

—¿Y cuál es su as esta noche?

—Sería un negociador de pacotilla si te lo dijera tan pronto —contesta, bajando un poco los párpados.

Me recorren unas chispas por la columna vertebral y explotan en mi sexo. Respiro hondo.

—Todavía no me voy a ir a la cama con usted, señor Black.

—Braden —vuelve a decir—. Y sí que lo vas a hacer, Skye. Por supuesto que...

Aparece un camarero.

—Hola, señor Black. Soy Cory y os atenderé a usted y a su señora esta noche. ¿Les gustaría empezar con una copa?

—Claro que sí, Cory —responde Braden—. ¿Skye?

¿Una copa? Una copa es lo último que necesito en este momento. ¿Qué pediría una mujer que va a cenar con Braden Black?

Pensándolo bien, una copa podría ser justo lo que necesito. Me tomaré solo una, pero necesito desesperadamente algo que me ayude a relajarme.

—Un vodka martini —respondo—. Con extra de aceitunas.

—¿Algún vodka en particular?

—¿Grey Goose? —La única marca que se me ocurre.

Debe de estar bien porque Cory asiente y luego se vuelve hacia Braden.

—Un *whisky bourbon* Wild Turkey con hielo.

¿Un Wild Turkey? ¿No una de las marcas de gama alta que pide Addison? A ella le gusta el Pappy Van Winkle de quince años por unos setenta y cinco dólares la copa.

Entonces lo recuerdo.

Braden Black es un nuevo rico. Proviene de una familia de clase trabajadora de South Boston. A mí me encanta el Wild Turkey. He crecido con esa marca. Mi abuelo solía dejarme tomar un pequeño sorbo del suyo cuando nos sentábamos en el porche en las tardes de verano. Mi madre puso fin a eso con el tiempo, pero yo ya había desarrollado un gusto por él. Debería haberlo pedido en lugar del martini.

Me gustan los vodka martini, pero la verdad es que prefiero el *bourbon*.

Es increíble que tenga algo en común con el hombre que tengo frente a mí.

Pero todavía no voy a irme a la cama con él.

Aunque deseo hacerlo.

Lo deseo de verdad.

Braden pide ostras crudas.

—¿Quieres algo más? —me pregunta.

Sacudo la cabeza.

—Me encantan las ostras crudas.

Sonríe y me da un vuelco el corazón. Es muy tópico, pero te juro que me da un vuelco.

Unos minutos silenciosos después, llegan nuestras bebidas. Menos mal. Ahora tengo algo que hacer con mis manos.

Braden se lleva el vaso a los labios y vierte un poco de líquido sobre su lengua.

Me imagino esa lengua haciendo otras cosas y aprieto los muslos para aliviar las ganas entre ellos.

—Cuéntame —dice después de tragar— un poco sobre Skye Manning. Debes de tener algo para trabajar con Addison.

—Soy licenciada en Fotografía y Medios de Comunicación por la Universidad de Boston. Addison me contrató por mis conocimientos de fotografía.

—¿Para sus redes sociales?

—Sí.

—Pero eso son selfis.

—En realidad, no. —Me desahogo sobre cómo tomamos selfis falsos antes de darme cuenta de que Addison podría no querer que esa información se hiciera pública. Entonces recuerdo que los transeúntes nos ven todo el rato en lugares públicos cuando hacemos las fotos.

Una amplia sonrisa se dibuja en el atractivo rostro de Braden.

—Suena a algo típico de Addie. Todo tiene que parecer perfecto.

Estoy de acuerdo, pero de ninguna manera voy a decir eso. No quiero perder mi trabajo.

Me armo de valor y le pregunto:

—¿De qué conoces a Addison?

—¿No te lo ha contado?

Sí que lo ha hecho, pero esto me da la oportunidad de conocer su versión de la historia. Cualquiera que fuera su conexión, está claro que no terminó bien.

—La verdad es que no. Me encantaría que me lo contaras tú.

—Pero has sido testigo de nuestra interacción.

—Sí. No habéis sido muy amistosos.

—No.

Interesante. He aprendido exactamente... nada de nada.

Cory llega con las ostras. Me dice el nombre y el origen de cada una, pero nada de eso me importa. Me encantan todas, cuanto más saladas, mejor.

Braden saca su teléfono y hace una foto de las ostras que han llegado.

—Hay que tener contentos a los seguidores.

¿Va a publicarlo en su Instagram? ¿Braden Black? Eso me toma por sorpresa, aunque probablemente no debería. Después de todo, ha comentado en la publicación de Addie.

—¿Cuántos seguidores tienes? —le pregunto.

—No tantos como Addison, pero suficientes.

Puedo comprobarlo con facilidad, así que no pido más detalles.

—Nunca habría pensado que eras de los que les gustan las redes sociales.

—Y la verdad es que no, pero la gente parece querer saber en qué ando. Es probable que sea solo porque soy más rico que Dios, lo que me parece un poco irreal. En definitiva, soy un hombre hecho a sí mismo. No nací con dinero como Addison y su hermana.

Solo he visto a la gemela de Addison, Apple, una vez. Es lo contrario de Addison: le gusta lo zen, el yoga y los chakras y solo lleva vestidos bohemios.

—De todas formas, no he llegado a perder la costumbre —dice Braden—. ¿Tienes Instagram?

—Sí, claro.

—¿Cuál es tu nombre?

Se me calientan las mejillas.

—@stormyskye15.

Sus labios se mueven.

—¿Cielo tormentoso? ¿Y por qué no cielo soleado o azul? ¿O nublado?

—Porque me gustan los cielos tormentosos. Son mucho más interesantes que los cielos azules o soleados, ¿no te parece? —Cuando crecía, los cielos tormentosos eran lo habitual. Me refugié de más de un tornado cuando era pequeña. Hablando de sentirse fuera de control.

Se le arrugan las esquinas de los ojos.

—Supongo que nunca lo había pensado. ¿Qué es lo que te parece más interesante de ellos?

Las mejillas se me calientan aún más. Nunca nadie me había preguntado por mi nombre de perfil.

—Los colores. El gris que se convierte casi en verde. Los cumulonimbos que se extienden durante kilómetros, pero que son esponjosos en la parte superior.

—Qué mona —responde.

¿Mona? Antes de que pueda decidir si me gusta o me siento insultada, continúa.

—¿Por qué quince?

—Porque el catorce ya estaba ocupado.

Me mira por un momento, su expresión parece a la vez desconcertada y divertida.

—Te estoy etiquetando.

—¿En una foto de ostras?

—Claro. Las vamos a compartir, así que ¿por qué no?

Se me ponen los nervios de punta. Que me etiqueten con Braden Black no es algo que haya estado dentro de mis planes. Por un segundo, me preocupa que Addison vea la publicación, pero entonces recuerdo que ella solo sigue a diez personas y yo no soy una de ellas. ¿Lo es Braden? Lo dudo, ya que Addison parece detestarlo.

Guarda el teléfono y asiente señalando las ostras.

—Las damas primero.

¿Debo sorber o usar el tenedor pequeño? Si uso el tenedor, ¿pareceré una novata? Al final, me decido por el tenedor porque es la única forma en la que siempre he comido las ostras. Nunca he aprendido a sorber. Elijo una de las más pequeñas y le exprimo unas gotas de zumo de limón. Luego la tomo con el tenedor, me la meto en la boca y bebo un sorbo de mi martini. Después de todo, el martini ha sido una buena idea. Las ostras están mucho más buenas así que con Wild Turkey.

Mmm. Delicioso.

—¿Solo con limón? —pregunta Braden.

Trago.

—Sí. Me gustan así.

—A mí me gustan con un poco de salsa de cóctel.

—Novato —le digo antes de darme cuenta de que la palabra ha salido de mi boca.

Me mira, sus ojos son hipnóticos.

—Bueno, ya veremos quién es el novato para cuando termine la noche.

4

Me late el corazón con fuerza. No se me escapa que me ha hecho una insinuación.

Cory vuelve para tomar nota de la cena. Me acuerdo de un taller de entrevistas de trabajo en el instituto.

«Pedid el pescado del día asado», nos dijo el profesor. «Si estáis nerviosos y se os cae un poco en la ropa, no dejará mancha».

El Union Oyster House no tiene un pescado del día, así que me decido por el salteado de eglefino con puré de patatas y verduras frescas. Nada que me vaya a dar demasiados problemas.

Braden pide ostras fritas. No estaba mintiendo cuando dijo que le apetecían.

—¿Te gusta tu trabajo, Skye?

Estoy a punto de contestar cuando me suena el teléfono. Lo saco enseguida del bolso. Tengo un montón de notificaciones.

—Enhorabuena —dice Braden—. Eres famosa.

Como me etiquetó en la publicación de las ostras, me avisan cada vez que alguien hace un comentario.

—Silencia las notificaciones —me sugiere— o te volverás loca.

Sigo su consejo y vuelvo a meter el teléfono en el bolso. Vaya. Algunas personas saben que soy la asistenta de Addison, pero esto es ridículo.

—¿Vas a responder a mi pregunta?

—Claro. ¿Qué pregunta?

—¿Te gusta tu trabajo?

—Sí y no.

—¿Y eso qué quiere decir?

—Hago fotos, que es lo que me gusta hacer, pero no estoy haciéndolas exactamente a nada importante.

—Addie probándose bufandas no va a salir en el *National Geographic* —comenta—. En eso tienes razón.

Me sonrojo un poco. ¿Se está burlando de mí? Además, ¿cómo sabía que tener una foto en el *National Geographic* es mi sueño? Desde que vi esa magnífica foto de la niña afgana de ojos verdes abrasadores en un libro de fotografías de esa revista, he querido captar algo así de profundo.

—Estoy haciendo buenos contactos.

—Eso es cierto. Tal vez puedas convertirte en la fotógrafa oficial de Bean There Done That y conseguir que se espolvoree la cantidad de nuez moscada justa en los capuchinos.

Sí, se está burlando de mí. Addie tenía razón. Es un poco idiota. Un imbécil guapísimo, pero que sigue siendo un imbécil.

—¿De verdad me has invitado a cenar para menospreciar mi trabajo?

—No era esa mi intención —contesta, con sus ojos azules encendidos—. Te he invitado a cenar porque en realidad quiero follar contigo.

Otra vez me tiemblan los muslos. Ya estoy mojada. Puedo notarlo.

—¿Cómo se supone que tengo que responderte a eso? —le pregunto, deseando que no me tiemble la voz. No lo consigo del todo.

—No estaría donde estoy hoy si no persiguiera lo que quiero —responde con la voz un poco más baja y rasposa.

Lo entiendo. De verdad que sí. Soy bastante guapa y tengo buenas tetas, pero este hombre puede tener a cualquiera. Está fuera de mi alcance. Así que ¿por qué me quiere Braden Black? Deseo desesperadamente hacerle esa pregunta, y tengo mucho miedo al mismo tiempo de que, si lo hago, se dé cuenta de su ridículo error y me envíe a casa.

Cedo y no digo nada mientras me pongo colorada y me estremezco.

Levanta una ceja.

—Puedes decirme que también te gustaría follar conmigo.

Resisto el impulso de retorcerme en la silla. ¿De verdad quiere que le diga eso? Y lo que es más extraño, en realidad quiero decírselo.

Esto será un polvo. Solo un polvo. He tenido «solo un polvo» antes. Puedo vivir con eso. Seguro que Braden Black se mueve bastante bien, además, hay algo en él que parece que me llama, aunque no tengo ni idea de qué es.

—Porque quieres hacerlo —continúa—. No intentes negarlo, Skye. Lo veo en tus ojos. —Sorbe una ostra y se relame un poco de salsa de cóctel de la comisura de la boca.

Me muerdo el labio.

—Si dijera que sí... ¿A dónde iríamos?

—A mi casa.

—Ni siquiera te conozco.

Arruga un poco el ojo derecho y, por un momento, creo que va a sonreír, pero no lo hace.

—A veces es mejor así.

Ladeo un poco la cabeza. No tengo ni idea de lo que quiere decir y espero a que me lo explique. Pero no hay ninguna explicación. Se limita a poner salsa de cóctel en otra ostra, la sorbe y vuelve a relamerse la mancha roja de la comisura de la boca.

¿Cómo se sentiría esa lengua entre mis piernas? Bebo un trago lento del martini. Puede que necesite otro.

En cambio, Braden pide una botella de algún tipo de vino blanco francés para acompañar nuestra cena. Menos mal que me gusta el vino.

Mi novio de la universidad solía pedir por mí todo el tiempo, y eso me cabreaba.

¿Cuando Braden lo hace? Me pone un poco.

¿Qué me está pasando? Me retuerzo de nuevo contra ese cosquilleo incesante que tengo entre las piernas.

Se me acaba el martini y llega el vino seguido de nuestros platos. Mi eglefino parece una comida sencilla, que es lo que quería. Le doy un mordisco. Sabroso. Tal vez no se me hace la boca agua, pero está sabroso.

Debería sacar algún tema de conversación. Podría preguntarle a Braden cómo consiguió sus miles de millones, pero ya conozco esa historia. Todo el mundo la conoce. Su hermano pequeño, Ben, y él trabajaban para la pequeña empresa de construcción de su padre en South Boston. Braden hizo algunas modificaciones a un par de gafas de seguridad, que resultaron ser de última generación. Patentó el diseño y él y Ben fundaron Black, Inc. cuando Braden tenía veinticinco años. Ahora, a los treinta y cinco, él y Ben son multimillonarios y la mayoría de los trabajadores de la construcción del mundo utilizan sus gafas. Pero él ha ido mucho más allá de las gafas. Sus inversiones en bienes inmuebles, activos de lujo, participaciones públicas y privadas, divisas, metales preciosos y todo lo que te puedas imaginar han convertido a Black, Inc. en un nombre muy conocido.

Braden es el director general, mientras que Ben se encarga del *marketing* y su padre, Bobby Black, es el presidente de la junta directiva.

No está mal para un chico que nunca ha ido a la universidad.

Sí, todos conocemos la historia. Es probable que piense que soy una ridícula si le pregunto sobre ello.

—¿Tienes alguna mascota? —le pregunto después de tragar un bocado de brócoli. No tengo ni idea de dónde ha salido esa pregunta, pero ya es demasiado tarde. Las palabras han salido de mi boca.

—Una perra.

Abro los ojos.

—Ah, ¿sí? —No sé por qué estoy sorprendida, pero lo estoy. Me encantan los perros, pero Braden no parece ser el tipo de persona a la que le gustan los perros.

—Sí. Una cachorrita adoptada. Es adorable.

Sonrío y alzo las cejas.

—¿Has adoptado una perra?

—¿Tan extraño te parece?

¿Lo es? No estoy segura.

—Bueno... no.

Se le suaviza la mirada, saca el teléfono y me lo da.

—Es una perra estupenda. Parte *border collie* y parte perro pastor ganadero australiano con algún cruce más. Le he hecho uno de esos kits de ADN para perros.

Y, así, Braden Black se vuelve aún más atractivo para mí.

—Es preciosa. —Le devuelvo el teléfono.

—¿Y tú? ¿Tienes algún perro?

Sacudo la cabeza.

—Me encantan, pero están prohibidos en mi urbanización.

—Pues múdate.

—No es tan fácil cuando no tienes millones acumulando polvo como tú.

Me quedo helada, con el tenedor a medio camino del plato. ¿De verdad le he dicho eso? Seguro que acabo de terminar nuestra cita para cenar.

—Lo siento —murmuro—. No debería haberlo dicho.

Sacude la cabeza.

—No te preocupes. Estoy acostumbrado. Pero, Skye, yo no soy diferente a los demás.

—Excepto que los demás no pueden comprar todo lo que quieran.

—Yo tampoco puedo.

—¿Y qué es exactamente lo que quieres y que no puedes comprar?

—A ti —dice—. En mi cama.

5

Bien. Sabe que no puede comprar a una mujer como yo. Sus palabras son la primera señal en toda la noche de que no es el imbécil que Addie dice que es. Bueno, eso y el hecho de que ha adoptado una perrita.

—No —respondo—. No estoy en venta.

—Por eso lo harás con gusto. —Baja su mirada a mi boca.

Tiene razón. Lo haré con gusto. En cuanto me dijo que quería llevarme a la cama, supe que lo haría. Braden tiene algo que me llama. Dudo que solo me pase a mí. Es probable que tenga este efecto en todas las mujeres con las que se cruza. ¿Se acostará con todas? No se le conoce por ser un mujeriego. Ha tenido una relación bastante pública con una modelo menos conocida llamada Aretha Doyle durante un tiempo, pero eso se acabó hace más de un año.

Lo más seguro es que solo quiera un polvo y yo soy la afortunada que pasaba por allí.

Sigue mirándome la boca. Agarro la servilleta, limpio el trozo de comida que pueda estar mirando y me armo de valor. Dos pueden jugar a este juego. ¿Braden Black quiere llevarme a la cama? Le enseñaré quién tiene el control.

—Pues vámonos —le digo.

Mira mi plato.

—No te has acabado tu cena.

—De repente ya no tengo hambre. ¿Quieres que follemos? Pues vámonos a follar.

Entrecierra un poco los párpados.

—Me vale. —Le hace un gesto a Cory—. Tráenos la cuenta.

El exuberante ático de Braden en el centro de la ciudad está decorado todo en color negro y verde bosque. En una esquina hay un piano de cola lacado en negro. Una preciosa perra negra, marrón y blanca sale corriendo de debajo del piano para saludarlo. Es aún más bonita que en la foto que me ha enseñado.

—Hola, Sasha. —Le acaricia la cabeza.

—Qué bonita es. —Me arrodillo para rascarle detrás de las orejas—. Hola, Sasha. Eres preciosa.

Sasha me lame la cara durante unos segundos, pero luego se aburre de mí y se va a otra parte del ático.

Hago un gesto con la cabeza hacia el piano.

—¿Tocas?

—No.

—Entonces, ¿por qué tienes un piano?

—Contrato un pianista para mis fiestas —explica—. A los invitados les encanta. ¿Tú tocas?

Sacudo la cabeza.

—No teníamos piano, pero mi padre toca la guitarra.

Me lleva al piano, donde también hay una guitarra.

—Yo también la toco. En realidad, solo hago mis pinitos. Pero me encanta tocar la guitarra clásica y, por supuesto, algunas canciones *folk*. Todo lo que sea acústico.

Le pediría que me tocara algo si no estuviera temblando desde la parte superior de la cabeza hasta los dedos de los pies. Bueno, más bien estoy evitando temblar.

Estoy en la casa de Braden Black.

Sí, he venido a la casa de alguien que es prácticamente un extraño, una casa con tanta seguridad que nadie podría encontrarme aquí. Una casa donde puede hacer lo que quiera conmigo y yo no tengo forma de detenerlo.

«Lo que quiera».

Demasiado como para que yo pueda mantener el control.

La idea hace que me estremezca y me provoca, de nuevo, una sacudida entre las piernas.

Sí, tiene seguridad, pero no ha hecho nada que me haga sentir insegura hasta ahora esta noche. Siempre puedo irme. No tengo por qué hacer esto.

Si no fuera porque quiero esto más que mi próximo aliento.

Quiero acostarme con Braden Black.

Quiero que me folle hasta que no pueda caminar.

Como si me leyera la mente, acorta la distancia entre nosotros y me mira fijamente, concentrándose de nuevo en mi boca. Me pasa un dedo por el labio superior y luego por el inferior.

—He querido besar estos labios rosados desde que te vi en la oficina de Addie. Tienes la boca más sexi que he visto en mi vida.

¿Tengo una boca sexi? Antes de que pueda pensar algo más, estrella su boca contra la mía.

Mis labios ya se han entreabierto y él introduce la lengua entre ellos.

Este no es un primer beso normal.

No. Este es un beso de deseo arrollador, un beso de dos personas que se desean con desesperación.

Un beso que me embriaga, que me quita la voluntad.

Un pequeño gemido, más una vibración que un sonido, resuena en su garganta y en mí, alimentando mi deseo. Mis manos, aparentemente por sí solas, suben por sus brazos hasta alcanzarle el cuello y entrelazo los dedos en su cabello castaño oscuro. Lo lleva largo para ser un hombre de negocios, y lo siento contra mis dedos como si fuera de seda.

Gruñe en mi boca y me tira con brusquedad del pelo, su lengua sigue enredándose con la mía. Nos besamos y nos besamos y nos besamos, hasta que...

—Al dormitorio —jadea, rompiendo el beso—. Dios, tengo muchas ganas de follar contigo. Necesito entrar en ese pequeño y apretado cuerpo tuyo.

¿Pequeño y apretado cuerpo? Esa es Addison, no yo, pero no me importa en este momento. Él me desea a mí y yo lo deseo a él. He perdido la capacidad de pensamiento racional. No me importa que no sepa casi nada sobre él, salvo lo que todos saben. Ahora mismo, me da igual que sea un asesino en serie.

Lo único que sé es que lo deseo. Lo anhelo más de lo que nunca he anhelado nada.

He perdido el control. Por completo.

Y por eso sé que no puedo hacerlo, por mucho que mi cuerpo esté deseando su tacto.

No ahora. No hasta que vuelva a ser yo misma.

Skye Manning no pierde el control. Nunca.

¿Qué le voy a decir? ¿Qué me dirá él? Me llamará «calientabraguetas» y con razón.

Estoy teniendo un tira y afloja conmigo misma, mi cuerpo va por un lado y mi mente, por otro.

Él me toma de la mano y me conduce por un pasillo hacia una puerta cerrada al final.

A su dormitorio.

Al dormitorio de Braden Black.

Si entro, todo habrá terminado. Me acostaré con él. Renunciaré a la disciplina que tanto ansío en mi vida.

Alcanza el pomo de la puerta de latón cepillado, dispuesto a girarlo. Me muerdo el labio, casi haciéndome sangre.

—Para.

Sus ojos de color azul zafiro están en llamas y me disparan dardos ardientes.

—¿Perdona?

Me aclaro la garganta.

—No puedo hacer esto. Apenas nos conocemos.

Se queda mirándome, pero sus ojos parecen distintos, como si no me mirara a mí, sino a través de mí. La inquietud me recorre el cuerpo. Sigo estando excitada, más caliente que nunca, pero ahora hay algo gélido entre nosotros y, aunque estamos solo a unos centímetros el uno del otro, la distancia me parece kilométrica.

Espero que discuta conmigo. Que me diga que ya había aceptado. Que me presione para que cambie de opinión.

No dice nada. En su lugar, me agarra de la mano y me lleva de vuelta al salón. Sasha corre a nuestro alrededor y Braden se inclina para acariciarle la cabeza.

—Lo siento.

—No pasa nada, Skye —me dice, escribiendo en su teléfono.

¿Que no pasa nada? ¿Después de decirme que quería follarme? ¿Que le gustaba mi boca sexi? ¿Mi pequeño y apretado cuerpo?

¿De verdad solo era un polvo para él?

Pues claro que sí. Braden Black puede tener a quien quiera. Conseguirá a alguien que me reemplace en cualquier momento. Es probable que esté llamando a una de sus chicas habituales. Tal vez a una rubia alta que parezca una supermodelo con piernas kilométricas. Ella ocupará mi lugar esta noche porque yo he renunciado a la oportunidad de mi vida, todo por el control.

Y el control es algo a lo que no puedo renunciar nunca. Soy una tonta.

«He cambiado de opinión».

Las palabras me cosquillean en los labios. Abro la boca...

Braden se aclara la garganta ante el teléfono.

—¿Christopher? La señorita Manning necesita que la lleven a casa.

6

—No me lo puedo creer. —Mi mejor amiga, Tessa Logan, se hace eco de mis propios pensamientos durante el desayuno de la mañana siguiente—. Nunca volverás a tener esta oportunidad. Además, él podría haber sido el que te ayudara con tu problemita.

Pongo los ojos en blanco. No quiero pensar en mi «problemita» en este preciso momento. Intento no pensar nunca en ello. No es algo grave de todos modos. ¿Por qué debería echar de menos lo que nunca he tenido?

—No soy tan fácil —le digo.

—¿Y qué? Es Braden Black, un pedazo de bombón. Por no hablar de que también es multimillonario. Cuando Braden Black te quiere, tú vas.

—Me sentí tan...

—¿Fuera de tu elemento? —Termina ella por mí, inclinando la cabeza para que su cabello castaño oscuro le roce los hombros.

Tessa me conoce mejor que nadie y es la única persona además de mi familia que entiende por qué tengo la necesidad de estar al mando todo el tiempo.

—Bueno... sí.

—Skye, deja que te diga una cosa. Entiendo tu historia, pero necesitas soltarte. Te estás perdiendo aventuras por tu ridícula necesidad de tener el control. Ni siquiera te he visto borracha.

Sí. Y nunca nadie lo hará. Lo superé cuando tenía dieciséis años. Compartí una botella de *whisky* Southern Comfort con un amigo del instituto y lo vomité todo al día siguiente. Nunca más. Me permito dos copas si voy a conducir —solo una si no estoy comiendo— y no más de cuatro si no voy a hacerlo. Si me pongo contenta con la tercera, no llego a las cuatro. Conozco mis límites y me ciño a ellos.

—Lo siento, Tess. Nunca me vas a emborrachar. Puede que me veas contenta, pero no borracha, y ni siquiera menciones las drogas.

—¿Quién ha hablado de drogas? —Sacude la cabeza—. Sabes que no me doy por satisfecha. ¿No quieres emborracharte? Vale. Puedes soltarte el pelo de otras maneras. Vamos a echar un polvo.

Típico de Tessa. El sexo tan solo es sexo para ella. Puede separar el acto de la emoción. Tiene suerte en ese sentido.

—No me acuesto con cualquiera. Creo que anoche lo demostré.

Vuelve a negar con la cabeza.

—A eso me refiero. A echar un polvo. A tener una noche de sexo. Sí, te perdiste lo que es probable que fuera la mejor noche de tu vida, pero Braden Black no es el único tío en la ciudad.

«Es el único tío que quiero».

No digo las palabras en voz alta, pero están grabadas en mi mente. La he cagado. Lo he arruinado todo.

La verdad es que nunca había deseado a un hombre como lo hice anoche con Braden Black. Mi cuerpo respondía a cada una de sus palabras, movimientos y roces de una manera que nunca antes lo había hecho. Pensaba que podría manejar a Braden Black.

Pero no pude. No cuando me besó, me tocó y me llevó a su dormitorio.

Estaba dispuesta a dejar que me tomara de todas las formas posibles, que me hiciera lo que quisiera. No me importaba.

Y eso me asustó más que nada en el mundo.

—Por mucho que me gustaría buscar por las calles a alguien que me lleve a la cama... —«No»—. Tengo que irme a trabajar. Vamos a hacer un selfi en ese nuevo puesto de *pretzels* por la mañana.

—No te vas a escapar tan fácilmente —insiste—. Esta noche. Vamos a salir.

—No salgo...

—En las noches de trabajo. Sí, lo sé. Dios, Skye. A veces me pregunto por qué soy tu amiga. —Tessa pone sus ojos marrones en blanco y sonríe.

—Porque me adoras —le contesto, devolviéndole la sonrisa.

Tessa y yo nos conocimos en la Universidad de Boston. Estábamos en la misma planta durante el primer año y nos emparejaron para un ejercicio de creación de equipos durante la sesión de orientación.

No teníamos nada en común.

Ella es una chica de ciudad de Boston. Yo soy una chica rural de Kansas.

Ella estudió Contabilidad y lo ve todo en blanco y negro. Yo estudié Fotografía y lo veo todo en tonos y capas.

Ella es morena y preciosa y tiene un buen cuerpo. Yo soy rubia y razonablemente guapa. Sí, yo también tengo un cuerpo bastante bueno gracias a las caminatas, el yoga y las clases de *jazz* y ejercicio a las que voy de vez en cuando.

Pero congeniamos y seguimos siendo amigas. Haría cualquier cosa por ella. Excepto algo ridículo, como emborracharme sin motivo o tener una noche de sexo con un desconocido solo para quitarme a Braden Black de la cabeza.

Tengo mis límites.

—Te adoro. —Sonríe—. Pero no te vas a librar con tanta facilidad. Este fin de semana prepárate para pasarlo en grande.

La sesión transcurrió sin problemas y Addison se apresuró a tirar su *pretzel* a la basura. Odia los carbohidratos casi tanto como el café. En realidad, le encantan los carbohidratos, pero no puede mantener la figura si se da un capricho con demasiada frecuencia. Sin embargo, una vez la vi comerse una pizza entera. Estoy bastante segura de que vomitó después.

—Me voy a tomar el resto del día libre —me informa—. Asegúrate de quedarte en la oficina hasta las seis y media, porque espero algunas llamadas importantes.

—Está bien. Que tengas un buen día.

Vuelvo a la oficina. Atravieso el ornamentado vestíbulo del hotel, coronado por una lámpara de araña de cristal, hasta el ala de conferencias donde está el despacho de Addie. Lo mantenemos cerrado cuando estamos fuera en las sesiones de fotos.

Alguien está de pie frente a la puerta y apoyado en la pared. Lleva un traje azul marino y está leyendo *The New York Times*. No puedo verle la cara, pero mi cuerpo ya reacciona.

Es él.

Es Braden Black.

7

Compruebo mi reloj. Es mediodía. La hora de comer. Addie y yo salimos sobre las nueve y media para hacer el reportaje. ¿Cuánto tiempo lleva Braden Black ahí parado?

«No te emociones mucho. Seguro que ha venido a ver a Addie».

Me aclaro la garganta.

Baja el periódico. Su expresión es inaccesible. ¿Se alegra de verme? ¿Está sorprendido? ¿Enfadado? No lo sé.

Sus labios carnosos y firmes se mueven un poco y vuelvo a recordar cómo se deslizaron sobre los míos, cómo su lengua se sumergió en mi boca para darme un beso profundo y rudo que nunca volveré a experimentar.

—¿Puedo ayudarte? —le pregunto.

—Por supuesto. Puedes abrirme la puerta.

Alcanzo enseguida la llave de mi bolso y abro la oficina.

—Addie no está aquí.

—Estupendo —responde.

Pues vale. Abro la puerta, entro y dejo el bolso sobre el escritorio. Saco el teléfono rápidamente y compruebo los comentarios de la publicación de hoy. Todo está en orden hasta ahora. Responderé a algunos más tarde. Cuando se haya ido.

Mi corazón se está acelerando. Se está acelerando muchísimo. Cuando me dé la vuelta, lejos del escritorio, Braden Black estará allí, de pie, con su glorioso cuerpo llenando su traje azul de todas las maneras correctas. La sangre me corre por las venas, calentándose hasta que me hierve.

—Skye —me llama con aquella voz oscura.

Me giro.

—¿Por qué has venido?

—Por esto.

Me agarra y me besa. Con fuerza. Jadeo y él me introduce la lengua en la boca, explorando al principio pero conquistando después. Otro beso rudo y mi vagina ya está goteando de deseo. Se me tensan los pezones y empujo mis pechos hacia él, muevo las caderas sin pensar.

Gime en mi boca, el sonido es como un *crescendo* en clave de fa en un piano. ¿De verdad ha venido aquí por esto? ¿Para besarme de nuevo?

Sabe a café de la mañana y a menta, diferente del beso con sabor a vino que compartimos anoche. Los fuegos artificiales explotan en mi interior y mis pensamientos no tardan en convertirse en papilla, borrados por los labios de Braden.

Solo queda el sentimiento: una emoción pura y salvaje que se enrosca a mi alrededor y me deja como un coyote que intenta evitar saltar sobre su presa demasiado pronto.

«El control. Mantén el control».

«A la mierda el control».

Le agarro la cabeza y paso los dedos por su sedoso cabello. Lo atraigo hacia mí y lo exploro como él hace conmigo, nuestras lenguas se enzarzan en una lucha de espadas, nuestros labios se deslizan el uno contra el otro. Nada importa. Nada excepto este increíble beso.

Hasta que se separa, con su frente salpicada de sudor.

Sus labios carnosos son sensuales y están hinchados, brillan por nuestro beso. Tiene el pelo despeinado por mis dedos y sí, su miembro abulta contra la lana azul de sus pantalones.

—Cenemos esta noche —me dice con la voz ronca—. Te recogeré aquí a las siete. Y esta vez, Skye, te acostarás conmigo. Vete haciendo a la idea. Porque va a pasar.

Se da la vuelta y sale por la puerta, dejándome las piernas temblorosas.

Sentada junto a Braden en el asiento trasero de su coche, me aclaro la garganta.

—¿A dónde vamos esta noche?

—A mi casa.

Mi cuerpo se convierte en mantequilla derretida.

—Ah, ¿cocinas?

—Tengo una cocinera personal. Ella se encarga de todo.

Asiento. Pues claro que sí.

No pasa nada. He estado en su casa. Estoy a salvo allí. No tengo que hacer nada que no quiera hacer. Lo que en realidad da igual. Me quiero acostar con él. Joder, quería hacerlo anoche. Nunca me imaginé que tendría otra oportunidad con Braden Black. En serio, puede tener a quien quiera.

¿Por qué me quiere a mí?

¿Es la emoción de la persecución? ¿Solo me desea porque me fui la primera vez?

Es probable.

¿Importa, acaso?

«Tienes que soltarte el pelo», me susurra el fantasma de Tessa en mi cabeza.

Sé una cosa. Se me ha dado otra oportunidad para tener la noche de mi vida y esta vez no la voy a desperdiciar.

Siento un cosquilleo en la piel, no sé si de excitación o de miedo. «Prepárate para rendirte, Skye».

Llegamos y tomamos el ascensor hasta su casa. Sasha nos recibe en la puerta.

—Hola, bonita —dice Braden, acariciándola—. Annika te sacará, ¿vale?

—¿Annika es la cocinera? —pregunto.

—No, es mi empleada doméstica. Puede que esté arriba.

¿Hay un piso arriba? Braden escribe algo en su teléfono. Al cabo de unos minutos, una mujer de pelo gris entra en la habitación —pero ¿de dónde ha salido?—, agarra a Sasha y se la lleva sin decir ni una palabra.

Una fragancia dulce y picante a la vez salpica el aire: tomate y albahaca. Supongo que cenaremos italiano. Fantástico. Me encanta la comida italiana. Salvo porque en este momento siento que todo lo que entre en mi boca volverá a salir.

—Ponte cómoda —me dice Braden.

Me detengo para no reírme. ¿Cómoda? ¿Aquí? ¿Sabe lo imposible que es su petición? Apenas nos conocemos. Hemos compartido una comida y dos besos. Eso es todo. Además, para una chica que ha crecido en una modesta granja y ahora vive en un pequeño estudio en el centro de Boston, esta ostentación nunca le resultará cómoda.

Casi desearía que nos acostáramos y acabáramos de una vez, ahorrándonos el esfuerzo que supone una cena juntos.

—¿Vino? —pregunta—. ¿O prefieres algo más fuerte?

—El vino está bien.

—¿Tinto?

—Vale.

—¿Qué tal un Chianti Classico? Irá bien con la cena. —Saca una botella de un ornamentado estante de hierro forjado.

Estaba en lo cierto. Cenaremos comida italiana.

—¿Qué vamos a comer?

—Macarrones con salsa arrabiata y ternera Marsala. ¿Te gusta la comida italiana? —Abre la botella, sirve dos copas y me tiende una.

Tomo un sorbo.

—Sí, me encanta.

—Genial.

No ha sonreído desde que me recogió en la oficina. Anoche, sonrió un par de veces. Esta noche parece más oscuro, y, aunque su comportamiento debería darme miedo, no me lo da.

Ahora voy a por todas.

Sus besos me invaden la mente, anulando todos los demás pensamientos y manteniendo mi cerebro aturdido. Soy hiperconsciente de que está a mi lado, y una energía invisible pulsa entre nosotros. Creo que, si le toco el brazo, me atravesará una descarga.

—Marilyn nos ha preparado unos aperitivos. Sígueme.

Me lleva a la cocina. Toda de mármol y madera, por supuesto, con una isla gigante rodeada de taburetes. Los aperitivos (aceitunas, melón, salami, jamón y pequeños taquitos de queso blanco) descansan sobre una bandeja de plata. Al lado hay una aceitera con aceite de oliva virgen extra y otro plato con pinchos de madera.

—Por favor, después de ti. —Braden agita la mano delante del plato.

—No, adelante —respondo—. Me gustaría disfrutar del vino durante unos minutos más.

—Claro. —Toma un pincho, lo carga con aperitivos y luego lo rocía con aceite de oliva. Sostiene una servilleta para recoger las gotitas. Arranca la aceituna verde con los dientes.

Y yo me imagino esos dientes sobre mis pezones.

«Madre mía».

Por lo menos ahora sé cómo comerme los aperitivos. Pero, claro, si como...

—Por favor —vuelve a decir después de tragar.

Asiento con la cabeza. Ya me lo tragaré de alguna manera. Agarro un pincho y le pongo un trozo de queso. Después, una aceituna, un trozo de jamón serrano doblado y de melón cantalupo. Lo llevo hacia mi boca.

—Se te ha olvidado lo mejor, Skye.

Arqueo las cejas.

—El aceite de oliva.

En realidad, me había dejado el aceite de oliva a propósito. El taller de preparación para una entrevista me viene a la cabeza de nuevo. No quiero que el aceite de oliva me gotee por la blusa.

—Estoy cuidando mi consumo de grasas —miento.

—Solo es un poquito. Toma. —Me quita el pincho y rocía el líquido verde claro sobre la comida—. Pruébalo.

Arranco el trozo de melón con los dientes.

Braden toma aire con fuerza.

El aceite de oliva es picante y ligeramente amargo frente al melón dulce, y el resultado es delicioso. Braden tenía razón. Saco el siguiente pedazo, el jamón, del pincho.

Inhala de nuevo.

—Qué boca tienes. Verte comer es mejor que el porno.

Abro los ojos y me encuentro con su mirada. Sus ojos son como un rayo azul.

Esto lo está excitando. Estoy comiendo y él se está poniendo cachondo.

No es que sea algo que me pille por sorpresa. Yo había pensado en mis pezones cuando mordió la aceituna. Pero él es Braden Black. Yo solo soy... yo.

Dejo el pincho sobre una servilleta y bebo otro sorbo de vino deseando que fuera *bourbon*. No sé mucho de vinos, pero de *whisky bourbon* Wild Turkey sí. Crecí con el aroma a madera y las notas de caramelo y canela. Arde un poco al tragar, es parte de su encanto.

—¿No te gusta el vino? —me pregunta.

—No, está bien.

—Te ha cambiado la cara.

—Ah, ¿sí? No era mi intención.

—Has hecho una mueca.

—¿En serio?

—Sí, ¿en qué estabas pensando?

Dudo, no sé si debo decirle la verdad.

—Solo pensaba que preferiría beber Wild Turkey.

Por fin, mueve los labios hacia arriba y se ríe como si estuviera feliz.

—Y, entonces, ¿por qué no me lo has pedido?

—No lo sé. Me has ofrecido el vino.

—Pide lo que quieras aquí, Skye. Créeme, yo tengo la intención de pedir lo que quiero y luego tomarlo.

Alcanza mi copa de vino y sale de la cocina mientras sus palabras encienden brasas en mi cuerpo. Al cabo de unos minutos, vuelve con un vaso bajo del característico líquido ámbar.

—A mí me gusta mucho el Wild Turkey —dice.

—Lo sé. Lo pediste anoche.

—Pero tú no. ¿Por qué?

—Me gusta el vodka martini con las ostras. —Desde luego, no es una verdad a medias, aunque siempre prefiero el Wild Turkey.

—Buena decisión, pero esto va con todo. —Me entrega el vaso—. Le he añadido un hielo. Espero que te guste así.

—Sí, me gusta. Creo que aguarlo solo lo justo resalta el sabor.

—Eres una entendida del Wild Turkey por lo que veo, ¿no?

—Soy de Kansas, así que...

—¿No eres de aquí?

Tomo un sorbo de *bourbon* y sonrío.

—¿No has notado mi falta de acento?

—Sí, pero me había imaginado que eras de algún otro lugar de la Costa Este. No del Medio Oeste.

—¿Por qué?

Se encoge de hombros.

—Pareces una chica de ciudad.

—Kansas tiene ciudades.

—Sí, pero no como las de la Costa Este.

—También es cierto —respondo—. De todas formas, provengo de una granja.

—¿Una granja? —Levanta las cejas—. ¿Una granja auténtica, de las de verdad?

—Eh... sí. ¿Eso te sorprende?

—Un poco. ¿Ordeñas vacas y todo eso?

Pongo los ojos en blanco.

—No he crecido en una granja lechera, Braden. He crecido en una granja de maíz. Ya sabes, hacemos nuestro agosto antes del cuatro de julio.

—Qué interesante.

¿Interesante? ¿En serio? A mi modo de ver, el maíz es la cosa menos interesante del planeta.

—¿Por qué te fuiste?

No puedo evitar soltar una breve carcajada.

—Porque ya he cubierto el cupo de fotos de maíz que quiero hacer en mi carrera.

—Cierto, la fotografía. Tiene sentido. —Me mira, sus ojos centellean, pero nunca se apartan de los míos, mientras se toma el último sorbo de su vino—. ¿Preparada para la cena?

Solo me he tomado dos pequeños tragos de mi Wild Turkey. No es suficiente para relajarme. Pero si voy a hacer esto, dejar mi control en la puerta, no puedo depender de la bebida. Tengo que hacerlo yo misma.

—Claro, comamos. —Tomo otro pequeño sorbo, resistiendo el impulso de tomármelo entero, con cubito de hielo o sin él. Suelto el vaso y me lamo el picante de los labios. Clava la mirada en mí.

—A la mierda la cena —gruñe.

8

Me agarra de la mano y me lleva a su habitación.

Sí, la puerta del dormitorio. La he visto antes. Se cierne ante mí como la entrada a una fortaleza que esconde joyas y tesoros. Mi cuerpo es una masa caliente de miel hirviendo; mi corazón, una manada en estampida.

Allá vamos.

Va a pasar.

Voy a hacerlo. No me acobardo. Quiero que suceda. Lo quiero a él.

Me atrae hacia su cuerpo y empuja su erección contra mi vientre.

—¿Sientes eso? —susurra, tirando del lóbulo de mi oreja con sus dientes—. Siente cómo me pones. No me dejarás con ganas esta noche, Skye. Voy a follarte.

Me suelta y abre la puerta de su habitación.

Y es un espectáculo para la vista.

Mientras que el salón estaba lacado en negro por todas partes, el dormitorio es de un color caoba masculino con toques de azul marino y marfil. Sin embargo, por muy alucinante que sea su decoración, me llama la atención la ventana que abarca toda una pared con vistas al puerto de Boston.

Camino hacia delante, como si estuviera en trance. El cristal es tan claro que siento que podría caerme por el borde.

—Es cristal de un solo sentido —dice Braden—. Podemos ver hacia afuera, pero nadie puede ver hacia adentro.

Solo lo estoy escuchando a medias. Estoy mucho más interesada en ver los yates que entran en el puerto deportivo.

—¿Uno de esos es tuyo? —pregunto.

—*La Galatea*, sí. Ben la ha sacado esta noche.

—¿Tu hermano Ben?

—Solo conozco a un Ben. Le gustan más los barcos que a mí.

—¿Cómo que no te gustan los barcos? ¡Son tan bonitos!

—Suponen mucho trabajo.

—Pero ¿no...?

Me tira de la coleta.

—¿De verdad quieres hablar de barcos ahora mismo?

Me doy la vuelta, y ahora por fin aprecio el resto del dormitorio. Su cama es de tamaño *king*. Sinceramente, a mí me parece más grande que una *king*. El cabecero es magnífico: son peldaños de caoba con extrañas piezas metálicas colocadas de una forma artística. Nunca había visto nada igual. El edredón azul marino que cubre la cama es de un tejido brillante, probablemente seda. La cama está en la pared principal, frente al gran ventanal. En una de las paredes adyacentes hay una cómoda y un baúl de caoba que combinan a la perfección con la estructura de la cama. Junto a la cómoda hay un armario antiguo de caoba, lo cual es extraño, porque justo al lado hay un enorme vestidor. La puerta está entreabierta, así que puedo ver el interior. ¿Por qué iba a necesitar un armario antiguo?

En la pared opuesta se encuentran dos sillones con respaldo en color azul marino con motas doradas. La cama está flanqueada por dos mesitas de noche de caoba con una lámpara encima de cada una.

—Esto es increíble —le digo.

—Es un lugar agradable para volver a casa por la noche.

—Ya lo creo. Si esto fuera mío, no estoy segura de que me levantara de la cama.

Surge un suave gruñido que parece salirle del pecho mientras se quita la chaqueta del traje.

—Me gusta cómo suena eso.

Contengo un estremecimiento.

Ya tengo la entrepierna mojada. Estoy así desde que me recogió en la oficina de Addie. Todo en Braden desprende sexo a raudales: su sedoso pelo oscuro, sus abrasadores ojos azules, el timbre de barítono de su voz, sus manos masculinas, la forma en la que el traje se ciñe a su cuerpo...

Sí, he visto su cuerpo.

La publicación de la revista *GQ* incluía una foto de él en la playa. Buenísima. Estoy a punto de descubrir cuánto la han retocado con Photoshop.

Espero que no mucho.

En realidad, no me importa. Lo voy a hacer pase lo que pase. Anoche tomé esa decisión en el restaurante, aunque la pospusiera veinticuatro horas.

¿O fue él quien tomó la decisión por mí?

Borro ese pensamiento de mi mente. Necesito pensar que he sido yo quien lo ha decidido, para al menos tener la apariencia de estar al mando.

Voy a follar con Braden Black.

—Quítate la ropa —me dice—. Despacio.

Me ruborizo. ¿Voy a hacerlo de verdad? Si los latidos de mi corazón son un indicio, la respuesta es un sí rotundo. Me desabrocho la blusa. No hay problema. Todavía puedo mantener el control. Aunque no quiero desobedecerle. Quiero obedecerle sin rechistar, lo que me da mucho miedo.

Un botón. Dos botones. Tres...

Hasta que me arranca el faldón de la camisa de los vaqueros y termina el trabajo separando las dos mitades. Los botones vuelan, uno de ellos golpea la puerta del armario, pero la mayoría cae en silencio sobre la alfombra de marfil.

—No podía esperar —dice con voz ronca.

Se me endurecen los pezones y se presionan contra el encaje de mi sujetador.

Braden roza uno por encima de la tela y se me doblan las rodillas.

—Quítatelo —gruñe—. Quiero ver esas tetas.

De nuevo, obedezco sin rechistar. Me desabrocho el sujetador con lentitud, saco los brazos y lo dejo caer al suelo a mis pies. Mis amplias tetas de copa C caen suavemente sobre mi pecho.

Braden baja los párpados y vuelve a salirle el suave gruñido de su pecho. Se afloja la corbata, se la quita y la tira al suelo. Luego, se desabrocha los dos primeros botones de su impecable camisa blanca. Le asoma el vello negro del pecho. La cantidad perfecta, como la que vi en las fotos de *GQ*. Braden Black no se depila, y por alguna razón eso me excita en demasía.

Se acerca a mí y me estremezco cuando me agarra los pechos.

—Preciosos —murmura y me acaricia los dos pezones. Suspiro con suavidad—. ¿Te gusta que te chupen los pezones? ¿O que te los pellizquen?

—Todo lo que has dicho —respondo.

—Oh, nena. Nos vamos a llevar muy bien. —Me retuerce los pezones lo suficiente como para hacerme gemir—. ¿Te gusta?

Cierro los ojos.

—Mmm.

—Di que sí, Skye. Di siempre que sí. Necesito escuchar la palabra.

«¿Por qué?», me pregunto de manera fugaz antes de decir:

—Sí. Me gusta, Braden.

—Tienes una voz sexi. Me encanta cómo dices mi nombre. Dilo otra vez.

—Braden.

—Otra vez.

—Braden.

—Ahora, dime qué vamos a hacer aquí esta noche.

—Me vas a follar, Braden.

—Sí, te voy a follar.

Mi cuerpo se convierte en gelatina. Estoy de pie delante de Braden Black, con las sandalias y los vaqueros aún puestos, los pechos al aire, los pezones duros y preparados.

—Dices que te gusta que te pellizquen los pezones.

—Sí —digo con un suave suspiro.

—¿Qué más te gusta?

—Lo que quieras hacerme. —Las palabras salen de mi boca sin ni siquiera pensarlo ni esforzarme.

No puedo negar la verdad sobre ellas.

Yo estoy aquí.

Él está aquí.

Y puede hacerme lo que él quiera.

—Quítate el resto de la ropa, Skye.

—¿Tú vas a quitártela?

—¿Importa?

Abro la boca para responder, pero él me detiene con un gesto.

—Desnúdate.

Trago saliva, con el corazón retumbándome, me quito las sandalias y me desabrocho los vaqueros. Me los bajo despacio por las caderas y me los quito de las piernas hasta quedarme solo con las bragas.

—Continúa —dice.

Me quito las bragas y las tiro a unos metros, junto a la corbata de Braden. Hace unos días que no me depilo.

¿Se le bajará cuando vea el feo rastrojo marrón entre mis piernas?

—Genial —comenta, relamiéndose los labios.

Al parecer sigue excitado. Bien.

—Puedo olerte —declara—. Estás lista. Húmeda. ¿Verdad?

Me muerdo el labio inferior.

—Mmm.

—¿Qué te he dicho? —me reprende con severidad—. ¿Sobre el uso de la palabra?

—Sí. Sí, estoy mojada.

—¿Quién hace que estés mojada, Skye?

Me aclaro la garganta.

—Tú. Estoy mojada para ti, Braden.

Entonces me agarra y junta nuestras bocas. Mi lengua sale al encuentro de la suya en otro beso apasionado. Apasionado y hermoso. Sus labios carnosos se deslizan contra los míos mientras me saquea la boca, y quiero que él haga lo mismo con mi cuerpo.

Mi vientre se agita y los nervios me recorren la piel. Mi vagina palpita al ritmo de mis rápidos latidos.

Braden pasa una mano de forma seductora por encima de mi hombro hasta llegar a mi pecho, agarrándome un pecho y pellizcándome un pezón. Inhalo con brusquedad y rompo ligeramente el beso para tomar aire. Entonces, su mano se desplaza hacia abajo, sobre mi vientre, para...

—¡Oh!

Me toca el clítoris con delicadeza... y luego no con tanta delicadeza al deslizar sus dedos por mis pliegues.

Esta vez, él rompe el beso.

—Estás muy mojada —gruñe en mi oído—. Voy a clavarte mi polla, Skye. Te la voy a meter tanto, que mañana te dolerá. Cada vez que te muevas, pensarás en mí dentro de ti, tomándote, follándote. Sabrás que estuve aquí.

9

Antes de que pueda responder, tomo aire con fuerza cuando desliza un dedo dentro de mí.

—Dios, estás tan apretada... No puedo esperar para follarte.

Yo tampoco puedo esperar, aunque siento su dedo en mi interior como si estuviera en la gloria. Tiene unas manos preciosas, los dedos largos y gruesos. Perfectos para lo que está haciendo.

Y se le da de maravilla.

Tal vez en esta ocasión... Solo tal vez...

Pero no quiero pensar en eso en este momento. Quiero disfrutar del placer, no estresarme por lo que pueda no ocurrir.

Continúa follándome con el dedo, añadiendo otro mientras trabaja con el pulgar en mi clítoris. Las piernas me tiemblan, pero él mantiene la posición perfecta para las cosas deliciosas que me está haciendo.

—¿Te gusta, nena?

—Oh, sí —suspiro—. Muchísimo.

Me pellizca el lóbulo de la oreja con los dientes.

—Cuando acabe la noche —me susurra—, te prometo que esto será lo que menos recuerdes.

No. No es posible. Nunca olvidaré sus dedos y cómo encuentran el punto justo para ponerme más caliente y húmeda que nunca.

Hasta que me empuja a la cama, se mueve para abrirme las piernas y cierra los ojos.

—Necesito probarte.

Su lengua, suave contra la mía, es más áspera contra mi clítoris, la textura perfecta para hacer que me retuerza debajo de él. Me duele la pérdida de sus dedos, pero mientras me acaricia los pliegues con la lengua, deslizándose desde mi clítoris hasta mi perineo y volviendo, me deleito con el nuevo placer, aunque es menos intenso.

¿Por qué no ir más despacio? ¿Por qué no experimentar cada toque por sí solo?

Me lame la humedad del interior de mis muslos y luego introduce la lengua en mi calor. Parece saber por instinto cuándo volver a mi clítoris y hacer que me excite una y otra vez. Estoy montada en una montaña rusa del placer: arriba y abajo, arriba y abajo, rápido y lento, rápido y lento, rápido y lento...

Justo cuando creo que estoy a punto de explotar, me hace caer de nuevo.

¿Sucederá? ¿Sucederá de verdad?

—Madre mía, qué bien sabes —dice contra mi muslo, su aliento como una brisa cálida.

Abro los ojos. Algo cuelga sobre mí en el techo encima de la cama, pero no me detengo en ello. Levanto la cabeza y miro entre mis piernas.

—¿Piensas quitarte la ropa alguna vez?

—A su debido momento —responde—. Pero si lo vuelves a preguntar, no lo haré.

Su voz es baja, con algo más que un toque de dominación. No estoy segura de cómo me va a follar con la ropa puesta, pero no volveré a preguntárselo de nuevo.

Cierro los ojos, preparada para recibir más de su boca en mí cuando...

—¡Oh!

Me da la vuelta como a una tortita, así que ahora estoy boca abajo en la cama, con las piernas colgando. Me inmoviliza en esta posición.

—Ni se te ocurra moverte.

El tintineo de su cinturón y luego el zumbido de su cremallera... El desgarro de un envoltorio... Me giro con curiosidad para mirarlo.

Me empuja de nuevo hacia abajo con dureza.

—¡He dicho que no te muevas! —Después, un gemido bajo mientras se sumerge profundamente en mí—. Joder, sí.

No he visto su pene, pero debe de ser enorme por la forma en la que me llena. Ardo cuando me penetra y es un ardor de los buenos. De los muy buenos.

Su mejilla con barba incipiente me araña la mandíbula cuando se inclina, atrapándome debajo de él.

—No te muevas, Skye. Pararé si lo haces. ¿Me entiendes?

—Sí —gimo.

Me chupa el lóbulo de la oreja entre los dientes.

—Estás muy apretada. Joder, cómo me gusta.

Se levanta un poco y me pone las manos sobre los hombros, no lo bastante fuerte como para que me duela, pero sí lo suficiente como para que no pueda moverme. Estoy atrapada, a su merced. Completamente bajo su hechizo.

Se me acelera el corazón, la ansiedad se me dispara.

«Vuelve a tomar el control. Vuelve a tomar el control».

Pero no puedo. Me ha inmovilizado.

Y, Dios, cómo me gusta.

No estoy amordazada. Puedo decirle que pare.

Pero no lo hago.

«Suéltate el pelo, Skye».

Déjate llevar, déjate llevar, déjate llevar...

Cierro los ojos y me rindo a las sensaciones arrebatadoras que se apoderan de mi cuerpo. La electricidad chisporrotea a nuestro alrededor y juro que puedo verla en mi mente, sentirla en mi interior.

Braden entra y sale de mí, lento al principio y aumentando la velocidad después. El algodón de su camisa me roza la parte baja de la espalda mientras embiste, embiste, embiste, y, con cada embestida, mi clítoris roza el edredón, provocándome una sacudida tras otra de placer magnético. Se desliza hacia dentro y hacia fuera, golpeando puntos dentro de mí que no sabía que existían, puntos que aumentan mi placer, aumentan la energía que se arremolina en mi clítoris.

Agarro el edredón con los puños, todavía inmóvil, mordiéndome el labio inferior con tanta fuerza que temo hacerme sangre.

Algo es diferente. Me he excitado antes, me he puesto cachonda antes, pero esto es nuevo, como si corriera desnuda por un bosque al anochecer, alcanzando un misterioso pájaro negro que guarda un secreto que necesito. Vuelve cada vez más cerca, pero luego se aleja, siempre a medio metro de mi alcance.

¡Madre mía! Nunca me había sentido así.

—Voy a correrme. —Braden empuja y empuja y empuja—. Hazlo conmigo, nena. Hazlo conmigo.

Sus palabras son una orden, una orden que no puedo obedecer, pero...

—¡Oh, Dios mío! —Un calor intenso y hormigueante comienza en mi núcleo. Mi vagina se estremece, el calor lo recorre, y juro que la electricidad corre por mis venas y chisporrotea hacia fuera hasta los dedos de las manos y de los pies. La montaña rusa alcanza por fin la cima y me sumerge en el nirvana. Palpito al ritmo de él, de cada embestida, mientras termina dentro de mí.

Todo mi cuerpo se vuelve uno con Braden, con la cama y conmigo misma.

Esto.

Esto es lo que me faltaba.

Esto es lo que he tenido tan cerca, pero nunca he experimentado: esta intensidad, este subidón de ensueño.

¿Qué diría Braden si supiera que ha sido mi primer orgasmo?

10

No tengo mucho tiempo para reflexionar sobre la completa maravilla que acaba de suceder. Braden se retira y me doy la vuelta para ver lo que está pasando. Mi mente se deleita en el torbellino caleidoscópico del clímax cuando al fin se arranca la ropa.

Y jadeo.

La *GQ* no le ha hecho justicia.

Este hombre es un puto dios.

Sus ojos están llenos de fuego azul cuando me mira. Su verga, aunque acaba de eyacular, está casi erecta de nuevo sin condón. Debe de habérselo quitado cuando se ha desnudado.

—Ve hasta el cabecero de la cama —me ordena—. Túmbate de espaldas y agarra dos de los peldaños del cabecero.

Me quedo mirándolo fijamente: los labios brillantes, el pecho perfecto con vello negro disperso, los duros abdominales, el nido negro de rizos que le rodea su enorme miembro.

—Ya, Skye.

Todavía estoy embriagada por el clímax, pero me doy prisa para echarme hacia atrás como me pide, apoyo la cabeza en una de sus mullidas almohadas y me agarro al cabecero.

—No voy a atarte —me dice.

¿Atarme? ¿Estaba pensando en atarme? ¡Oh, desde luego que no!

Me suelto del cabecero y me encuentro con su mirada, con la mía en llamas.

—Agárrate de los peldaños —me dice con calma pero con oscuridad.

—No, no voy a hacerlo. No puedes atarme.

—Creo que acabo de decir que no iba a hacerlo.

Una extraña pizca de decepción me atraviesa. Me olvido de ella.

—Yo...

—Agárrate de los peldaños, Skye. Ahora.

Su voz. ¿Qué tiene su voz que me hace querer obedecerle y no cuestionarlo nunca? Dios mío, si me pide que haga algo ilegal, puede que lo haga. Así de hipnotizante es su tono ronco.

Me agarro de los peldaños.

—Bien. —Se mueve en la cama para estar a horcajadas sobre mí, con su miembro colgando en mi boca—. Pónmela dura otra vez. Usa esa boca tan sexi que tienes.

Quiere que se la chupe. Por supuesto. Nunca he conocido a un hombre que no quisiera una mamada. Eso puedo hacerlo. Braden la tiene más grande que cualquier hombre con el que haya estado, pero estoy bastante segura de que puedo hacerlo.

Introduce su pene entre mis labios despacio, dejándome que vaya a mi ritmo. Cuando me llega al fondo de la garganta, solo está a un poco más de la mitad. Suelto un peldaño para usar la mano.

—¡No lo sueltes! —grita con los dientes apretados.

Quiero decirle que puedo hacerlo mejor si me deja usar la mano, pero no puedo porque tengo la boca ocupada. Rápidamente vuelvo a agarrar el peldaño.

Sigue entrando y saliendo de mi boca poco a poco. Su erección ha regresado con toda su fuerza, y yo estoy excitada por tenerla dentro de mí de nuevo, para no tardar en volver a repetir los minutos más increíbles de mi vida.

Tessa tenía razón. No se puede describir un orgasmo.

«Disfruto del sexo», le dije una vez. «Tal vez sí estoy llegando al clímax y no me doy cuenta».

«No», respondió ella. «Lo sabrás cuando ocurra».

¿Cómo había podido dudar de ella?

Ahora que he experimentado lo que siempre me ha esquivado, quiero más. Mucho más.

Braden al fin la saca de mi boca y baja por mi cuerpo.

—Tus tetas son perfectas —dice, y luego chupa una entre los labios mientras pellizca la otra con suavidad.

Se me pone la piel de gallina. Siento los pezones como si nunca me los hubieran tocado antes, como si Braden Black fuera el primer hombre que los acaricia.

Chupa, mordisquea, muerde.

Me retuerzo debajo de él, girando las caderas, buscando algo que me roce el clítoris para aliviar la presión que vuelve a surgir en él. Tengo los pechos hinchados y doloridos y cada tirón de mis pezones se dirige directamente a mi centro.

Braden chupa y muerde, con su barba de unos días rozando mi piel sensible. Cómo anhelo pasar mis dedos por su espeso cabello, alisar los mechones húmedos que se le pegan a la frente.

Pero no puedo soltarme. No puedo. No estoy atada, pero no puedo.

Estoy atada a la voluntad de Braden, a la fuerza de Braden. No sé qué pensar, pero sé que a una parte de mí... A una parte de mí le gusta.

Una parte de mí quiere más.

No me gusta que me contengan. Me pican y hormiguean los dedos. Quiero moverlos, enterrarlos en la seda de los mechones de Braden.

Muevo un dedo. Sí, todavía puedo moverlos.

Pero no lo hago.

No importa lo mucho que quiera. No lo hago.

—Eres preciosa —me dice después de soltarme el pezón. Desciende por mi cuerpo, lanzando suaves besos sobre mi vientre y mi vulva—. Quiero comerte otra vez, pero necesito entrar en ese sexo caliente. Joder. —Se baja de la cama y vuelve con un condón.

—Déjame que lo haga yo —le pido.

Se encuentra con mi mirada, con los dientes apretados.

—No te atrevas a moverte.

—Braden, quiero...

—¡He dicho que no te muevas!

Respiro hondo y miro hacia arriba, con una pizca de miedo recorriéndome. La cosa que está encima de mí por fin se enfoca.

Es una especie de artilugio con poleas y un arnés.

Estoy al mismo tiempo cagada de miedo y excitada por encima de mis posibilidades.

—Voy a follarte de nuevo, Skye, y esta vez, hasta el fondo.

¿No me la había metido hasta el fondo la última vez? Juro que lo he sentido empujándome el cérvix. Pero va en serio. Coloca mis piernas sobre sus hombros, abriéndome.

Entonces, empuja hacia adentro.

¡Joder! Me muerdo el labio para no gritar. Sí, esta vez la ha metido más hasta el fondo. Muy adentro. Me encanta. Estoy dilatada de la primera vez y estoy muy mojada, y aun así me atraviesa como si su pene estuviera hecho de fuego.

—Me encanta —murmura apretando los dientes—. Qué rico está. Qué rico, Skye.

Tiene los hombros duros, bronceados y hermosos. Me muero por deslizar los dedos por ellos, bajar por su espalda y agarrar su culo perfectamente formado para empujarlo más y más dentro de mí.

Pero no suelto los peldaños. No me suelto.

Quizás sea demasiado pedir otro orgasmo. Después de todo, uno ya ha sido una verdadera sorpresa y un verdadero regalo. Otro no...

—¡Dios, Braden! —Me agarro a los peldaños con los nudillos blancos mientras él me penetra, rozando mi clítoris con su vello púbico, con sus huevos golpeándome el culo.

Mi mundo da vueltas mientras sigo gimiendo y gritando.

—Eso es, nena. Córrete. Córrete sobre mí. Córrete para mí. Solo para mí.

Sus palabras convierten su voz en una vibración sencilla que me hace volar sobre el puerto. Sigue follándome, cada vez más fuerte. La intensidad del cosquilleo aumenta de nuevo y salto desde la cima de la montaña más alta.

—Joder. Skye. ¡Sí!

Ruge mientras empuja tan profundamente que juro que me toca la punta de la cabeza. Palpito a su alrededor mientras él se corre y tenemos un orgasmo en un tándem perfecto.

Guau. Simplemente, guau. Ninguna droga puede igualar esto.

Me encuentro con su mirada, anhelando tocarle la cara brillante de sudor. Deseo que baje sus labios hasta los míos y me bese, el final perfecto para un polvo perfecto.

En lugar de eso, sale de mí y se tumba de espaldas, con un brazo sobre los ojos.

Y espero.

¿No debería decir él algo? ¿Debería decir yo algo? Al final, se baja de la cama, se levanta y tira el condón a la basura. Luego se agacha, recoge los pantalones y saca el teléfono del bolsillo. ¿Dirá algo ahora?

Cuando no lo hace, lo hago yo.

—¿Esto también lo vas a subir a Instagram?

En mi cabeza sonaba divertido, pero ahora solo pienso que es una ridiculez.

Sigue sin decir nada. Está escribiendo en el teléfono.

Cuando al fin habla, desearía que no lo hubiera hecho.

—Acabo de avisar a Christopher. Va a llevarte a casa.

Sus frías palabras liberan mis ataduras invisibles.

Me suelto del cabecero.

11

—Fue humillante —le cuento a Tessa al día siguiente mientras comemos—. Ha sido el mejor sexo de mi vida y luego, sin más..., se
acabó. Me dijo que su chofer me llevaría a casa y después se fue de
la habitación, diciendo que tenía un mensaje importante al que
tenía que responder. Fue horrible.

—Por lo menos has tenido un orgasmo. —Se toma un sorbo de té
helado—. ¿Te lo dije? ¿O no te lo dije?

No puedo evitar una sonrisa. La primera sonrisa auténtica desde
la noche anterior.

—Sí, tenías razón. Pero no lo entiendo. He probado de todo. Cada
vibrador que hay en el mercado. Cada técnica... y nada. Hasta Braden
Black.

—Tía, yo podría correrme solo con mirar a Braden Black.

Tessa era multiorgásmica, o eso decía. Después de los dos que experimenté anoche, la forma en la que mi cuerpo se estremeció y tembló,
estoy bastante segura de que los orgasmos múltiples podrían conducir a
una muerte rápida, aunque satisfactoria. Sin embargo, no tengo nada
que reprocharle a su observación. Braden Black es el hombre más guapo
del mundo y tenía razón cuando dijo que no olvidaría dónde había estado. No solo me duele la vagina, también tengo los glúteos y los muslos
doloridos. Me duelen mucho hoy músculos que no sabía ni que tenía.

—Pero tiene algo —replico—. Algo que no sé decirte qué es.

—¿A qué te refieres?

—A una oscuridad. Casi como una nube invisible que se cierne sobre él. Sé que no tiene ningún sentido, pero no puedo explicarlo mejor. No puedo verlo, pero sé que está ahí. —No menciono a propósito el otro enigma sobre él: que quiero obedecerle sin rechistar. Algo que no es propio de mí en absoluto.

—Seguramente te estés imaginando cosas. Puede que sea porque se apellida Black. Y ya sabes, *black* en inglés es *negro* y lo negro es oscuro. —Se echa a reír.

—Menuda tontería.

—Sí, puede que sí —concuerda.

—Estoy segura de que nunca volveré a verlo, así que nunca descubriré qué es esa oscuridad. —Dejo escapar una pequeña burla para intentar ocultar la tristeza que siento—. Es gracioso. Apenas lo conozco, pero siento como si hubiera perdido algo.

—Eso es porque ha hecho que tengas un orgasmo. —Sonríe.

—¿Y si no vuelvo a tenerlo nunca más?

—Ahora ya sabes lo que es, así que puedes repetirlo. Inténtalo en casa con tus juguetes. Seguro que puedes hacerlo.

Me río un poco.

—Lo intentaré.

—Esa es mi chica. Habrás superado a Braden Black en menos de lo que canta un gallo.

—Tal vez. No lo sé. Tiene algo que me ha calado hondo.

—Intenta recordarlo solo por lo que fue. Una noche de muy buen sexo que te dio el primero de los muchos orgasmos que tendrás en tu larga vida. De verdad, deberías darle las gracias.

—¿Y si le mando unas flores? —le digo en tono de broma.

Tessa se acaba su té helado y le hace una señal al camarero para que nos traiga la cuenta.

—Mejor uno de esos pasteles eróticos.

No puedo evitarlo. Se me escapa una carcajada. ¿Enviarle a

Braden Black un pastel erótico? Eso es graciosísimo y no es algo propio de mí.

—En serio. Puedes pedir que te hagan una vulva de mazapán y luego escribir algo como «Gracias por la visita». Sería divertido. —Se ríe de forma histérica.

Tessa es mi mejor amiga y la adoro, pero a veces se cree más graciosa de lo que en realidad es. Vale, esto tiene bastante gracia, pero de ninguna manera voy a enviarle a nadie una vulva de mazapán.

—¿No debería darme a mí misma las gracias? —digo—. Fui yo quien logró su primer orgasmo.

—Sí, pero suena ridículo.

—Como si todo esto no fuera ridículo. Tú eres ridícula. —Me río y recojo la cuenta cuando llega—. Me toca a mí. La última vez pagaste tú.

—Tengo que irme corriendo de todas formas. Tengo reunión a las dos y no estoy nada preparada. —Se levanta y una enorme sonrisa se le dibuja en la cara—. Piensa en ese pastel.

Pongo los ojos en blanco, saco una tarjeta de crédito de mi cartera y la pongo sobre la cuenta.

Después, me termino el refresco *light* y juego con los restos de la lechuga que me quedan en el plato.

Y pienso en la noche anterior.

En cómo me hizo sentir Braden. En cómo me hizo querer ceder el control. Si cualquier otro hombre me pidiera que me agarrara a un cabecero, me reiría en su cara.

¿Qué pasa con Braden?

Suspiro. No importa. Nunca lo volveré a ver. Aun así, ¿qué hizo exactamente para hacerme explotar de la manera en que lo hice? Todo fue increíble, pero ¿hizo algo en concreto? Necesito saberlo, porque estoy segura de que quiero volver a sentirlo, ya sea con él, con otro chico o conmigo misma. Me da igual.

Excepto que me gustaría que fuera con él.

Tengo unos minutos antes de tener que volver a la oficina, así que paseo un poco por la ciudad y me encuentro frente a mi panadería favorita, una panadería que también hace pasteles eróticos. Entro en un impulso.

—¿Puedo ayudarla? —me pregunta una mujer joven.

—Sí. —Por favor, que no se me quiebre la voz—. Quiero una *baguette*, por favor.

«Cobarde».

Me pone una en una bolsa.

—¿Algo más?

—No, gracias.

Pago la *baguette* y me encamino hacia la puerta.

Y me pregunto qué estará haciendo Braden en este momento.

De vuelta en la oficina, Addison está haciendo los últimos arreglos con Susanne Cosmetics. Por fin han subido la oferta a doscientos mil dólares, así que esta tarde vamos a hacer la sesión para la publicación de la barra de labios con efecto voluminizador. Al parecer, esa es la cantidad necesaria para que Addie se venda y publicite un producto que supuestamente elimina las arrugas de los labios. Cumplir los veintinueve la ha hecho caer en picado.

He montado un miniestudio en la oficina, donde puedo ajustar la iluminación según sea necesario. Allí haremos la sesión para la publicación de hoy.

Estoy preparando el lugar cuando Addie irrumpe como un vendaval.

—Cambio de planes. Quieren que lo hagamos en el mostrador de Susanne en Macy's.

—Mierda. ¿En serio?

—Sí. He intentado convencerlos de que no lo hicieran.

—Los grandes almacenes son lo peor.

—Lo sé —contesta ella—. La iluminación es atroz, pero para eso te tengo a ti. Puedes hacer tu magia.

Me ablando un poco. Eso es lo que pasa cuando Addison Ames te hace un cumplido. Aceptaré todo lo que pueda. Ella me aprecia, lo sé. Solo que no lo demuestra muy bien la mayoría de las veces.

—Claro. ¿Quieres que vayamos ahora?

—Sí. Hacemos la sesión y luego puedes tomarte el resto del día libre.

Me contengo para no reírme. Son casi las tres y media. La sesión durará al menos una hora y después estaré pendiente durante la siguiente hora por si hay comentarios negativos. Demasiado para tener «el resto» del día libre.

Sin embargo, a su manera, cree que me está haciendo un favor. Son sus modos de diva.

Macy's está a solo una calle de distancia, así que vamos andando, lo que significa que Addie se va a pelear con su pelo durante quince minutos más o menos antes de que empecemos.

No hay mucha gente en el mostrador de Susanne Cosmetics. Solo uno o dos clientes están mirando los productos. Eso cambiará después de hoy. Muchas mujeres querrán el nuevo tono de barra de labios Burgundy Orchid de Susanne. Espero que tengan suficientes existencias para dar cabida a las miles de personas que querrán que sus labios parezcan que acaban de terminarse un helado de uva.

—¿Puedo ayudarlas? —nos pregunta una vendedora.

—Soy Addison Ames —responde Addie—. Estamos aquí para hacernos un selfi con la nueva barra de labios con efecto voluminizador.

—No estoy al corriente de eso.

—Llama a la empresa. Te lo confirmarán. Esta es mi asistenta, Skye.

—Sí, encantada. Tendré que comprobar todo esto con la tienda.

—Con todo el respeto... —Addie mira la etiqueta con el nombre de la empleada—, Blanche, no necesitamos el permiso de la tienda para tomarnos un selfi. Esto es un lugar público.

—Aun así, yo...

—Tiene razón —digo yo—. Hacemos esto todo el tiempo.

Blanche suspira.

—No quiero meterme en problemas.

—Y no lo harás. Hemos traído nuestra propia barra de labios y todo. —Addie se mira en uno de los espejos—. ¡Madre mía! Mi pelo está espantoso. ¿Dónde está el baño, Blanche?

—Al fondo.

—Gracias. Estaré en un minuto, Skye.

Asiento con la cabeza. Sí, claro. Serán quince minutos por lo menos. Recorro el mostrador de cosméticos para encontrar la mejor zona para hacer la foto. Luego saco mi teléfono para revisar los comentarios de la publicación sobre los *pretzels* y tal vez revisar el correo electrónico mientras espero.

Abro la aplicación de Instagram. Uy, tengo una notificación. La miro.

Y me explota el corazón.

Tengo una nueva solicitud de seguimiento: @bradenblackinc.

12

Mi Instagram es privado, por lo que Braden tiene que enviarme una solicitud. De hecho, hoy he borrado bastantes solicitudes de gente que no conocía. Seguro que querían seguirme solo porque Braden me etiquetó en su publicación de las ostras de la otra noche.

¿Aceptar o no aceptar?

Esa es la cuestión.

Anoche me echó literalmente de su habitación.

Vale, no literalmente. Pero casi había sido así.

Dijo que había recibido un mensaje importante en su teléfono del que tenía que ocuparse —al parecer, los multimillonarios tienen que ocuparse de cosas importantes a altas horas de la noche— y entró en su despacho mientras yo me vestía lo más rápido posible. Salí de la habitación y encontré a Christopher ya en el salón acariciando a Sasha.

—¿Lista para marcharse, señorita Manning?

Asentí y me puse de rodillas para acariciar a Sasha detrás de las orejas.

—Sí. Gracias.

Lo que ocurrió a continuación fue una repetición de la noche anterior.

Seguí a Christopher hasta el ascensor y él pulsó el botón. El coche estaba esperando en la planta del garaje. Christopher me abrió la puerta y subí.

Me llevó a casa.

Todo volvió a su lugar en un lapso de aproximadamente media hora.

Parecía que había pasado un año.

Cuando por fin llegué a casa, me fui a la cama con la ropa puesta sin lavarme la cara, algo que nunca hago, y me he despertado esta mañana con los ojos como un mapache llenos de máscara de pestañas, un gran recuerdo de la noche anterior.

Y ahora Braden quiere seguirme en Instagram.

¿Por qué? Rara vez publico. Instagram es mi trabajo, y no me llevo el trabajo a casa. No tengo mucha vida privada. Esta tarde, Tessa ha subido una foto de nosotras en el almuerzo. Lo suele hacer. Al parecer, cree que sus seguidores quieren saber todo lo que come. Tal vez lo hagan. No tengo ni idea. Tomar una foto de un sándwich de beicon, lechuga y tomate con aguacate no es exactamente arte.

Por supuesto, tampoco lo es una foto de Addie usando una barra de labios con efecto voluminizador.

Addie vuelve, con el pelo peinado y los labios morados recién voluminizados, retrasando mi decisión de aceptar o no la petición de Braden. Bien. Es demasiado como para pensarlo en este momento.

—*Puaj* —me susurra Addie—. ¿Soy yo o este tono es horrendo?

—No lo piensas tú sola —le respondo también en un susurro. Luego, con un tono de voz normal, le digo—: He estudiado la iluminación del lugar. Creo que el selfi quedará mejor al otro lado del mostrador. Además, hay menos cosas en el fondo que desvíen la atención de tu imagen.

—Me parece bien.

Preparamos la foto con Addie poniendo morritos y sosteniendo el tubo del voluminizador en una mano, con el otro brazo extendido en pose de selfi. Tomo varias, elijo las mejores y las edito con rapidez. Le paso el teléfono.

—Skye, tiene que haber un filtro para que este tono parezca un poco menos... morado como una tableta de chocolate Milka.

—Creía que no deberíamos usarlo. Por hacer una publicidad justa y todo eso.

Me devuelve el teléfono.

—Lo siento. Usa un filtro. No puedo dejar que me vean así.

—Pero...

—El filtro, Skye. Yo me encargaré de las consecuencias de Susanne, si es que las hay. Apuesto a que no las habrá. Estarán superentusiasmados con el gran incremento de las ventas.

—Tú eres la jefa. —Hago los ajustes necesarios y le devuelvo el teléfono a Addie.

—Estupendo. Publícala.

—¿Y el texto?

—¿No ha mandado Susanne ninguno?

Niego con la cabeza.

—No.

Suspira.

—¡Por Dios! Escribe tú algo. No encuentro las palabras para decir lo mucho que me gusta este horrible tono. —Saca un pañuelo de papel de la caja que hay en el mostrador y se limpia con ferocidad los labios.

—Ya se me ocurrirá algo. —No será la primera vez que tenga que ser creativa.

Totalmente enamorada de la nueva barra de labios con efecto voluminizador Burgundy Orchid de @susannecosmetics. ¡Consigue la tuya antes de que se agote! #colaboración #grandesbesos #bésame #voluminizadordelabios #labios #beso

No es mi mejor idea, pero servirá. Subo la foto.

¡Qué delicia! Ya estoy pidiendo el mío,
@realaddisonames.

¡Preciosa!

¡Qué bonito te queda ese color!

Su barra de labios con efecto voluminizador es la mejor.
¡Me encanta este nuevo tono!

Rastreo en busca de algo negativo. Borro algunos comentarios cuestionables.

Entonces vuelvo a mirar la petición de seguimiento de Braden.

¿Qué diablos? No encontrará mucho en mi Instagram.

Pulso rápidamente «Confirmar».

Tal vez vea que me lo estoy pasando en grande sin él.

Aunque mis dos últimas fotos fueron de la interesante forma en la que una sombra jugaba a través de una acera de la ciudad y una solitaria boca de incendios en el calor.

Tengo que mejorar mis publicaciones en Instagram.

13

Sobre mi cama hay dos vibradores, un dildo y un juego de bolas chinas, todo ello producto de mis anteriores intentos de alcanzar el orgasmo esquivo.

Los saqué del cajón cuando llegué a casa después de trabajar. ¿Voy a seguir el consejo de Tessa e intentar recrear lo que Braden me hizo?

Pues parece ser que sí.

Me río en voz alta. No he conseguido nada antes cuando he usado estos juguetes. ¿Qué me hace pensar que ahora sí puedo?

«Porque ahora sabes lo que estás buscando».

Tal vez. Ahora que he experimentado un clímax de verdad y estoy familiarizada con su magnificencia, quizás pueda volver a hacerlo.

Llegué a los dos orgasmos mientras Braden me penetraba, pero eso por sí solo no fue lo que me puso cachonda. Fue la estimulación del clítoris unida a la magnífica polla de Braden. Miro el dildo azul. Sí, es bastante grande, pero no tanto como la de Braden.

Junto al dildo hay un vibrador rosa con un estimulador de clítoris incorporado. El problema es que la parte del dildo del vibrador ni siquiera se acerca al tamaño de Braden.

El otro vibrador, de color claro, es solo un dildo con pilas, sin estimulador de clítoris.

Y luego están las bolas chinas. Parecen canicas grandes plateadas y, la verdad, no estoy segura de qué se supone que hacen. Sé que van en la vagina, pero eso es todo. Podría llamar a Tessa y preguntárselo..., pero no. Ni de coña.

Vuelvo a meter las bolas chinas y el vibrador claro en el cajón. Creo que tengo más oportunidades con el dildo liso y el vibrador de color rosa intenso con estimulador de clítoris.

He hecho esto antes y siempre me he sentido muy extraña. Al menos ahora sé lo que se supone que debo sentir.

Me desnudo rápidamente y me deslizo bajo las sábanas con el dildo y el vibrador. Decido que utilizaré primero el vibrador, ya que tiene estimulador de clítoris.

Problema número uno: ni siquiera estoy un poquito mojada.

Nada de besos ardientes ni follarme con los dedos para ponerme a tono. Hasta una pequeña charla sexual durante la cena ayudaba. Estaba mojada solo con estar sentada junto a Braden en su coche.

Necesito algo que me ponga. ¿Porno de pago? Vale la pena intentarlo. Alcanzo el mando a distancia de la mesita de noche y enciendo la televisión, y encuentro enseguida un canal porno. ¿15,99 dólares? ¿Por ver a gente follando? Estoy desesperada, así que hago clic en «Alquilar ahora».

Problema número dos: el porno nunca me ha servido de mucho.

Aun así, observo las tetas falsas y los penes monstruosos y me esfuerzo una barbaridad para sentirme lo bastante preparada para que el vibrador no me duela al entrar.

Por fin, puedo introducirme el vibrador en el vagina. Acciono el interruptor del extremo y...

Nada.

No es que espere que sea instantáneo, pero de momento solo me siento apretada y llena.

Miro la televisión, me paso la mano por un pecho y le doy un pellizco al pezón. Me pone un poco, pero no lo bastante como para volverme loca.

Tal vez el porno no sea una buena idea. Tal vez tenga que cerrar los ojos y recordar los momentos que pasé con Braden.

Pero eso hará que me ponga triste.

Lo intento de todas formas. Apago la televisión y la luz, cierro los ojos y me acaricio los pechos, dejando que mis dedos vaguen y jueguen con mis pezones. Se endurecen bajo mi tacto. Estupendo. Por fin mi cuerpo empieza a responder. Es solo un pequeño cosquilleo, no la locura que me desató Braden, pero me conformo con eso.

Despacio, muevo el dildo vibrador dentro y fuera de mí. Como eso no me excita, lo mantengo dentro, dejando que los pequeños azotes del estimulador de clítoris hagan su trabajo. Mientras tanto, pienso en los firmes labios de Braden sobre los míos, en sus largos y gruesos dedos en mi interior.

Me lo imagino dándome la vuelta y embistiendo dentro de mí.

Me pongo de rodillas y me toco la vagina y el clítoris con el vibrador.

Se me calienta la piel, un bonito rubor. Es un comienzo.

Pero eso es todo. Un comienzo.

Ni siquiera se acerca a la mitad, y lo que realmente busco es el resultado final.

La cima.

La cumbre.

La montaña rusa al fin alcanza su punto más alto y luego me sumerge en una euforia embriagadora. Mierda.

Me levanto y limpio el vibrador. Luego lo meto en el cajón junto con el dildo.

Esto ha sido una enorme pérdida de tiempo.

Nunca volveré a tener un orgasmo.

Y el hecho de que ahora lo haya experimentado, nada más y nada menos que con Braden Black, hace que la pérdida sea aún más profunda.

Los siguientes días de trabajo se me pasan volando con pocos asuntos. Susanne Cosmetics nos llama el viernes para decirnos lo contentos que están con la publicación y el resultado. Esta vez Addie tenía razón. No les importaba el filtro para hacer que su morado pareciera un poco más humano. Solo les interesan los resultados. De hecho, tienen una nueva oferta para su sérum reafirmante de la piel. Esto no le gustará a Addie.

Algunos seguidores se quejaron de que el color era distinto al del selfi de Addie. Les envié un mensaje privado para recordarles la garantía de devolución de Susanne y después borré los comentarios.

Una semana bastante facilita.

Excepto porque hace cuatro días, aquella fatídica noche del martes, me bebí un Wild Turkey con Braden Black y acabé acostándome con él.

Sacudo la cabeza para despejarme. Es mejor no pensar en algo sobre lo que no tengo poder. Pero, joder, odio no tener el control.

Y definitivamente no tengo control sobre Braden Black.

Addie sale de su despacho.

—Me voy, Skye. Que tengas un buen fin de semana.

—Igualmente —respondo—. Ya te aviso si surge algo con las publicaciones.

—Perfecto —contesta y se va corriendo. La puerta se cierra detrás de ella.

Apago todo para el fin de semana, deleitándome con mi libertad. Todavía tengo que estar pendiente de las últimas publicaciones, pero Addie no tiene ninguna sesión este fin de semana.

—Soy libre como un pajarito —declaro en voz alta, sonriendo.

—Está bien saberlo —dice una voz grave.

Levanto la mirada.

Braden está de pie en la puerta.

Se me tensa todo el cuerpo, como si alguien me envolviera en celofán transparente.

—¿Cómo has entrado aquí?

—De la misma manera que en cualquier sitio. Entrando por la puerta.

—Lo siento. Addie ya se ha ido.

—¿Por qué crees que he venido a ver a Addie? Fuiste testigo de nuestro último encuentro.

Abro la boca, pero no me sale nada. Me apresuro a cerrarla. ¿Qué se supone que debo decir?

—A la que he venido a ver es a ti, Skye.

Me cruzo de brazos.

—Podrías haberme llamado.

—¿Por qué? ¿Y perderme esa mirada de adorable perplejidad en tu bonita cara? Además, nunca me diste tu número de móvil.

—Sabes dónde trabajo.

—Puede que no quisiera ponerte en la incómoda situación de atender una llamada en el trabajo.

—¿Pero sí que te presentas en persona en mi trabajo?

—Me imaginaba que ibas a salir pronto.

—¿Y si Addie hubiese estado aquí?

—Pues Addie habría estado aquí.

—Pero tú... Ella...

Da un paso hacia mí.

—¿De verdad crees que me importa si Addison Ames se cruza en mi camino? Ella no me da miedo, Skye. De hecho, es probable que sea la primera en mi lista de cosas que no me asustan.

—¿Ah, sí? —respondo—. ¿Y qué es lo que sí te asusta, Braden?

Me mira, con esos ojos oscuros y peligrosos:

—Nada.

14

Inhalo, intentando calmar los nervios. Mi cuerpo ya reacciona ante su presencia. Quiero acercarme a él, agarrarle su fuerte mano y acariciarle la mejilla con la otra.

Tan solo tocarlo.

Lo único que necesito es tocarlo.

Esa cosa tan pequeña me satisfaría en este momento.

Y eso es lo primero en la lista de cosas que me asustan.

—¿Por qué has venido a verme, entonces? ¿Puedo ayudarte en algo? —Mi voz es tan suave que es casi un susurro.

Acorta la distancia entre nosotros.

—Puedes volver a mi cama.

Me muevo hacia atrás, tropezando un poco. Braden me sostiene con la mano y su tacto me quema como si sus manos fueran brasas calientes.

Dios, sí. Solo un toque.

Sabía que iba a ser así.

Me alejo de él hasta que la parte de atrás de mis muslos golpea el escritorio.

—¿Vas a responderme?

—Con el debido respeto, no has hecho una pregunta exactamente —le contesto, obligándome a no tartamudear.

—Es cierto. La has hecho tú. Me has preguntado si podías ayudarme en algo y te he respondido. Aun así, creo que mi respuesta merece una contestación.

Respiro hondo, deseando que se me calme el pulso. No lo consigo, pero puedo actuar como si lo estuviera.

—¿Ni siquiera me invitas a cenar en esta ocasión?

—La última vez no llegamos a cenar precisamente.

Mis mejillas están tan coloradas que deben estar de color carmesí. Me aclaro la garganta.

—Una todavía tiene que comer.

—Entonces que sea una cena. ¿Qué te apetece?

Lo miro fijamente. ¿De verdad? ¿Va a invitarme a cenar para que me acueste con él? ¿En qué me convierte eso exactamente? Sé la respuesta y no me gusta.

—Me dijiste que yo era algo que tu dinero no podía comprar, pero ¿ahora crees que lo harás con una cena?

Me agarra por los hombros. Me mira a los ojos, con los suyos ardiendo.

—No he podido dejar de pensar en ti, Skye. Te quiero en mi cama. ¿Qué me va a costar?

—N-no me puedes comprar.

Aunque estoy pensando, en este momento, que tal vez sí que pueda. Y eso me asusta mucho.

—No estoy tratando de comprarte. Estoy intentando acostarme contigo.

Resisto el impulso de morderme el labio inferior.

—¿Solo quieres sexo entonces? ¿No una cita?

Se encoge de hombros.

—Podemos tener citas si quieres. Si eso es lo que hace falta para que te sientas cómoda volviendo a mi cama. Pero serán tan solo citas. No puedo darte más que eso.

—¿Por qué no? —pregunto con valentía, sin estar segura de estar preparada para una respuesta.

—Porque no puedo.

Entrecierro los ojos.

—Buen intento. Pero estoy buscando una razón, Braden. Tengo veinticuatro años. Soy joven, y tal vez una relación puramente sexual sería divertida. Sin embargo, llegará un día en el que no será suficiente para mí.

—Si ese día aún no ha llegado, ¿por qué no vuelves a mi cama?

—Tengo mis motivos.

—¿Te importaría iluminarme?

«Porque me follaste y luego me echaste de tu cama como el imbécil que eres». Las palabras se me atascan en la garganta. ¿Por qué debería importarme que me haya echado? Quizás yo haría lo mismo si estuviéramos en mi casa.

Excepto que no lo haría. Yo no soy así. No soy tan cruel.

Me humedezco los labios.

—No estoy interesada en ser tu follamiga.

Esa no es la verdadera razón, y una parte de mí, esa parte entre mis piernas que se muere de ganas, sí que está muy interesada en ser su follamiga.

Otra parte de mí, esa parte inteligente que se encuentra entre mis orejas, no está interesada en absoluto.

—¿Qué necesitas para volver a mi cama, entonces? Te he dicho que podíamos tener citas.

—Dime por qué no puede llevar a ninguna parte.

Se encoge de hombros una vez más.

—No puedo darte una razón.

—Quieres decir que no quieres dármela.

—Eres muy quisquillosa con la forma de hablar, ¿verdad?

Asiento con la cabeza.

—Entonces tienes razón. No quiero.

Ahora estoy en una encrucijada. Tengo curiosidad, pero si sigue negándose a contarme el motivo, tengo que decirle que no.

Tengo un gran problema con eso: no quiero decirle que no. O al menos no quiero decirle que no a su pene. No hasta que se disculpe por ser un idiota esa primera noche.

Mi cuerpo ya palpita ante la expectativa de volver a estar en la cama de Braden, bajo él, con su hermoso cuerpo tentando el mío y llevándome hasta el final.

Pero no puedo decir que sí. Simplemente no puedo. Está... mal.

Aunque se sienta tan bien.

¿Qué decir, pues?

—Me... Me lo pensaré.

Me aplasta contra su cuerpo, su erección es evidente. La presiona contra mi vientre.

—Esto no es un juego, Skye.

—Nunca he dicho que lo fuera.

—No hay nada que pensar.

—Hay mucho que pensar. No soy el juguete de nadie, Braden. Tengo algo de respeto por mí misma, ¿sabes?

—Por supuesto que sí. ¿De verdad crees que querría acostarme con una mujer que no tiene respeto por sí misma?

Vale. Eso no lo he visto venir. Y menos después de la forma en la que me invitó a dejar su cama. De hecho, me estabilizo, como si él estuviera tratando de derribarme.

—La verdad —digo—, no sé qué pensar.

—Piensa en esto. —Me agarra de las dos mejillas y pega sus labios contra los míos.

Los abro sin pensarlo, dejando que mi lengua salga al encuentro de la suya. El beso me embriaga. Cada parte de mi cuerpo responde, y la sangre de mis venas se convierte en lava hirviendo.

No me importa nada más que este beso, este beso y cómo me hace sentir.

Ya estoy sintiendo más que en la cama con los juguetes y el porno. Lo único que necesito es el contacto con Braden y estoy a medio camino del clímax.

¿Estoy dispuesta a renunciar a esto cuando es tan evidente que me desea?

Puedo tenerlo en la cama. Puedo tener millones de orgasmos.

El único precio es... no tener futuro. Ninguna relación.

Soy joven. Tengo tiempo. ¿Hijos? Sí, quiero hijos, pero aún no los necesito. De todos modos, todavía no puedo permitírmelos.

¿Y mi amor propio?

¿Volver con él después de la forma en la que me echó de la cama sin contemplaciones la última vez anula mi amor propio?

«No. No si es mi elección». En este momento, mi mente está confundida. No puedo pensar con claridad. Lo único que quiero son las manos de Braden en mi cuerpo, sus labios explorando los míos, su pene dentro de mí de nuevo, llevándome al precipicio...

Profundizo el beso, gimiendo en su boca, empujando mis pechos contra el suyo. Mis pezones están tan duros que casi creo que él puede sentir cómo le pinchan. Me pongo de puntillas y froto mi clítoris contra su bulto. Me rindo a su beso, a todo lo que hay en él...

Se separa, rompiendo el beso con un fuerte chasquido sonoro.

Vuelvo a caer contra el escritorio, agarrándome al borde para no tropezar.

—Te deseo. Provocas algo en mí, algo que no entiendo del todo, pero que deseo. —Su mirada azul se clava en la mía—. No te lo pienses mucho.

Entonces, sale por la puerta.

15

—Pues está claro —dice Tessa por teléfono mientras espero mi comida en el autoservicio de Wendy's.

Vale, me estoy comiendo una hamburguesa con queso y patatas fritas cuando podría estar comiendo con Braden esta noche y luego follando con él de nuevo.

Solo para que me eche sin contemplaciones cuando hayamos acabado, fijo.

—No, no está claro. —Tomo mi tarjeta de crédito de la caja, agarro la comida y la dejo con cuidado en el suelo del coche—. Me echó de su casa la última vez.

—Lo que más te molesta es que no fuiste tú quien tomó la decisión.

—No es cierto.

—Es verdad y lo sabes, Skye. Con Braden Black no tienes el control y eso te molesta.

Solo que no, no me molesta.

Debería molestarme. No puedo evitar que me guste estar al mando en cada situación. En casi todas las situaciones, por lo que se ve. El comportamiento de Braden Black no me molesta. Me vuelve absolutamente loca.

No ha salido de mis pensamientos desde el martes por la noche. Aunque fue un imbécil por echarme de su casa, ha estado en mi mente las veinticuatro horas del día. Me despierto por la noche sudando, sabiendo que estaba soñando con él.

—Ve y punto —continúa Tessa—. ¿A quién le importa lo que dure o que no lleve a nada? Tendrás un par de meses de sexo del bueno.

Y más orgasmos.

—Puede que sea demasiado tarde —respondo.

—Está dejando que te lo pienses.

—Sí, pero todavía podría cambiar de opinión.

—Entonces la has cagado. —No sería Tess si no fuera directa.

—Puede que sí —suspiro—. Ya estoy en casa. Voy a servirme un vaso de agua, comerme esta hamburguesa *gourmet* con patatas fritas e intentar no pensar en la noche que podría estar pasando.

—Volverá —contesta—. Nos vemos mañana en yoga.

Tessa y yo practicamos yoga juntas los sábados por la mañana en el gimnasio. Ella está trabajando para obtener su certificado de instructora y yo solo intento no parecer demasiado torpe. Todavía no controlo la postura del perro boca abajo.

—Sí, hasta mañana —me despido y acabo la llamada, aparco el coche y me dirijo a mi pequeño apartamento, donde paso la noche sola.

La clase de yoga es especialmente difícil a la mañana siguiente. Tessa, por supuesto, la hace sin problemas, pero sé que mañana sentiré este entrenamiento en los muslos y el culo, algo que solo me recuerda a mi último entrenamiento intenso. Con Braden.

—¿Un café? —me pregunta Tessa después de cambiarnos y ponernos la ropa de calle.

—Siempre.

Nos dirigimos a la cafetería Bean There Done That donde fotografié a Addison el lunes.

—¿Está bueno el café moka con canela? —me pregunta Tessa cuando nos ponemos en la cola.

—No tengo ni idea. No lo he probado.

—¿No probaste el de Addison cuando le hiciste la foto?

—Ni me lo ofreció siquiera.

—¿Por qué no? Me has dicho que odia el café.

Dejo escapar un resoplido suave.

—Eso no quiere decir que me lo ofreciera.

—¿En serio? Menuda diva egocéntrica —se burla Tessa.

—Algo así —digo—. A veces puede ser simpática. Creo que ha sido tan privilegiada durante toda su vida que no piensa en los demás.

—Sí. Lo que he dicho, una diva egocéntrica.

Me río.

—Podría decirse. Tienes razón.

—¿En qué puedo ayudaros? —nos pregunta la camarera una vez que llegamos al principio de la cola.

Pedimos café solo, aunque Tessa le añade un poco de nata al suyo. Una rica bebida de café no parece muy adecuada después de un entrenamiento.

—Hola —me dice la camarera—. Eres Skye, ¿verdad? ¿No estuviste aquí con Addison Ames?

—Sí, me alegro de verte... —Le echo un vistazo a su etiqueta con el nombre—. Trish.

—Me encantan las publicaciones de Addison. Ayer salí y me compré la nueva barra de labios con efecto voluminizador.

—¿Te gusta el color? —le pregunto.

—¡Me encanta todo lo que recomienda Addison! —Trish se entusiasma y desliza nuestros cafés por el mostrador—. Hoy invita la casa. Me alegro mucho de que hayas vuelto a venir. ¿Por qué no viene Addison contigo?

«Porque odia el café».

«Y es fin de semana».

«Y no somos amigas».

—Está ocupada —respondo con alegría—. Ella es mi amiga Tessa.

—Encantada de conocerte —dice Trish con entusiasmo otra vez—. Por favor, dile a Addison que he comprado la barra de labios.

—Por supuesto —le contesto.

Tessa y yo nos llevamos nuestros cafés a una mesa vacía que hay en la esquina.

—¿Qué vas a hacer esta noche? —me pregunta.

—Tengo unos planes estupendos —respondo con sarcasmo.

—¿De verdad? ¿Él te ha llamado?

Tomo un sorbo de café, casi quemándome la lengua.

—¿Braden? ¿Estás de coña? Mis planes estupendos consisten en acurrucarme en la cama con un buen libro. Tengo una nueva novela romántica.

—¿Por qué leer sobre sexo cuando podrías estar practicándolo? Llámalo, Skye.

—¿Y tú qué vas a hacer esta noche? —le pregunto.

—Buen giro. Si no vas a llamar a Braden y a tener más sexo alucinante, tú y yo vamos a salir.

—Tess, ya sabes que odio las discotecas. Son ruidosas y asquerosas. Todo el mundo está borracho y todos los hombres buscan sexo.

Toma un sorbo de su café, traga y sonríe.

—Exacto.

16

Tessa y yo hacemos planes para quedar a cenar temprano y luego ir a Icon, que se encuentra en el distrito de los teatros. Mientras me estoy vistiendo, suena el teléfono. Addison. Siempre tan oportuna. ¿Para qué me necesitará un sábado por la noche?

—Hola, Addie —digo por teléfono, sonando mucho más amable de lo que me siento en este momento.

—Skye, necesito un gran favor.

Por supuesto que sí.

—¿Qué necesitas?

—Se supone que esta noche tengo que ir a un acto benéfico para madres que conducen borrachas o algo así.

—¿Te refieres a madres contra la conducción en estado de ebriedad?

—Sí, eso. Es en el hotel, pero no puedo ir, así que necesito que vayas, hagas una foto y la publiques.

Me planteo preguntarle por qué no puede ir, pero cambio de opinión. Seguro que tiene un grano o algo así y no puede ser vista en público.

—Tessa y yo tenemos planes.

—No te preocupes. Llévala contigo. Tengo dos entradas. Te las envío ahora por correo electrónico.

—Espera, espera, espera. ¿Cómo se supone que voy a hacer un selfi si no estás ahí?

—Usa tu imaginación. No ibas a estar allí de todos modos, así que no me habría hecho un selfi. Haz una foto de los artículos de la subasta silenciosa o algo así y di lo mucho que adoro esta organización benéfica. Lo que sea. Para esto te pago, Skye. Además, es de etiqueta, una cena *gourmet* y barra libre. Lo pasaréis muy bien.

Excepto que no tengo nada que ponerme.

—Addie, yo...

—Gracias. Eres la mejor.

«Pues estupendo». Llamo rápidamente a Tessa, que está encantada, por supuesto.

Tiene ropa para cada ocasión.

—Te voy a traer un modelito negro que te va a quedar muy bien —me dice—. ¿Tienes unas sandalias negras de tiras?

—Tengo sandalias de tiras plateadas.

—Perfecto. Necesitarás un collar y unos pendientes de plata u oro blanco entonces.

—De acuerdo. Los tengo.

—Genial. Hasta luego.

Tessa no estaba bromeando. El vestido es un pequeño vestidito negro sexi, y hago énfasis en lo de *pequeño*. Se ciñe a mí por completo, mostrando unas curvas que no sabía que tenía. Sin embargo, hay que admitir que queda muy bien combinado con los zapatos y accesorios plateados. Incluso me ha traído un bolso de noche plateado para prestarme.

Me permito un Wild Turkey antes de la cena y me lo bebo mientras exploro los artículos de la subasta silenciosa y fotografío varios. Publico el viaje a París en la cuenta de Addie, hablando de lo mucho que le gusta la comida y la cultura francesas y de lo mucho que quiere ganar este increíble paquete. Etiqueto el hotel de su familia y

añado: «#ayudandoalosdemás #París #MCEE #subastasilenciosa».
Hecho.

Me envía un mensaje con el pulgar hacia arriba poco después, así que mi trabajo aquí ha terminado. Es hora de irse.

—¿Estás de broma? —pregunta Tessa—. No podemos irnos ahora.

—Creía que querías ir de fiesta. No es que las discotecas sean mi ambiente, pero aquí me siento como un pez fuera del agua.

—Es una cena gratis, para empezar —dice—. Y bebidas gratis. Además, la pista de baile ya está preparada. Podemos tener nuestra fiesta aquí esta noche. Ya veo a varios chicos a los que me gustaría conocer mejor.

Ninguno de los jóvenes es Braden, así que no comparto su entusiasmo. Pero cedo. Tiene razón. ¿Por qué no aprovechar nuestra recompensa? Encontramos la mesa de Addison y tomamos asiento, intercambiando educadamente saludos con nuestros compañeros de mesa, que son todos mucho más mayores que nosotras. Como no tenemos nada en común con ellos, hablamos sobre todo entre nosotras durante nuestra cena de pechuga de pato asada con salsa de cerezas y nueces, puré de patatas y judías verdes a las finas hierbas. Renuncio a beber vino durante la cena. Tessa quiere quedarse a bailar. Estoy reservándome para beberme luego mis copas de Wild Turkey para superar ese fiasco.

Después de que se sirva el postre, una tarta de *mousse* de chocolate, y se anuncien los ganadores de la subasta, las luces se atenúan, desciende una bola de discoteca y el neón ilumina la pista de baile. Una banda en directo sube al escenario.

—¡Selfi! —grita Tessa.

La nueva iluminación hace que nuestros cutis brillen. No soy muy fan de la vida nocturna, pero esto es una pequeña ventaja. Todo el mundo está guapísimo ahora. Saco mi teléfono y nos hago una foto rápida.

Sonrío. Salimos muy bien. La publico en Instagram, etiqueto a Tessa y nuestra ubicación. Mis pocos seguidores pueden pensar que tengo una vida. Todo es un espejismo, pero no necesitan saberlo.

Nos acercamos a la barra y pedimos bebidas. No voy a conducir, así que me permito dos más durante la noche. Pido otro Wild Turkey y Tessa, amante de todas las bebidas vistosas, elige un daiquiri de plátano.

Nos apartamos de la barra para mirar hacia la pista de baile.

—¿Y ahora qué? —le pregunto.

—Bebemos, por supuesto. Tal vez bailemos un poco. Relájate, Skye. No es como si fuera tu primera vez en una discoteca.

—No estamos en una discoteca —le recuerdo—. Estamos en el Hotel Ames para un acto benéfico. Un acto benéfico de etiqueta.

Tessa sacude la cabeza.

—Es una forma de hablar, querida.

Está guapísima, su pelo negro y su piel bronceada combinan a la perfección con el vestido rojo que lleva. Su madre es mexicana, y el grupo está tocando mucha música latina, que a Tessa le encanta.

Alguien más se fija en ella. Un apuesto hombre de pelo oscuro se acerca a nosotras y dirige la atención hacia ella.

—¿Quieres bailar? —le pregunta.

—Claro. —Se le ilumina la cara con una sonrisa deslumbrante—. Vigílame la bebida, Skye.

Asiento con la cabeza.

Este es mi trabajo habitual en las discotecas, y parece ser que en los actos benéficos también: vigilar la bebida de Tessa mientras baila toda la noche. No puedo dejar la mesa o alguien podría llevarse su bebida. Un momento de diversión. Doy un sorbo a mi *bourbon*, vuelvo a sacar mi teléfono y borro varios comentarios cuestionables de la publicación de Addie. Luego miro mi propia publicación. Me veo bien esta noche. Me he rizado el pelo y cae alrededor de mis hombros en ondas sueltas. El vestido negro de Tessa se me ciñe al cuerpo, mostrando mis pechos. Mis ojos marrones parecen brillar con esta fabulosa iluminación. No soy tan guapa como Tessa, pero soy guapa y tengo un cuerpo estupendo. Como siempre, Tessa llama más la atención. Siempre lo hace, y me alegro por ella, pero ¿por qué los hombres no acuden a mí también? Probablemente porque, como me ha dicho Tessa muchas veces, mi actitud es como si tuviera tatuado «Soy la jefa» en la frente.

Mientras miro la publicación, recibo un «me gusta» de la hermana de Tessa, Eva. Uno hasta ahora. Si yo fuera Addison, ya tendría unos mil.

Aparto el teléfono y doy otro sorbo a mi bebida. Para mi sorpresa, se ha acabado. Tengo que ir más despacio. Doy un rápido sorbo al daiquiri de Tessa. ¡Uf! Demasiado dulce. Me vuelvo hacia la barra y le hago un gesto al camarero.

—Otro Wild Turkey, por favor.

Me lo beberé despacio. Muy despacio. Pero necesito tener algo que hacer. No puedo quedarme aquí mirando fijamente la pista de baile. Tengo que hacer algo con mis manos. Por eso pido la copa.

Me entrega la bebida y tomo un sorbo. Luego otro.

Tessa al fin regresa, limpiándose la frente.

—¡Garrett sí que sabe moverse! —Agarra su daiquiri y bebe un poco. De todos modos, es probable que sea sobre todo azúcar y zumo.

—¿Lista para irnos? —le pregunto.

Ella se ríe.

—Muy buena, Skye.

Sí, como si estuviera bromeando.

—Termínate tu bebida —dice ella—. Tenemos que bailar. La música es fantástica.

—Pero yo...

—Nada de excusas, amiga. Bébetela toda.

Me la trago como si fuera un chupito. No es mi *modus operandi* habitual, pero puedo soportar dos tragos tras una buena cena. No es gran cosa. Nos dirigimos a la pista de baile. No soy la mejor bailarina del mundo, pero puedo mantenerme en pie. Me siento con bastante confianza en este momento, con los dos Wild Turkey que me he tomado.

Garrett y un amigo se unen a nosotras y bailamos como un cuarteto durante las siguientes cuatro canciones.

—Lo siento, necesito un descanso —digo.

—¿Necesitas un trago? —pregunta el amigo de Garrett.

Antes de que pueda decirle que no, me toma de la mano y me lleva a la barra.

—Quiero una Guinness Draft y... —Levanta las cejas.

—Un Wild Turkey, ¿verdad? —pregunta el camarero.

—Yo no...

—Sí —dice el amigo, echando algunos billetes en el tarro de las propinas.

Pues ya llevo mi tercera copa después de la cena. Aunque no es para tanto.

—¿Cómo te llamas? —le pregunto a mi acompañante.

—¿Qué?

Justo por eso mismo no me gusta la vida nocturna. La banda toca fuerte y no puedo oírme ni a mí misma.

—¿Cómo te llamas? —vuelvo a preguntar más fuerte.

—Peter, ¿y tú?

—Skye.

—Encantado de conocerte. —Me da mi bebida.

Peter tiene el pelo castaño y los ojos color avellana. Es muy guapo, pero de una manera casi bonita, y musculoso, pero de complexión más delgada que Braden.

¿Y por qué estoy pensando en Braden? Tengo a un chico guapo que parece agradable delante de mí y que me acaba de invitar a una bebida.

Que le den a Braden. Tomo un sorbo de mi tercer Wild Turkey, todavía decidida a ir despacio.

—¿A qué te dedicas, Peter?

—¿Qué?

Esto me está cansando.

—¿A qué te dedicas? —grito más fuerte.

—Soy arquitecto. Trabajo en la empresa de mi padre, que también es arquitecto. ¿Y tú?

—Trabajo para Addison Ames.

—¿La heredera?

—Sí. Soy su asistenta personal, pero en realidad soy fotógrafa. Eso es a lo que me quiero dedicar a tiempo completo en el futuro.

—¿Qué?

Lo repito todo más alto.

—Genial —contesta.

Vale, efectivamente, nos hemos quedado sin cosas de las que hablar.

—¿Quieres bailar otra vez? —pregunto.

—Claro. —Me agarra de la mano y luego parece cambiar de opinión—. Estoy sudando. ¿Quieres tomar un poco de aire fresco primero?

Estoy a punto de responder cuando alguien más contesta:

—No, no quiere.

17

Es el mismísimo Braden Black.

Está aquí. En este evento. Lleva un esmoquin negro y parece que se ha bajado de la pasarela y ha entrado en *GQ*.

Todos los demás hombres que hay aquí también llevan esmoquin, pero siento que nunca he visto un esmoquin en mi vida hasta este momento.

Braden Black en esmoquin es algo digno de ver. Algo único y singular, como la *Mona Lisa* o la *Quinta sinfonía* de Beethoven.

—¿Qué estás haciendo aquí? —le pregunto.

—Evitando que te metas en problemas.

Quiero estar enfadada con él. En realidad, lo estoy. Pero lo único en lo que puedo pensar es en lo increíble que se ve al lado de Peter. Peter es un tipo guapo, pero no hay punto de comparación.

Peter se queda rígido a mi lado. ¿Es una chispa de reconocimiento lo que hay en sus ojos?

—Encantado de conocerte, Skye —dice, girándose.

—¡Espera! ¿No íbamos a bailar?

—En otra ocasión. —Y desaparece en la pista de baile.

—Ven conmigo.

Braden me saca de la pista de baile por el pasillo, hasta el vestíbulo del hotel. Mis tacones repiquetean en el suelo de mármol mientras corro para seguir sus largas zancadas.

—¿Qué estás haciendo?

—Evitar que te metas en la cama de otro.

—¿En serio? —resoplo.

—Has estado bebiendo.

—No sabes nada de mí. No estoy borracha. Yo nunca me emborracho. Y puedo acostarme con quien me dé la gana. De todas formas, ¿cómo me has encontrado?

Saca su teléfono del bolsillo.

—Por Instagram.

Claro. Por el selfi con Tessa, y Braden me está siguiendo ahora porque acepté su petición.

—Voy a volver a entrar —le digo.

—No sin mí.

—¿Tienes siquiera una entrada para este evento?

—¿Crees que necesito una entrada?

Sacudo la cabeza. La pregunta no tiene sentido. Es probable que hiciera una donación de seis cifras en la puerta.

—Bien, de acuerdo entonces. No puedo dejar a Tessa ahí sola.

—Tessa ya es mayorcita. Puede cuidar de sí misma.

—Vaya, qué interesante. Tessa tiene mi edad, Braden, y es obvio que no crees que pueda cuidar de mí misma.

—Eso no es cierto. No he venido porque no puedas cuidar de ti misma. He venido para evitar que te acuestes con otra persona.

Sacudo la cabeza, aunque mi cuerpo responde a su intento de controlarme.

—Eres increíble. ¿Qué te hace pensar que acabaría acostándome con alguien?

—Mírate. Eres preciosa y estás buenísima. Joder, ese vestido...

Doy un golpecito con el pie y me burlo.

—Venga ya...

—¿En serio no te ves como yo te veo? —Me acaricia la mejilla—. Tu pelo es del color de las castañas asadas, tus ojos del marrón más cálido que he visto nunca. Tu piel es como la nata más rica y, Dios,

Skye, tu boca... —Inhala—. Tus labios son rosados y gruesos, con forma de corazón, y, joder, no puedo apartarme de ellos. Nunca he visto una boca como la tuya. La forma en la que tus labios están siempre ligeramente separados me vuelve loco.

Su descripción me pilla desprevenida. ¿De verdad me ve así? Soy atractiva, sí, pero él me hace parecer algo verdaderamente especial. La electricidad se dispara entre mis piernas. Quiero fundirme con él, pero me mantengo firme.

—Estás actuando como si fuera por ahí bailando por billetes de diez dólares en mis bragas. Es un acto benéfico del hotel para MCEE, Braden, no un club de estriptis.

—Ese vestido...

—Ni siquiera es mío. Es de mi amiga.

—A ella no puede quedarle tan bien como a ti. —Se le quiebra un poco la voz.

¡Vaya! La voz de Braden quebrándose. Ha pasado de verdad. ¿En qué estará pensando? ¿Tal vez en que no debería haberme echado de su cama? Eso es en lo que debería estar pensando.

Trago saliva.

—Tengo que volver a entrar.

—¿Por qué? ¿Para bailar? ¿Quieres ir a bailar? Yo sí que te haré bailar. Asegúrate de llevar ese increíble vestido.

—Ya te lo he dicho, no es...

—Tu vestido —termina por mí—. Debería serlo. Te queda como un guante.

Se me tensan los pezones y se aprietan contra el sujetador mientras el calor me recorre. Quiero enfadarme con Braden. De verdad que sí.

—Por cierto, ¿qué estás haciendo aquí? —me pregunta.

—Addie me ha dado entradas.

—Pues claro —dice—. Addie. Debería haber visto su marca por todas partes.

—¿Y qué pasa? Tengo las entradas y quería salir con mi amiga.

—Como te he dicho, yo te haré bailar.

—No quiero ir a bailar —respondo.

—Entonces, ¿qué quieres?

«Ir a tu casa. Volver a tu cama. Volver a la experiencia más celestial que he tenido en mi vida».

Contrólate.

—Quiero volver a entrar. Mi amiga estará preocupada.

—Si te llevo adentro, los hombres se te echarán encima.

—Braden, solo un tipo me estaba prestando atención. Uno. Y lo has espantado.

—No es lo bastante bueno para ti.

—Ni siquiera lo conoces.

—Ni tú tampoco.

—Claro que sí. Es arquitecto. —Hasta ahí llegan mis conocimientos, pero Braden no tiene por qué saberlo.

—Te equivocas, Skye. Sí que lo conozco. Es Peter Reardon y su padre es Beau Reardon, de Reardon Brothers Architecture. Su amigo es Garrett Ramírez, también arquitecto de la empresa. Beau está intentando conseguir el contrato de mi nuevo edificio.

Libero el brazo de su agarre, lo que requiere toda mi fuerza mental porque en realidad quiero que me toque.

—¿Qué estás diciendo? ¿Que los dos nos prestaban atención por ti?

—No estoy diciendo eso.

—Pues, en mi opinión, es lo que ha parecido.

—Para nada. Antes no sabían que estabas conmigo, pero ahora sí. Son unos mujeriegos. Te garantizo que ambos tienen dos cosas en mente esta noche. Ese contrato, que lo más probable es que signifique una ganga para papaíto, y echar un polvo. Te dejaré adivinar cuál es la más importante en sus mentes un sábado por la noche.

—Interesante. ¿Y qué es lo que tienes tú en mente esta noche, Braden?

Sus labios se mueven un poco hacia arriba, pero su mirada sigue siendo oscura.

—Un contrato no, precisamente.

Reprimo un temblor. Estoy mojada. Muy mojada. Casi siento que me chorrean las bragas. Pero me mantengo firme.

—Voy a volver a entrar.

—Muy bien. Voy contigo.

—Como quieras.

Braden me sigue hasta la pista de baile. Me contoneo y me dirijo a nuestra mesa. Tessa corre hacia mí, casi derribando a un camarero y su bandeja llena de bebidas.

—Skye, ¿estás bien? Peter me ha dicho... —Sus ojos se abren de par en par cuando se da cuenta de quién está detrás de mí—. Así que eres tú.

Me aclaro la garganta.

—Estoy bien.

Tessa recupera la compostura y levanta los labios en una deslumbrante sonrisa.

—¿No vas a presentarme?

Braden extiende la mano.

—Braden Black.

—Braden, esta es Tessa Logan, mi mejor amiga.

—Es un honor, señor Black. —Tessa agita esas pestañas ridículamente largas mientras le estrecha la mano.

A Tessa se le da de lujo coquetear. Nunca irá detrás de un chico que me interese, pero su coqueteo va por libre. No puede evitarlo.

—Llámame Braden, ya que eres amiga de Skye. —Se vuelve hacia mí como si no le afectara en absoluto la belleza de Tessa o la de todas las demás mujeres del evento—. ¿Una copa?

—Ya he bebido bastante, gracias.

—¿Y tú? —Señala con la cabeza a Tessa.

—Me encantaría otro daiquiri de plátano —dice con timidez.

—Hecho. Ahora vuelvo. —Se dirige hacia la barra.

—Vale, empieza —le digo a Tessa.

—¿Con qué?

—Con el interrogatorio.

—¿Qué te pasa? Es fantástico. Es incluso más guapo en persona que en las fotos profesionales. Eres una mujer con suerte, Skye.

—No me puedo creer que haya aparecido aquí.

—Tal vez solo llegaba tarde —responde ella.

Sacudo la cabeza.

—Ha visto mi publicación de Instagram.

Sus ojos se vuelven a abrir de par en par.

—No puede ser. ¿Ha visto esa publicación y ha venido porque tú estabas aquí? ¡Eso es genial!

—¿Tú crees? ¿No es un poco...? No lo sé. ¿Raro? ¿Como de acosador?

Mi amiga se echa a reír.

—A mí me puede acosar cuando quiera.

—Por el amor de Dios, estoy hablando en serio, Tess.

—Y yo también. Hasta que no mate a nadie en tu cocina, yo te digo que adelante.

—Qué turbio.

—Sabes que estoy bromeando. Además, no me parece del tipo acosador. Y, es más, la prensa sensacionalista sigue todos sus movimientos. Si tuviera tendencias de acosador, ya lo sabríamos.

Braden se abre paso entre la multitud llevando tres bebidas y sin derramar ni una gota.

—Un daiquiri de plátano. —Le da la bebida de color amarillo canario a Tessa.

—Muchas gracias. —Una sonrisa se le dibuja en la cara.

—Me he tomado la libertad de traerte un Wild Turkey por si cambiabas de opinión. —Me tiende una copa.

—No lo he hecho.

—Estupendo. Entonces las dos para mí. Seguidme. Tengo una mesa mucho mejor.

—Estoy segura de que ser Braden Black tiene sus ventajas —digo con frialdad.

Braden baja la cabeza y me aparta el pelo con suavidad, su aliento cálido me hace temblar.

—Y estar con Braden Black también tiene sus ventajas.

18

Tessa da un largo sorbo a su daiquiri de plátano y vuelve a la pista de baile, para mi disgusto. Quiero y no quiero estar a solas con Braden. Este juego de tira y afloja se está volviendo agotador.

Braden toma un trago y luego se desliza la lengua por el labio inferior. ¿Tiene idea de lo sexi que es eso? ¿Lo mucho que me hace desearlo?

—¿Te has dado cuenta de que Peter Reardon ha huido corriendo cuando he aparecido?

—Sí. Tendría que estar ciega para no haberlo visto.

—Has dicho que yo pensaba que estaba cerca de ti por mí —dice Braden—, pero eso no es lo que pensaba. Ese no es el motivo.

—Ah, ¿no?

—Iba detrás de ti porque eres muy sexi, Skye.

Trago saliva, calentándome.

—Huyó con rapidez porque cuando me vio reclamar mi derecho...

Cruzo las piernas lentamente.

—¿Perdona? ¿Reclamar tu derecho?

—¿Crees que he escogido mal mis palabras?

—Sí. No soy algo en lo que puedas plantar tu bandera. Soy una persona, Braden.

—Una persona muy intrigante —responde—. En todo caso, cuando vio que me interesabas... ¿Mejor así?

Asiento.

—Priorizó el contrato antes que acostarse contigo. Lo cual me parece bien.

A mí también me parece bien, pero no voy a admitirlo delante de Braden. No me interesa Peter Reardon. Parece bastante agradable y es atractivo, pero solo un hombre mantiene mi interés en este momento: el hombre que está sentado a mi lado.

—Ya veo —contesto, tratando de parecer despreocupada.

—¿Seguro que no quieres otra copa? —Señala con la cabeza el segundo Wild Turkey que hay sobre la mesa.

—Estoy bien, gracias.

Aunque otro trago me relajaría. Anhelo la relajación, pero anhelo igualmente el control.

El control gana.

Por esta vez.

Tessa vuelve a la mesa y se sienta. Aunque sigue teniendo un aspecto estupendo, tiene la frente perlada de sudor.

—Esta banda es fantástica, pero necesito un descanso. ¿Me acompañas al baño, Skye?

—Sí, claro. —Me pongo de pie y agarro el bolso de mano plateado—. Discúlpame un momento —le digo a Braden.

—Aquí estaré. —Sus labios tiemblan un poco, como si quisiera sonreír pero se contuviera. No estoy segura de lo que significa. No estoy segura de nada relacionado con Braden Black, sobre todo de mis sentimientos contradictorios.

Varios invitados se acercan a él mientras Tessa y yo nos damos la vuelta para abandonar el salón de baile. Parece que todo el mundo quiere estrecharle la mano.

Cuando llegamos al baño, Tessa coge varios papeles y se seca la frente. Luego se retoca el maquillaje.

—¿Cómo va todo? —pregunta ella.

—No tengo ni idea.

—Es obvio que le gustas.

—Supongo.

—¿Supones? —Se ríe—. Le gustas, Skye.

Me froto las manos con jabón y las meto bajo el grifo. El agua caliente las cubre.

—Pero ¿qué significa todo esto? Por alguna razón, algo de mí le atrae y quiere tener sexo conmigo. —Paso por delante de Tessa para alcanzar un trozo de papel.

—¿Y eso es un problema porque...? —Ella guarda su barra de labios en el bolso.

—Me echó de su casa, Tess. Se fue para atender una llamada y luego su chofer me llevó a casa. Fue humillante. —Miro mi reflejo. Mi tinte labial de la marca Susanne se mantiene bien.

—Pues dile que no te vuelva a hacer eso.

Levanto las cejas. ¿De verdad es tan sencillo?

—Diviértete, Skye. Si esto es solo sexo, acéptalo. Disfruta hasta que se acabe. Eres joven. Hay mucho tiempo para encontrar al amor de tu vida. No tiene por qué ser Braden Black.

«Pero yo quiero que lo sea».

El pensamiento pasa por mi mente solo, tomándome por sorpresa. Lo borro rápidamente.

—No, no tiene por qué ser él —digo.

—Si quiere que vuelvas a su cama, establece algunas reglas. Nada de echarte a patadas.

—¿Y si dice que no?

—¿Y si dice que sí?

—¿Y si dice otra cosa?

—¿Qué otra cosa va a decirte? O sí o no.

Típico de Tessa. Siempre mirando las cosas desde dos extremos. Todo es blanco o negro, no hay término medio.

—¿Me estás diciendo que tengo que establecer algunas reglas?

—Sí, ¿por qué no? Te encantan las reglas, Skye.

—No me encantan las reglas.

Ella estalla en carcajadas.

—Tienes reglas para todo. Ya sabes lo que pienso de tus reglas para beber.

—Oye, mis reglas para beber evitan que me emborrache por completo y haga algo peligroso.

—Pues ahí lo tienes. Establece algunas reglas con Braden. Dile que si te quiere, no puede echarte y negarse a hablar contigo después del sexo. Me parece razonable.

A mí también me parece más que razonable. Pero ¿lo será para Braden?

Son muchas las cosas que no sé sobre este hombre que ha puesto mi mundo patas arriba. Que sigue poniéndolo. Mi cuerpo no es mío cuando estoy cerca de él. Responde a él de una manera que nunca he experimentado. Puedo actuar con indiferencia, mantener mi voz seca y evasiva, pero nada de eso niega la respuesta física que tengo ante Braden cada vez que está cerca.

Incluso cuando no está cerca. Solo pensar en él aquí en el baño de mujeres hace que mi vagina hormiguee y lo anhele.

Me muero de ganas por tener otro orgasmo.

Por tener cientos de ellos.

Tessa se revuelve un poco el pelo y luego se gira hacia mí.

—¿Lista?

No me he retocado en absoluto.

—Un segundo. —Me empolvo rápidamente la nariz y me pongo un poco de brillo de labios transparente—. Vale.

Cuando volvemos a entrar en el salón de baile, un atractivo hombre de pelo negro saca a Tessa a bailar. Ella aprieta su bolso de noche contra mi mano y se dirige a la pista de baile.

Vuelvo a la mesa de Braden.

Y jadeo.

Hay una rubia preciosa sentada a su lado.

19

Compongo una sonrisa.

—He vuelto.

Ay, madre, qué empalagosa he sonado.

Braden se pone de pie.

—Skye, te presento a Laurie Simms.

Extiendo la mano, deseando que no me tiemble, y fuerzo la sonrisa una vez más.

—Skye Manning.

Me toma la mano y me da un fuerte apretón.

—Braden me estaba hablando de ti. ¿Trabajas para Addison Ames?

—Sí, así es.

—Es una muñequita. Por favor, siéntate.

Lo haría, pero es que está sentada en el asiento que yo dejé libre hace tan solo unos minutos. Braden me ofrece la silla del otro lado. Supongo que no puedo esperar que sea grosero y haga que la otra mujer se mueva, aunque en secreto deseo que lo haga. De todas formas, ¿quién es esta tal Laurie Simms?

Tomo asiento. La copa de más está al alcance de mi mano.

Sí, me la tomo. Parece que va a ser una noche de cuatro copas.

—Addie y yo nos conocemos desde hace tiempo —explica Laurie—. Antes trabajaba para su padre.

—Ah, ¿sí? ¿A qué te dedicas? —le pregunto.

—Soy abogada. —Y me desliza una tarjeta.

Qué buena promoción. Muy astuta. Aunque no tengo necesidad de una abogada y estoy segura de que no puedo pagarla de todos modos.

—Hice las prácticas con Brock Ames cuando estaba en la facultad de Derecho. Fue quien me puso en contacto con mi bufete actual.

No recuerdo haberle preguntado, pero es bueno saberlo.

—¿Y de qué os conocéis vosotros dos? —pregunto con dulzura.

—En realidad, no nos conocemos —responde Braden.

—¿Perdona?

—Me he presentado de forma descarada. —Sonríe Laurie—. He reconocido a Braden y tenía que venir a presentarme.

—Como ya he dicho, señorita Simms, estoy contento con la representación que ya tengo.

Se pone de pie.

—No puedes culparme por intentarlo. Encantada de conocerte, Skye.

—Igualmente. —Sonrío de nuevo. Esta vez con sinceridad.

Laurie es rubia, guapa y muy simpática. Me reprendo por cuestionar sus motivos. No va detrás de Braden. Solo va detrás de su negocio.

—Gracias —dice Braden.

—¿Por qué?

—Por volver aquí. Parecía que te habías ido para siempre. Cuando estoy solo, la gente se me echa encima. Laurie es la enésima persona que se me ha acercado desde que te fuiste.

—¿Las demás personas también eran mujeres guapísimas?

Él sonríe.

—¿Acaso importa?

¿Cómo se supone que debo responder a eso? «Sí, importa, porque estoy experimentando un ataque de celos muy mezquinos que me dan náuseas». O «No, claro que no», lo que es una mentira como una catedral.

—Supongo que no. —Vuelvo a intentar sonar despreocupada.

—Una ha sido Peter Reardon. Al parecer estaba esperando fuera del salón de baile y cuando os vio salir a ti y a Tessa volvió a entrar a buscarme. Se disculpó por haber bailado contigo.

—Oh, por el amor de Dios. Eso es ridículo. Tenía todo el derecho a bailar conmigo. He disfrutado de su compañía.

—Estoy seguro de que él también ha disfrutado de la tuya. Solo que no sabía que estabas conmigo.

—Pero no estaba contigo.

—Lo estás ahora y pretendo que siga siendo así.

Sus palabras me enfadan y a la vez me excitan.

—¿Has reconsiderado volver a mi cama? —me pregunta.

Esas palabras solo me ponen.

—No quiero hablar de eso aquí —respondo.

—¿Por qué?

—¿Que por qué? Porque casi estamos gritando para hacernos oír por encima de la música.

—Salgamos al vestíbulo entonces.

—No puedo. Tengo que vigilar el bolso de Tessa.

—El bolso de Tessa estará bien. Y si no, reemplazaré todo lo que lleve dentro. —Se pone de pie—. Venga, vámonos.

—Nunca me lo perdonará.

—Dios santo. —Me toma de la mano y me arrastra detrás de él.

Caminamos por el borde exterior del salón de baile hasta la entrada y luego por el pasillo hasta el vestíbulo.

—¿Por qué has venido aquí, Braden?

—Ya te lo he dicho. Para que no te metas en la cama de otro.

Inclino la barbilla hacia arriba.

—¿Y por qué eso es de tu incumbencia?

—Porque te quiero en mi cama, Skye. ¿No lo he dejado ya claro? Y no me gusta compartir.

—¿Qué hay de lo que yo quiero? ¿Se te ha ocurrido pensarlo?

—Parece que te lo pasaste bien en la cama conmigo.

Pues claro que sí. El problema ocurrió cuando todo se acabó.

—No lo estás negando —replica.

—No, no lo niego. El acto en sí fue... aceptable.

Suelta una carcajada ruidosa, la primera vez que le oigo reír de verdad, y me refiero a que la suelta en serio. Se le ilumina toda la cara y, madre mía, es guapísimo.

Al final contiene la risa.

—¿Aceptable? Eres de lo que no hay, Skye.

Me cruzo de brazos, intentando no fruncir el ceño.

—¿Te estás burlando otra vez de mí?

—No, en realidad no. Eres un desafío, Skye Manning, y nunca me echo atrás ante un desafío.

De acuerdo. No sé qué decir ante eso, así que no digo nada. Solo me mantengo firme, esperando poder mantener esta farsa de tener el control.

Porque no tengo el control. Braden me lo ha quitado.

—El acto en sí fue aceptable —repite Braden—. ¿Quieres decir que algo más del tiempo que pasamos juntos no fue aceptable?

—Sí, eso es exactamente a lo que me refiero.

Sonríe.

—No me dejes con la intriga.

«Es ahora o nunca, Skye. Es hora de ser sincera». Deseo a este hombre. Quiero volver a acostarme con él, pero no si se va a convertir en una costumbre el que me eche después.

Me aclaro la garganta.

—Vale. No me gusto cómo terminó.

—Creo recordar que acabó con los dos corriéndonos. ¿Qué hubo de malo en eso?

—Eso forma parte del acto. El acto fue aceptable, como ya te he dicho. Estoy hablando de después del acto.

—Creo que te fuiste.

—No es así como lo expresaría yo. No me dirigiste la palabra nada más que para decirme que Christopher me llevaría a casa. Hasta me dejaste sola para que me vistiera...

—¿Querías ayuda para vestirte?

Descruzo los brazos y extiendo los dedos, tratando de aliviar la tensión que me está invadiendo.

—¿Me dejas terminar? ¡Por Dios! —Me aparto el pelo del cuello. Hace mucho calor en el vestíbulo. Si no fuera porque la temperatura del vestíbulo está bien, es Braden quien me está acalorando.

—De acuerdo. Adelante.

—Me echaste, Braden. Fue...

—¿Fue... qué?

—Humillante, ¿vale? Joder, fue muy humillante. Me sentí... desechable.

—Yo no controlo lo que tú sientes, Skye. Eso es cosa tuya.

Sacudo la cabeza, la rabia consumiéndome las tripas. Ese es el problema. Que no tengo ningún control con Braden.

Y no me gusta nada.

Solo que sí. Y odio muchísimo que me guste.

Lo fulmino con la mirada.

—Yo no te considero desechable, ¿por qué lo haces tú?

Cierro las manos en puños. En serio, en puños. La verdad es que quiero golpearle la nariz. Otra manera de perder el control. Demasiado para liberar la tensión.

—Yo no me considero desechable, por eso, Braden, si tanto me quieres en tu cama, no puedes tratarme como si lo fuera. No puedes echarme cuando hayas terminado.

—Los dos habíamos terminado.

—Habla por ti —respondo—. A mí me quedaban varios orgasmos más.

Mentira. Los dos únicos orgasmos que he tenido en mi vida tuvieron lugar esa noche, pero él no lo sabe y no pienso decírselo.

Parece debatirse con lo que va a decir a continuación antes de pasarse al final una mano por el pelo, despeinándolo y dejándolo con un aspecto extremadamente sexi.

—No suelo dejar que nadie pase la noche en mi casa.

«¿Por qué? ¿Qué te hizo ser así? ¿Podré alguna vez acercarme a ti de otra manera que no sea sexual?».

Las palabras me revolotean en la punta de la lengua, pero no puedo preguntar esas cosas. En su lugar, replico:

—Pues entonces no. No volveré a acostarme contigo si vas a hacer que me vaya después. Así de simple.

Suspira y se frota la frente como si se resignara.

—Vale. Si eso es lo que hace falta para que vuelvas a mi cama, puedes quedarte hasta por la mañana. ¿Te vale?

No, no me vale. Ni siquiera sé qué es lo que me valdría.

—No tengo que quedarme. Solo me gustaría tener esa opción.

Ladea la cabeza y se detiene unos segundos antes de responder.

—Estoy empezando a ver lo que quieres de verdad —dice—. No es tanto que quieras quedarte, sino que quieres ser tú quien lo decida, ¿no?

¿Cómo es que él y Tessa parecen conocerme mejor que yo misma?

Por mucho que lo desee, incluso estando aquí, en el vestíbulo de un hotel, con huéspedes merodeando a altas horas de la noche, no puedo acceder a lo que me pide, aunque me deje pasar la noche. No quiero ser su follamiga.

Quiero ser algo más que eso.

—No puedo volver a acostarme contigo, Braden.

—Claro que puedes.

—No, no puedo. Simplemente no me parece...

Braden acerca su ardiente cuerpo invadiendo mi espacio.

—Quieres decir que no te parece correcto, Skye. Pero no eres tan buena actriz. Eso no es verdad y lo sabes.

Tiene razón. Aunque quiero más de lo que está dispuesto a darme, todo lo que tiene que ver con él me parece correcto.

Las piernas se me vuelven de gelatina mientras el calor me recorre el cuerpo como bolas de fuego que rebotan por todas partes a la vez y luego aterrizan justo entre mis muslos. Está cerca de mí, tan cerca que podría apoyarme en él y recuperar el equilibrio con facilidad.

—Ven a casa conmigo —me susurra— y podrás irte cuando tú quieras.

20

—Tengo... Tengo que decírselo a Tessa.

Me agarra de la mano y me lleva de vuelta al salón de baile. Tessa está sentada en nuestra mesa cuando llegamos.

—¿Qué habéis estado haciendo vosotros dos? —pregunta.

—Solo...

—Nos vamos —dice Braden—. ¿Te llevo a casa?

—En realidad, creo que voy a quedarme. Garrett y yo lo estamos pasando muy bien. Sin embargo, Peter no opina lo mismo.

—¿Qué ocurre?

—Le das miedo —le cuenta a Braden, sonriendo—. Aunque a mí no me parece que des tanto miedo.

Ya está ella coqueteando de nuevo. Braden es bastante aterrador, aunque no en la forma en que Tessa quiere decir.

—Solo quiere llegar a un acuerdo con mi empresa —dice— y cree que no se lo voy a dar porque ha estado bailando con Skye.

—¿Sí? ¿De verdad?

—No. No íbamos a hacerlo de todas formas. La decisión ya estaba tomada.

—¿Él lo sabe? —le pregunta.

—Lo sabrá. —Braden se vuelve hacia mí—. ¿Estás lista?

—Sí, claro. Adiós, Tess.

—Te llamaré mañana —me dice.

En pocos minutos, vuelvo a estar sentada en la parte trasera del coche de Braden con Christopher al volante. Inhalo. El ridículo aroma masculino de Braden es ahora mi colonia favorita del mundo. Bostezo sin querer.

—¿Estás cansada? —pregunta.

—No, estoy bien.

Aunque sí estoy un poco cansada, probablemente por los Wild Turkey. No estoy borracha, pero sí tengo sueño.

—Bien. Tienes que estar despierta para lo que tengo pensado hacer esta noche.

Reprimo un temblor. Ya estoy mojada. Muy preparada.

Permanecemos en silencio el resto del viaje. Braden me deja sola... hasta que llegamos a salvo a su casa.

Ni siquiera hemos cruzado la puerta cuando...

—A tomar por culo —gruñe y me aprisiona contra la pared junto a la entrada, con la puerta aún abierta—. He querido besarte toda la noche. Esta boca tan sexi que tienes... y este vestido. Debería arrancártelo para que ningún otro hombre pueda verte con él.

Me estremezco.

—Es de Tessa.

—No me importa. Le compraré uno nuevo.

—Pero me gusta...

—Sigue sin importarme.

Aplasta su boca contra la mía, agarra uno de los tirantes del vestido y tira con brusquedad mientras me introduce la lengua entre los labios.

El chirrido de la tela rasgándose. «¡No, el vestido de Tessa no!».

Pero ese es el último pensamiento sobre el vestido de Tessa. Es el último pensamiento durante un tiempo, ya que la emoción pura burbujea a través de mí, eliminando toda lógica y racionalidad. Lo único que quiero es este beso, este encuentro salvaje de nuestras bocas, nuestros labios, nuestras lenguas.

Me derrito en el beso mientras él lo profundiza. Los besos de Braden no son besos normales. Nada en Braden es normal. Su voluntad y ambición se imponen en todo lo que hace, incluidos los besos y el sexo.

Me muero de ganas de volver a follar.

Por ahora, sin embargo, me rindo a sus labios, a sus dientes y a su lengua, y dejo que el hambre se apodere de mí mientras nuestras bocas se deslizan juntas en un ritmo inquietante que coincide con la cadencia de los rápidos latidos de mi corazón. Su boca es áspera y despiadada y, mientras me devora, rompe el otro tirante y lo empuja por encima de mi hombro. El vestido me rodea la cintura y el sujetador negro sin tirantes queda a la vista.

Desliza sus manos por mis costados y me agarra los pechos, y luego se aparta y nuestras bocas se separan con un chasquido.

Me mira fijamente, centrándose en mis labios.

—Ojalá pudieras verte la boca ahora mismo, Skye. Tienes los labios manchados de barra de labios y están hinchados, brillantes y separados de esa forma tan ligera que es propia de ti. —Deja caer su mirada—. Y estas tetas. Son espectaculares.

Jadeo ante sus palabras, se me están derritiendo las bragas por el calor.

—El sujetador —digo.

—Sí, es sexi a rabiar. A tus tetas le quedan como un guante.

—El sujetador. No lo rompas.

El sujetador es mío y no era barato. Encontrar un sujetador sin tirantes que me sujete bien mis pechos de la copa C no ha sido fácil.

«Pero, por favor, rómpelo».

Sigue mi pensamiento en lugar de la súplica que he dicho en voz alta y me lo arranca de todos modos, liberando mis pechos.

—Te compraré cien sujetadores, Skye. Uno nuevo cada vez que te folle solo para poder arrancártelo.

Mis pezones están tensos y duros, listos para su tacto. Pero él no los toca. ¿No ve que lo están buscando? En lugar de eso, sigue acariciando la carne rosada de mis pechos, sigue mirándolos.

—Por favor —digo cuando ya no puedo soportar las ganas.

—¿Por favor qué?

—Mis pezones. Tócamelos.

Sus labios se convierten en una sonrisa hosca.

—¿Quieres que te toque los pezones, Skye?

—Dios, sí. Por favor.

Me roza con los labios la parte superior del cuello.

—¿Cómo quieres que te los toque, nena?

—No me importa. Solo tócamelos. Por favor.

—¿Y si no lo hago? ¿Qué vas a hacer?

¿Qué? ¿Qué puedo hacer? Nada. No puedo hacer nada si no me toca los pezones. ¿A qué clase de juego mental está jugando conmigo? Tal vez tan solo me esté tomando el pelo, y yo no estoy de humor para bromas. Me encuentro con su mirada azul ardiente.

—Me... me iré.

Se mueve hacia atrás, liberándome los pechos.

—Adelante. No estás obligada a quedarte aquí.

¿En serio? ¿Me calienta y me molesta y luego quiere que me vaya? Estoy dispuesta a echarle la bronca por este pequeño juego mental hasta que dejo caer mi mirada sobre su entrepierna. Sus pantalones de esmoquin están abultados. A lo grande.

No quiere que me vaya.

A este juego pueden jugar dos personas.

Me aclaro la garganta.

—Vale. Pero necesitaré una... camisa o algo. Un abrigo sería mejor.

Me dispara dardos con los ojos.

¿Se lo repito? Sabe que no puedo salir de aquí sin algo que me cubra por encima, y mi sujetador y mi vestido están hechos jirones. Abro la boca para hablar, pero él me empuja contra la pared, con sus manos agarrándome de los hombros. Se acerca a mí lentamente hasta que nuestros labios están a milímetros de distancia. Está jugando de nuevo. Lo sé porque le tiemblan los labios. Está haciendo acopio de toda su fuerza de voluntad para no besarme. No estoy del todo segura, pero creo que sí.

Acorto la distancia y aprieto mis labios contra los suyos.

Se retira, todavía agarrándome de los hombros.

—Creía que querías irte.

—Creía que tú querías que me fuera.

—¿Cuándo he dicho yo eso? —pregunta—. Has sido tú quien ha sacado el tema. ¿A qué clase de juego crees que estoy jugando, Skye?

—No... No lo sé.

—Eso es porque no estoy jugando. Puedes pensar que esto es el juego del gato y el ratón, pero no lo es. Disfruto haciendo que me desees.

—Braden, sabes que te deseo, pero si vuelves a decirme que me vaya, todo esto se acabará.

—¿De verdad?

Trago saliva. ¿A cuánto voy a renunciar para seguir al mando? ¿A cuánto, joder?

—Me temo que sí.

Su bulto sigue siendo evidente. No me dejará ir. No lo hará.

Me suelta, atraviesa la entrada hasta una gran puerta y la abre. Saca algo, vuelve y me lo da. Es un cárdigan azul.

—Adelante, Skye. Márchate.

21

«Si vuelves a decirme que me vaya, todo esto se acabará».

«Márchate».

Me he metido en un juego extraño y aterrador. No quiero irme, pero eso no es lo más aterrador.

La verdad es que no puedo irme. No puedo hacer que mi brazo se extienda y tome el cárdigan. No puedo hacer que mis pies recorran los pocos metros que hay hasta la puerta.

No puedo.

El poder de Braden sobre mí es así de fuerte, así de omnipotente. Y esa es la parte más peligrosa de todo esto.

Pero he dicho que se acabaría si me decía que me fuera. Pero lo he dicho, joder, y, si no lo hago, no soy más que un ratón de voluntad débil.

«Piensa, Skye, piensa. ¿Cómo puedes salir de esta?».

Espero. Espero a que me diga de nuevo que tome el cárdigan y me vaya. No lo hace. Solo se queda a un metro de mí, con la prenda colgando de su mano.

Estamos en un punto muerto.

Tengo dos opciones. Puedo aceptar el cárdigan e irme o puedo quedarme, renunciando efectivamente al control de esta situación.

Mi cuerpo quiere una cosa y mi mente quiere otra.

La verdad, el argumento de mi cuerpo es mucho más fuerte.

Abro la boca para decir que me quedo cuando Braden, por fin, acorta la distancia entre nosotros, deja caer la prenda de ropa y vuelve a agarrarme por los hombros. No me hace daño, pero su agarre es firme y sé que va en serio.

—No más juegos, Skye —susurra de forma sombría—. Entrégate a mí esta noche y te prometo más placer del que jamás hayas conocido.

Sus palabras se adentran en mi mente poco a poco, arrastrándolas poco a poco. Una y otra vez se entrelazan en mí, abrasándome el cerebro con su poder. Tengo el cuerpo ardiendo y molesto, con los muslos temblando y mi sexo palpitando.

«Renuncia al control. Renuncia al control».

—No más juegos —susurro.

Me besa. Con fuerza.

Más duro y profundo que nunca. Sus propias ganas y su hambre se alimentan de mí, y algo en mi interior florece. Rompe el beso y me roza la línea de la mandíbula y el hombro desnudo con los dientes. Mis pezones siguen tiesos y deseosos, y esta vez toma uno entre sus labios y lo besa con suavidad. Solo ese pequeño contacto me hace temblar.

Refuerza su agarre sobre mí, lo que está bien, porque mis piernas se han vuelto de gelatina. Se me estremece todo el cuerpo con el palpitar de mi clítoris. El suave roce y el húmedo deslizamiento de su lengua en torno a mi pezón hace que la electricidad se dispare hacia mi interior. Está siendo demasiado amable. Me está provocando, me está volviendo loca de deseo.

Hasta aquí su «no más juegos».

O tal vez esto no es un juego. Tal vez es parte de su plan, su plan para darme el placer que nunca he conocido.

Tengo algo de experiencia. He estado con tres hombres diferentes, uno durante la universidad y los otros dos en los últimos tres años. Aunque el orgasmo me ha sido esquivo, me han dicho que soy buena en la cama.

Sin embargo, Braden me hace sentir como si me tocaran por primera vez, como si me besaran por primera vez y como si me lamieran por primera vez. Como si nunca hubiera experimentado nada de esto antes, y lo quiero todo. Lo quiero todo ahora mismo.

Me acaricia el otro pezón con los dedos mientras me chupa el primero. Jadeo y enrosco los dedos en su cabello rebelde mientras su cabeza se balancea contra mi pecho. Al final, suelta el primer pezón, desliza los labios hacia el segundo y lo rodea con su boca. Esta vez no me provoca. Me lo chupa con todas sus fuerzas.

Un gemido grave surge de mi garganta y le tiro del pelo. Él jadea en respuesta.

—¿Estás mojada para mí? —dice contra mi carne.

—Joder, sí.

—Puedo oler lo mucho que me deseas.

Me suelta el pezón y me desliza las manos por el abdomen, empujando el vestido hasta el suelo. Me quedo solo con las bragas negras. Baja la cabeza e inhala.

Siempre he pensado que las personas que huelen las bragas son un poco asquerosas, pero cuando Braden me huele mientras tengo las bragas puestas me pone muchísimo.

Inhala de nuevo y me desliza las bragas por las caderas. Caen dentro del círculo del vestido.

Estoy desnuda.

Desnuda, cachonda y completamente a su merced.

Eso debería asustarme. De hecho, lo hace, pero también me excita. Me electriza por completo.

Esto es lo que se siente al ceder el control, y solo acabo de empezar.

Me pasa la lengua por la parte superior de la vulva, que esta vez está recién depilada y suave. Me separa los muslos y me pasa la lengua por el clítoris. Inhalo con fuerza y él inclina la cabeza, buscando mi mirada.

—Al dormitorio —dice con la voz ronca. Entonces se levanta y me arrastra, desnuda mientras él sigue completamente vestido con su esmoquin, a la preciosa habitación donde experimenté la euforia por primera vez.

Donde no puedo esperar para volver a experimentar la euforia de nuevo.

La vista me atrae una vez más, aunque no tengo mucho tiempo para disfrutarla. Braden me deja junto a la cama y se dirige a la cómoda. Abre un cajón y saca algo.

Antes de que tenga tiempo de pensar, me ata la prenda alrededor de la cabeza, vendándome los ojos. La tela está fría. Seda, lo más probable.

Abro la boca para...

Entonces la cierro. ¿Qué puedo decir? Me he rendido del todo esta noche. No, no esperaba que me vendara los ojos. ¿Qué más planea hacerme?

En mi cabeza se reproducen imágenes oscuras, aterradoras y eróticas a la vez, mientras recuerdo aquello extraño que cuelga sobre su cama.

—No hables —dice—. Solo disfruta.

—¿Disfrutar el qué?

—Te he dicho que no hables. —Su voz es amenazadora y dominante.

No volveré a hablar otra vez.

—Como te he quitado la vista —me explica Braden—, tus otros sentidos se potenciarán. No verás lo que te hago, pero lo olerás, lo saborearás, lo escucharás.

—¿Y si...?

—Skye —me dice con suavidad—, si vuelves a hablar, te voy a castigar.

¿Castigarme? ¿Golpeándome? Y una mierda. Me arranco la venda de los ojos.

—No he firmado para que me pegaran.

—¿Quién ha dicho algo sobre pegarte? ¿Qué clase de hombre te crees que soy?

—Has dicho que me ibas a castigar. ¿Qué otro tipo de castigo hay?

Me mira con los ojos entrecerrados y ardientes.

—Estás a punto de descubrirlo.

22

Me estremezco mientras un escalofrío me recorre el cuerpo. Mis pezones y aureolas se tensan ante la frialdad, pero mi vagina sigue caliente y húmeda. Mi cuerpo es una masa de señales mixtas y temperaturas dicotómicas.

Es emocionante.

No quiero que me castiguen.

Pero, joder, sí que quiero.

Qué miedo que alguien que valora tanto el control quiera un castigo. Que yo quiera un castigo.

—¿Vas... vas a hacerme daño?

—Solo si tú quieres. —Me desliza la venda por los ojos una vez más—. No te la quites esta vez.

—Pero ¿vas a...?

—El castigo no tiene que doler, Skye. Al menos no físicamente.

—Así que ¿todavía vas a...?

—¿Castigarte? Oh, sí.

Los escalofríos me sacuden el cuerpo, y aun así mi núcleo está caliente como un día soleado.

—¿Cómo...?

—No hables más —ordena—. Estás acostumbrada a tener el control, Skye, así que estoy intentando ser indulgente. Pero tengo mis límites.

Abro la boca...

—¿Quieres que te amordace?

Sacudo la cabeza con vehemencia.

Una cálida brisa me llega al oído. Es el aliento de Braden. Me pellizca el lóbulo de la oreja.

—Lo primero en lo que me fijé de ti fue en tu sexi boquita. Lo segundo fue en tu increíble delantera. Pero la tercera cosa, Skye, fue lo que realmente me atrajo de ti. ¿Sabes qué es?

Niego con la cabeza.

—Cuando se te cayó el bolso, no aceptaste mi ayuda. Tenías que mantener una apariencia de control en la situación. Y también estaba el condón.

Me muerdo el labio.

—Sí, lo vi. Otra forma de mantener tu vida bajo control.

—¿Porque no me quiero quedar embarazada?

—Es más que eso, y lo sabes. Si surge una situación en la que quieres tener sexo, estás preparada. No tienes que ir corriendo a la farmacia a por protección.

—Muchas mujeres llevan preservativos.

—Menos de las que piensas. Algunas confían en otros métodos o corren a la farmacia cuando lo necesitan. Otras solo se preocupan por el embarazo y no por las enfermedades.

—Y tú sabes esto porque...

—He estado con muchas mujeres.

Bueno, he sido yo la que ha hecho la pregunta.

—Tenía un presentimiento sobre ti. Sobre tu necesidad de control. Luego, tras nuestra primera cena y mi intento de seducirte, lo supe con seguridad.

Mi boca se mueve, pero no respondo.

—Lo reconocí en ti. Lo reconozco en la gente porque también es parte de lo que soy.

Asiento. Sus palabras no me sorprenden. Al menos no la parte de quién es. Lo que me extraña es que desee a alguien con las mismas tendencias.

—No estaría donde estoy hoy si no supiera ejercer el control en cada situación.

Vuelvo a asentir. Esto de no hablar es cada vez más soportable. ¿Todavía va a castigarme? Me encanta la idea y la odio a la vez.

—Eso incluye controlarte a ti, Skye. Ahora mismo, yo controlo tu placer. Tengo poder sobre ti. ¿Lo entiendes?

No respondo. ¿Es esto un juego para él? ¿Seducir a alguien que está acostumbrado a estar al mando y quitárselo? No estoy segura de cómo me siento al respecto. Todo lo que sé es que todavía lo deseo. Lo deseo más que nunca.

—Te he preguntado si lo entiendes.

No estoy segura de hacerlo, pero asiento una vez más de todos modos. He llegado hasta aquí y no me voy a ir sin un orgasmo.

Me empuja hacia la cama.

—Acuéstate.

Obedezco. ¿Qué más puedo hacer?

Me abre las piernas e inhala. La rápida toma de aire me retumba en los oídos. Tiene razón. Mi sentido del oído se aguza.

—Tu olor me embriaga, Skye —susurra, su aliento es una brisa fresca contra mis muslos—. Puedo sentarme aquí entre tus piernas para siempre y no cansarme nunca. —Vuelve a inhalar, esta vez aguantando la respiración hasta que exhala, enfriando de nuevo mi piel.

Un suave suspiro surge en mi garganta. ¿Puedo suspirar? ¿Se considera eso hablar? Me contengo y me pongo rígida.

—Relájate, nena. No hace falta que te pongas tensa ahora. —Inhala una vez más—. Por mucho que adore tu olor, tu sabor es aún mejor.

Su lengua comienza en mi perineo y se desliza por mi raja hasta llegar a mi clítoris. Jadeo con fuerza. Se desliza sobre mi clítoris, dando vueltas, y luego cierra sus labios alrededor de él y lo chupa con suavidad. Me enciende la mecha con sus movimientos lentos y deliberados, y me está volviendo loca.

Esta vez dejo escapar un suspiro y un gemido. ¿A quién le importa si va en contra de su regla de no hablar? Necesito liberar la tensión de alguna manera. He controlado el último suspiro, pero él me ha pedido que renuncie al control. Parte de eso es hacer los ruidos que mi cuerpo necesita.

No me regaña por hacer sonidos. De hecho, parece animado y aumenta la velocidad de la lengua. Agarro el edredón con las dos manos y arqueo la espalda, moviendo las caderas en círculos mientras persigo su lengua. Ahora ignora de manera deliberada mi clítoris. Me mete la lengua en la vagina y luego me lame y tira de los labios. Dios, qué bien me hace sentir, pero necesito... Quiero...

¡Sí! Una breve lamida en mi clítoris palpitante. La mecha se enciende una vez más. «Sigue, Braden. Por favor, sigue».

Pero se desvía de nuevo, volviendo a comerme la vagina.

—Estás tan mojada —dice contra mi piel—. Dios, me vuelves loco, Skye. Estás muy receptiva a todo lo que te hago.

«Sí. Sí, lo estoy. Por favor. Por favor. Por favor, déjame que tenga un orgasmo».

Como si respondiera a mis pensamientos, desliza su lengua por mi sexo y me agarra el clítoris una vez más, esta vez pellizcando más fuerte. Una vez. Dos veces. Luego, tres veces. La mecha está ardiendo. Ya casi está.

Introduce dos dedos en mi calor, y...

Suelta mi clítoris.

Sus dedos me penetran, me llenan, y el dolor del vacío empieza a disminuir, pero la mecha se ha quemado. Ha soltado mi clítoris demasiado pronto.

¡Joder!

Me muerdo el labio para no pedir lo que quiero.

Y entonces me doy cuenta de algo.

Él sabe exactamente lo que quiero. Mi cuerpo habla más fuerte que mi boca.

Lo sabe.

Lo sabe, joder.

Me está haciendo esto a propósito.

Esto es una mierda. Si conociera mejor mi cuerpo, tal vez podría forzar un orgasmo. Pero no tengo orgasmos a demanda. Nunca lo he hecho. Por mucho poder que ejerza sobre mi propia vida, nunca había podido alcanzar el clímax por mí misma o con otra persona.

No hasta que llegó Braden Black.

Y ahora lo sostiene sobre mí, colgándolo como una zanahoria frente a la boca de un conejo.

Empuja mis muslos hacia delante y baja su lengua, deslizándola sobre mi culo. Me tenso. Nadie me ha hecho eso antes, y siento... siento...

—¡Oh!

Me mete la lengua en el culo con suavidad, pero lo siento como una sonda.

¡Zas!

Su mano en mi nalga. Me sacudo contra el escozor del azote en el cachete del culo.

—Eso es por hablar.

Entonces, vuelve a deslizar su lengua sobre mi culo y sube a mi vagina de nuevo.

Mi clítoris palpita al ritmo de mis rápidos latidos. Antes de que pueda pensar, dejo que mi mano se dirija a mi vulva. Si pudiera tocarme el clítoris, solo un poquito...

Braden me agarra de la muñeca.

—No, tú no. Ese clítoris es mío esta noche. No lo va a tocar nadie más que yo.

—Pero quiero un orgasmo.

La venda se desliza por mis ojos y él se encuentra con mi mirada. Su barbilla y sus labios están mojados por mis fluidos, y se ríe. ¡Se está riendo!

—Te dije que te iba a castigar por hablar.

—¿El azote? —pregunto.

—No, eso ha sido por placer.

¿Por placer? Me ha dolido, pero solo un poco. Ahora tengo el cachete caliente donde antes estaba su mano. Caliente y hormigueante... y sí, me gusta.

Nunca me lo habría imaginado.

Entonces, ¿cuál es el castigo?

Sus labios vuelven a succionar mi clítoris y sus dedos entran y salen de mi interior. Me estremezco en la cama y mis caderas se mueven frenéticamente contra los labios y la lengua de Braden. Sus deliciosos dedos masajean mi interior de una forma deliberada que me lleva casi al límite. Madre mía, madre mía, madre mía...

La mecha se enciende de nuevo, y arde, arde, arde...

Hasta que se aleja de mi clítoris y saca los dedos.

Avanza, la textura de su camisa me roza los pezones. Están muy duros. Cada parte de mí está más tensa que la cuerda de un arco.

Presiona con sus labios un pezón y luego el otro antes de besar mis labios castamente. Me saboreo en él. El sabor cítrico de mis fluidos.

—¿Lo entiendes ahora, Skye?

—¿Que si entiendo qué?

—Que el castigo no tiene por qué doler físicamente.

23

La tensión recorre todo mi cuerpo. Estoy cubierta de sudor resbaladizo y me palpita el clítoris al ritmo de mi corazón.

Ese orgasmo... El que tanto deseaba...

—Tenía razón —digo cuando por fin puedo relajarme lo suficiente para hablar—. Sabías lo que estabas haciendo todo el tiempo.

—Claro que sí.

—Eres muy raro.

—¿Qué hay de raro en negarte el clímax?

—Pues que a la mayoría de los hombres les encanta que su pareja llegue al final —contesto.

—Nunca en mi vida he sido como la mayoría de los hombres. —Tiene los ojos entrecerrados—. Eso no quiere decir que no disfrute cuando lo haces. En realidad, lo hago. Lo disfruto mucho.

—Entonces, ¿por qué...?

—Ya sabes por qué.

Porque no he mantenido la boca cerrada. Me prometió que me iba a castigar si volvía a hablar. Mi cuerpo está tan caliente y necesitado que casi desearía que me azotara en lugar de negarme un orgasmo.

En realidad, no quiero que me azote.

Pero, madre mía, quiero llegar hasta el final.

Tengo muchas ganas de tener un orgasmo.

«Por favor, Braden. Deja que llegue al orgasmo. Dime lo que tengo que hacer para que suceda».

Las palabras revolotean en el fondo de mi garganta, sin llegar a la lengua.

—Todavía te estás resistiendo, Skye —me dice Braden—. Si no estuvieras tan decidida a tener el control, ya podrías haber tenido tres orgasmos.

—¿Por qué? —le pregunto.

—Ya te lo he dicho. Ya sabes por qué.

Sacudo la cabeza.

—No. Quiero decir que por qué necesitas que te dé el control.

—No lo necesito.

Se me abren los ojos como platos.

—Ah, ¿no?

—Eso es lo que me has preguntado. Me has preguntado que por qué lo necesito y la verdad es que no lo necesito.

Muevo la cabeza de un lado a otro.

—No lo entiendo.

—No lo necesito. Lo quiero.

—¿Por qué entonces? ¿Por qué lo quieres?

Se le ensombrece la cara y, Dios, lo único que quiero es tomarlo entre mis brazos y decirle que haré lo que quiera, solo para alejar esa mirada triste de su rostro. Pero ¿es tristeza lo que hay en sus ojos? Sí, pero también hay algo más. Algo que no sé interpretar.

—¿Acaso tiene que haber un motivo? —acaba diciendo.

—Sí, claro —respondo—. ¿Cómo se supone que voy a entenderlo si no hay un motivo?

—Sigues intentando mantener el control, ¿verdad?

Me siento, con las mejillas ruborizadas.

—Solo porque quiera respuestas...

—Lo que significa que no estás cediendo el control.

—Dijiste que si cedía el control, me enseñarías un placer que no he conocido nunca. Y entonces vas y me niegas el clímax. Eso no es enseñarme placer, Braden.

—Es cierto, pero todavía falta un elemento en ese acuerdo.

—¿Cuál?

Me pasa un dedo por la mejilla, casi podría pasar por un gesto cariñoso.

—Que no has cedido el control.

Me hormiguea la mejilla por su contacto.

—Pero me quieres en tu cama, Braden. Lo has dicho desde el principio.

—Y no lo niego.

—¿Y por qué no me follas como quiero?

—Porque a ti y a mí nos gustará más a mi manera.

—¿Qué te hace estar tan seguro? —le pregunto, sonando con mucha más confianza en mí misma de la que tengo.

Me desliza un dedo sobre el labio inferior.

—Lo veo en tus ojos. Eres una mujer preciosa, Skye, pero te conviertes en una diosa cuando te dejas llevar y te entregas a tu cuerpo.

Sus palabras encienden las brasas que arden en mi interior. Me fijo en su entrepierna, aún con ropa. Su bulto es más evidente que nunca. Esto también debe de estar afectándole a él.

—Me deseas —afirmo.

—Por supuesto que sí. No soy de piedra. Soy un hombre, nena, y cualquier hombre que ponga los ojos en ti te desearía.

Me pongo cachonda y, joder, mi cuerpo todavía sigue listo para sus caricias, su lengua, su miembro.

¿Cómo es capaz de mantener esos deseos a raya y provocarme? ¿Es porque es mayor que yo? Tiene treinta y cinco años y yo veinticuatro, está claro que es mucho más experimentado que yo. ¿O es algo más?

Su expresión sigue siendo estoica. Sonríe muy poco, se ríe aún menos. ¿Alguien conocerá realmente a Braden Black?

Me aclaro la garganta.

—¿Se ha terminado mi castigo?

—Eso depende de ti.

—¿Lo que significa...?

—Lo que significa... ¿Estás preparada para ceder el control?

¿Lo estoy? Pensaba que sí, pero después no he podido obedecerle cuando me dijo que no hablara.

—Antes de que contestes —me dice—, debes saber esto. Quiero follar contigo. Te deseo más de lo que he deseado a nadie en mucho tiempo. Creo que lo he dejado bien claro.

Asiento. Me muero por preguntarle por qué me castiga entonces, porque al castigarme también se está castigando a sí mismo.

—Te voy a follar esta noche —declara—. La única cuestión es si conseguirás un orgasmo o no.

—Pero si me follas...

Me tranquiliza con un toque de sus dedos en mis labios.

—Confía en mí. Todavía puedo follarte y evitar que te corras.

No sabe cuánta razón tiene.

Cuando por fin lo consigo, es con un hombre que quiere controlar mis orgasmos. No es justo.

—¿Quieres tener un orgasmo esta noche, nena?

Asiento.

—Dímelo. Dime que lo quieres.

—Quiero tener un orgasmo esta noche, Braden.

Sus ojos se vuelven un poco fríos.

—Entonces no vuelvas a desobedecerme.

¿Por qué es esto tan importante para él? No ha pedido el control de ningún otro aspecto de mi vida. De hecho, esta noche me ha dejado claro que no me ha buscado porque no pudiera cuidarme yo misma. No. Me buscó para mantenerme fuera de la cama de otra persona.

Es autoritario, pero no dominante. Es controlador, pero no un amo. ¿Quién es Braden Black?

¿Por qué es así?

Puede que nunca lo sepa, y, si voy a seguir acostándome con él, tengo que sentirme cómoda con eso.

Y necesito ceder el control. No solo con palabras, sino también con acciones.

¿Estoy preparada?

¿Estoy preparada de verdad?

Me aclaro la garganta.

—Dime lo que quieres, Braden.

—Quiero follarte hasta la semana que viene.

Sonrío.

—Estás de suerte. Tengo toda la semana que viene libre.

24

Braden toma la venda negra y me la ata de nuevo a los ojos.

—No hables, Skye. ¿Entendido?

—Antes tengo una pregunta.

—¡Por el amor de Dios! ¿Qué clase de pregunta podrías tener? No hablar significa no hablar.

Dejo escapar un suspiro exasperado.

—Esta sí vale, Braden. ¿Puedo suspirar y gemir? ¿Gruñir?

—Los sonidos sexuales están permitidos.

—Vale. Pero la última vez me reprendiste por decir «oh». ¿No es un sonido sexual?

—No. *Oh* es una palabra. *Oh, Dios* son palabras. *Sí, Braden, sí* son palabras.

Evito que una sonrisa se me extienda por la cara.

—Pero esas palabras indican que estoy disfrutando.

—¿Y qué?

—Que... ¿no quieres saber que estoy disfrutando?

—Sé que estás disfrutando por la forma en la que tu cuerpo me responde. Las palabras son superfluas.

Me burlo.

—¿En serio?

Se ríe. No puedo verle la cara, pero me imagino su sonrisa.

—Te conviertes en un desafío más grande a cada segundo, Skye Manning. Eres mi Everest y estoy decidido a conquistarte. Ahora, cállate.

Aprieto los labios y hago un movimiento de cierre con la mano. Me siento sarcástica, pero puede que mi acción no se lo transmita a Braden. Menos mal. No estoy dispuesta a recibir más castigos. Quiero el orgasmo.

Me empuja con suavidad hasta que la parte de atrás de mis piernas choca con la cama.

—Túmbate.

Obedezco. Mi cuerpo sigue tenso y preparado, necesitado y deseoso. Oigo a Braden moverse. También oigo el sonido de su ropa. ¿Qué está haciendo?

No tengo ni idea, y de repente estoy encantada. No sé lo que me espera. Podría ser cualquier cosa.

Cualquier cosa.

La espera es insoportable. A cada segundo, mi cuerpo se tensa de anhelo y mi mente piensa en algo más que él podría hacer para tentarme.

Los segundos pasan.

Se convierten en minutos.

Me retuerzo, pero no hablo. Estoy decidida a conseguir ese orgasmo.

Jadeo cuando algo revolotea sobre uno de mis pezones. No es su dedo ni sus labios. Algo frío rodea mi aureola. ¿Es... hielo? No. No está lo bastante frío, y además no hay agua derretida. Traza la forma de mi pecho con el objeto y se desplaza hasta el otro pezón, tentándolo como ha hecho con el anterior.

Se me pone la piel de gallina. El frescor baila ahora, yendo de pezón en pezón y luego bajando por mi abdomen, haciendo que mi vientre se agite. Se detiene en mi ombligo, rodeándolo. Mi clítoris palpita, tan dispuesto a sentir la fría dureza de cualquiera que sea el objeto con el que me esté provocando.

Sin embargo, Braden se detiene en mi ombligo.

—Qué bonito, Skye. Deberías hacerte un *piercing*.

Abro la boca para decirle que no, pero me detengo justo a tiempo.

No voy a hablar.

Quiero tener este orgasmo.

Cuando por fin se cansa de mi ombligo y desciende hasta mi vulva, suelto un gemido de excitación. Sin embargo, sigue provocando, deslizando el frío sobre mi pubis y bajando por los lados de mi entrada. El frío es un paraíso contra mis labios calientes, «pero mi clítoris, Braden. Mi clítoris...».

El objeto me recorre el interior de los muslos hasta las rodillas y luego vuelve a subir.

«¡Eres un maldito provocador, Braden Black!».

Pero me quedo callada como una momia. No puede evitar que llegue al orgasmo para siempre.

¿O sí?

No. No puedo pensar en eso. El frescor recorre mi sexo húmedo.

—Mmm... húmedo y perfecto —dice—. ¿Cuánto me deseas, Skye?

Abro la boca y la cierro de golpe. No va a engañarme con sus juegos.

—Buena chica.

Desliza el objeto frío sobre mi clítoris.

Gimo y giro las caderas. La sacudida de mi clítoris se desliza por mí como una gélida atracción de feria. Arqueo la espalda y me muevo, buscando más, más, más...

Pero vuelve a subir el objeto por mi vulva hasta mis pechos y luego a mis labios. Me lo mete en la boca.

—Pruébate a ti misma. Comprueba lo deliciosa que estás.

Hago girar la lengua sobre el objeto y me deleito con mi acidez. Esto me permite tener la primera sensación del objeto con el que me ha estado provocando. Es puntiagudo en un extremo y del tamaño de una canica grande. Lo quita de inmediato y oigo cómo se mueve su ropa.

¿Por fin se la está quitando?

«Sí, joder. Por favor».

Me retuerzo en la cama, agarrando las mantas con las manos. ¿Cuánto más puedo aguantar? ¿Le divierte verme enloquecer lentamente?

—No muevas las manos, Skye —dice.

Suelto los puños y hago lo que me ordena.

—Dobla las piernas para que tus pies toquen la cama.

De nuevo, obedezco.

Entonces, algo cálido y duro me empuja. Su pene. Va a penetrarme. Por fin. ¿Está completamente desnudo? Estoy desesperada por tocar el calor de su piel. Alcanzo...

—¡He dicho que no muevas las manos!

¡Mierda! ¿Acabo de perder un orgasmo? Rápidamente muevo mi mano hacia atrás.

Vuelve a provocarme, rozándome la vagina con su miembro, deslizándolo de un lado a otro desde mi clítoris hasta casi mi culo. «Por favor, Braden, por favor».

Pero no digo nada. Mantengo las manos quietas.

Y espero.

Y espero.

No puede durar para siempre, ¿no? Me desea tanto como yo a él, ¿verdad?

Menuda provocación. Menuda provocación tan maravillosa y dolorosa...

Después, una poderosa embestida y él está dentro de mí, mi vacío al fin lleno. Un gemido vibrante llega a mis oídos y entra en mí, una vibración sonora que casi puedo ver en mi mente. Grito, no con palabras, sino con pura emoción.

Se retira, y yo gimoteo por la pérdida, esperando su siguiente embestida.

Pero en lugar de eso, me provoca de nuevo, dejando que solo la cabeza de su miembro me penetre. Pequeñas embestidas superficiales, las suficientes como para que lo desee aún más.

Es un puto experto en esto. Quiero gritar y suplicar y arremeter, pero mantengo los labios sellados.

—Joder —dice al fin y me penetra, atravesándome con su pene de acero caliente.

Gimo. Es tan increíble, tan perfecto, como si su miembro estuviera hecho para adaptarse solo a mí. Mis pezones están tiesos y duros, y espero que se eche hacia abajo para que su duro pecho los apacigüe. Mi cuerpo arde y él me penetra con fuerza. La invasión me recorre en espiral y estoy cerca, oh, muy cerca. Si tan solo se echara para adelante, dejaría que su pubis golpeara mi clítoris.

¡Qué fastidio!

A esto se refería cuando dijo que controlaría mi orgasmo. ¡Será cabrón!

Entonces, sus labios están sobre los míos y mi clítoris recibe la estimulación que necesita. La mecha está encendida. Embiste y embiste y embiste...

Un cohete vigoroso entra en mi clítoris y mi vagina se contrae, palpitando contra su verga que me penetra. De mi garganta salen sonidos. ¿Son palabras? No tengo ni idea. No puedo ver, pero los colores, las vibraciones y las imágenes caleidoscópicas se catapultan a través de mí mientras salto desde el precipicio y alcanzo el nirvana.

—Eso es, nena. Dámelo. Dámelo todo. Es mío.

«Fóllame, fóllame, fóllame...».

—¡Dios, sí! Qué apretado, nena. Cómo me gusta.

Braden está muy dentro de mí, y todavía me estremezco a su alrededor, mi orgasmo se desata. En cuestión de segundos, se ralentiza y me quedo con él saliendo y rodando fuera de mí.

Y nunca he estado tan satisfecha en mi vida.

Con un silbido, Braden me quita la venda.

—Ya puedes hablar y mover las manos.

Pero no tengo palabras.

25

—¿De verdad te he dejado sin palabras? —me pregunta Braden, con un brillo en los ojos—. Me parece increíble. —Está de lado, con la cabeza apoyada en la mano. Me mira fijamente.

Me acerco y le retiro un pelo suelto que tiene sobre la frente.

—¿Qué quieres que te diga?

—Puedes empezar con un «¡Vaya, Braden! Has puesto mi mundo patas arriba».

Me echo a reír.

—¿No es bastante obvio?

—¿Ves lo que pasa cuando te rindes ante mí?

Sonrío pero no digo nada. Porque he dado con un secreto.

No he cedido nada. He utilizado mi control para no hablar, para mantener las manos en su sitio. He utilizado mi control para asegurarme de terminar esta noche con un orgasmo.

Puede pensar que me ha controlado, pero no lo ha hecho.

El brillo de sus ojos permanece, pero una nube se cierne sobre nosotros. ¿Sabe mi secreto? ¿Le importa?

Al final, le digo:

—Ha sido increíble.

Me besa suavemente los labios.

—Duérmete.

Me despierto con la luz que entra por la pared de ventanas de la habitación de Braden. Como me prometió, no me ha echado. Pero ¿dónde está?

Sigo completamente desnuda. Me dirijo enseguida al baño y luego al armario de Braden. Agarro una camisa blanca y me la pongo. Lo que solo puede ser cien por cien algodón está fresco sobre mis hombros. Encuentro mis bragas, todavía de una pieza, gracias a Dios, en el suelo y me las pongo a toda prisa. Después salgo de la habitación.

Este lugar es enorme. El olfato me ayuda a encontrar la cocina. Braden está sentado en la isla bebiendo café y leyendo algo en su iPad mientras una mujer, supongo que la cocinera, está de pie junto a los fogones friendo beicon y huevos.

Y yo solo llevo puestas unas bragas negras y una de las camisas de Braden. Como dudo que un agujero se abra y me trague para ahorrarme esta vergüenza, me aclaro la garganta con suavidad.

Braden se vuelve hacia mí.

—Buenos días.

—Buenos días.

—¿Un café?

—Por supuesto. Gracias. —Entro y tomo asiento al lado de Braden.

La mujer de la cocina se gira. Es joven y guapa, con el pelo y los ojos castaños.

—Buenos días, soy Marilyn.

—Hola —respondo con un chillido.

—¿Cómo toma el café?

—Solo.

Un momento después, una taza de café solo humeante se desliza frente a mí.

Braden se vuelve hacia mí.

—¿Tienes hambre?

—No, estoy bien.

—¿Estás segura? Marilyn siempre prepara suficiente comida como para alimentar a un pequeño ejército.

—Eso es porque tiene el apetito de un pequeño ejército. —Marilyn sonríe y pone un plato lleno de beicon, huevos y tostadas delante de Braden—. ¿Seguro que no hay nada que pueda ofrecerle?

—No. —En serio, si intento comer ahora mismo, vomitaré.

Esta es la parte que se me da fatal: la charla después de algo íntimo. Nunca he sabido bien qué decir a la mañana siguiente, y esta vez es peor porque, en primer lugar, Braden empieza a gustarme de verdad y, en segundo lugar, hay otra persona en la habitación que sabe que Braden y yo lo hemos hecho toda la noche.

Tomo un sorbo largo de café y me quemo la lengua. Suelto la taza rápidamente y derramo unas gotas sobre la encimera de mármol.

—Lo siento —murmuro.

—No pasa nada. —Marilyn limpia mi desorden con una sonrisa.

Braden coloca su iPad en la encimera.

—¿Podrías disculparnos unos minutos, Marilyn?

—Claro, señor Black. Llámeme si me necesita. —Sale de la cocina.

Braden se vuelve hacia mí.

—¿Qué es lo que pasa?

—Nada.

—Estás actuando de forma extraña. ¿Te sientes incómoda aquí?

—No. No es eso exactamente.

—Tú eras la que quería quedarse. Irte según tus propios términos.

Asiento con la cabeza.

—Así es.

—Vale. Para que quede claro. Puedes quedarte todo el tiempo que quieras. Tengo que trabajar durante unas horas.

—Ah, vale. Yo también debería trabajar. —Me tomo otro sorbo de café, teniendo más cuidado en esta ocasión—. Braden.

—¿Qué?

—Voy a necesitar algo para irme a casa.

Sus labios se curvan un poco. Solo un poquito, pero lo acepto.

—Claro. Averigua dónde consiguió Tessa el vestido negro y haré que lo repongan. Puedes ponerte el cárdigan que te di anoche.

—Vale... ¿Y unos pantalones?

Casi sonríe de nuevo.

—Supongo que no dejé tu vestido en condiciones para que te sirva como una falda.

—Pues no.

Se pone de pie.

—Voy a buscarte algo. La próxima vez, tráete una muda de ropa.

¿La próxima vez? La excitación me recorre el cuerpo.

—De hecho —añade—, tráete varias cosas. O, si quieres, déjame tus tallas y haré que te traigan algunas cosas.

¿Quiere comprarme ropa?

—No hace falta. Tengo mucha ropa. Puedo traerme algo.

—Perfecto —replica, su voz se vuelve más oscura—, porque pienso romperte mucha.

26

—Todavía llevo su pantalón de chándal y su camisa —le digo a Tessa por teléfono una vez que estoy en casa. Pongo el móvil en manos libres y me abrazo a mí misma. Llevar su ropa me hace sentir... cerca de él, pero es más que eso. Es como si me permitiera llevarme una parte de él a casa—. No me atrevo a quitármelos.

—Así que la segunda vez fue igual de buena, ¿no? —pregunta.

—Mejor. —No puedo evitar la ridícula sonrisa que se me pone en la cara. Miro hacia mi cesto lleno. Es hora de hacer la colada. Necesito ropa limpia para llevarme a la casa de Braden. Lo que me recuerda algo—. Ah, por cierto...

—¿Qué?

Recojo la ropa del cesto.

—Él como que... destrozó tu vestido.

—¿Qué? —repite.

—Me lo arrancó. Literalmente.

No responde durante unos segundos. ¿Se ha quedado en *shock*? Entonces, pregunta:

—¿Cuando dices *literalmente*, quieres decir *literalmente*?

—Sí. Lo siento, pero te lo volverá a comprar. Solo necesito saber de dónde es.

—De Ross, creo —suspira—. Te quedaba mejor a ti que a mí de todos modos. Dile que era de Chanel y que me quedo con el dinero.

—Tessa...

Se ríe.

—Por el amor de Dios, Skye, era una broma. No te preocupes por el vestido. Si te ayudó a soltarte y a echar un polvo, estoy feliz de donar algo de ropa a la causa.

—Eres la mejor, Tess. Lo siento mucho.

Mi teléfono emite un pitido.

—Tengo otra llamada. Espera.

Miro la pantalla. Es Addison.

—El deber me llama —digo.

—¿Es Braden?

Me río.

—Por supuesto que no. Es Addie. Te veo mañana en el almuerzo.

Hago clic en la siguiente llamada.

—Hola, Addie.

—Supongo que te lo pasaste muy bien anoche.

—Sí, estuvo bien. La publicación va sobre ruedas. Acabo de comprobarlo.

—No pasa nada con la publicación. ¿Qué estabas haciendo allí con Braden Black?

¿Eh? ¿Cómo lo sabía?

—¿De qué estás hablando?

—Por favor. Las fotos están en la página web de MCEE. Hay una muy buena de ti y Braden sentados juntos en una de las mesas principales.

Tiro un calcetín sucio al suelo, irritada.

—Braden estuvo en la gala benéfica. Nos saludamos. ¿Te acuerdas de que lo conocí en la oficina un día?

—Os veíais bastante íntimos.

Me dirijo a la cocina y me pongo el auricular inalámbrico en la oreja. Luego enciendo el portátil en la mesa de la cocina y busco la página web.

—Estábamos hablando en una mesa.

«¿Y por qué es esto de tu incumbencia?».

—Te dije que era un imbécil, Skye.

—A mí me pareció simpático.

¡Bingo! Encontré la foto. El pie de foto dice: «Braden Black y una amiga». Al menos la iluminación de la pista de baile me hace parecer glamurosa. No recuerdo que nadie tomara una foto, pero, por supuesto, varios fotógrafos estaban trabajando en el salón de baile.

—¿Te estás acostando con él?

Mis mejillas se calientan y siento que mis fosas nasales se agitan.

—¿Qué clase de pregunta es esa?

—Una directa.

No es broma.

—Con quien me acuesto es asunto mío.

—Eso ya lo responde todo. Él solo te traerá problemas.

—Ni siquiera lo conozco, Addie.

Lo cual es verdad. «Pero sí, me estoy acostando con él».

—Sigue mi consejo —dice—. Que siga siendo así. Hasta mañana.

Eso es todo. Termina la llamada. Me levanto de la mesa y tiro el cesto al suelo. Estoy muy enfadada y ahora tengo que hacer la maldita colada. Pero antes tengo que volver a hablar con Tessa.

—Es obvio que está celosa —me dice Tessa al oído después de que vuelva a llamarla—. Y tampoco es que pueda culparla.

—No lo creo —le respondo—. Ella no lo soporta.

—Ella *dice* que no lo soporta.

Pienso en las palabras de Tessa. Sí, Addie y Braden tienen una historia, pero hace más de un año que trabajo con ella y ni una sola vez lo ha mencionado a pesar de que su cara está en todos los medios de comunicación.

—Probablemente sea eso —miento—. Te veo mañana.

Sea cual sea el problema de Addie con Braden, no es asunto mío.

Addie no está a la mañana siguiente cuando llego a la oficina. Los lunes por la mañana siempre estoy ocupada respondiendo a los correos electrónicos y comprobando todos los comentarios que me he perdido durante el fin de semana. Tengo la nariz enterrada en el trabajo cuando alguien entra en la oficina.

—Buenos días —dice una voz femenina.

Aparto la vista de la pantalla del ordenador. Una atractiva morena se sitúa delante de mi escritorio.

—Hola —respondo—. ¿Puedo ayudarle?

—Soy Kay Brown del *Boston Babbler*.

El *Boston Babbler*, nuestro periódico local que sigue a Addie como si fuera de los Grateful Dead.

—Me temo que Addison no está. ¿Tenía una cita? —Accedo rápidamente a la agenda de Addie.

—No.

—Lo siento. No sé cuándo llegará.

—En realidad estoy aquí para hablar con usted, señorita Manning.

Me sacudo en mi silla. ¿La he oído bien?

—Me gustaría hablar sobre la foto de usted y Braden Black en la gala de MCEE.

—Mi nombre no estaba en la foto.

—No ha hecho falta más que investigar un poco para identificarla.

—¿Investigar un poco?

—Es la asistenta de Addison Ames. No es difícil de encontrar.

—¿Cómo exactamente...?

—No revelo mis fuentes. Basta con decir que conozco a todo el mundo en esta ciudad.

Asiento con la cabeza. Incluidos los organizadores del evento, sin duda.

—No tengo nada que decirle.

—¿Así que no está saliendo con Braden Black?

Me pongo de pie.

—Creo que le he dicho que no tengo nada que decirle.

—Pero ¿es usted la de la foto?

—Sin comentarios.

—Señorita Manning, usted va a ser descubierta tarde o temprano. Me gustaría ser la primera en tener la primicia de la nueva amante de Braden Black.

—¿Amante? ¿Me está tomando el pelo? Sin comentarios. —Compruebo mi reloj—. He quedado para comer.

—Son las once.

—Sí, almuerzo temprano. Como Addie no está, tengo que cerrar la oficina. Por favor, discúlpeme.

Tomo el bolso y salgo de detrás del escritorio.

Justo cuando Braden entra en la oficina.

27

—Kay —dice Braden—, no puedo decir que me sorprenda verte aquí, ya que hoy has llamado tres veces a mi oficina.

—Señor Black, un placer como siempre. —Extiende la mano.

Braden le toma la mano y se la estrecha con firmeza.

—Si nos disculpas, tengo que hablar con Skye.

—Por supuesto. ¿Cuánto tiempo llevan saliendo?

Trago saliva. Su respuesta a esta pregunta es mucho más importante para mí que para Kay. Desde luego, no dirá que nos acostamos.

Por otra parte, estamos hablando de Braden. Le he oído decir muchas cosas que no me esperaba.

—Nos conocemos desde hace solo una semana —responde.

—¿Y su cita en la gala?

—No llegamos juntos —contesta—. La señorita Manning y yo nos vimos en la gala y estuvimos charlando un poco.

Otro trago. Su respuesta es clara y concisa. Ojalá hubiera dicho que estábamos saliendo.

—¿Su cita para almorzar, señorita Manning, es con el señor Black? —me pregunta Kay.

—No, no es...

—Sí, así es —responde Braden—. ¿Estás lista, Skye?

Me aclaro la garganta. Al menos esto me librará de Kay.

—Sí, estoy lista. Pero antes tengo que cerrar.

—Por supuesto. —Kay sale por la puerta y luego se gira y mira por encima del hombro—. Estaré en contacto. Con los dos. —Se vuelve y se marcha.

—Gracias por salvarme —le digo—. Creía que había venido para ver a Addie.

—Me he imaginado que vendría a molestarte esta mañana después de que llamara a mi oficina y mencionara tu nombre.

—¿Has venido a avisarme?

—En parte.

—¿En parte?

—Sí. Pensé que te apetecería almorzar temprano.

—Perdona, he quedado con Tessa dentro de una hora.

Entorna los ojos y su mirada parece derretirme.

—Cancélalo.

«Cancélalo».

Una palabra. Una palabra sin importancia con esa voz profunda y áspera y ya quiero obedecerle sin rechistar.

Me agarro al borde del escritorio para no caerme.

—No puedo. Tessa y yo siempre comemos los lunes. —Y la mayoría de los demás días, a menos que una de las dos esté trabajando a la hora del mediodía.

Me vibra el teléfono. Es Tessa.

—Discúlpame un minuto —le digo a Braden—. Hola, Tess.

—No vas a creerte lo que me ha pasado. Un mensajero acaba de entregar un paquete en mi oficina de parte de Braden.

—Ah, ¿sí? —Una pizca de celos me atraviesa.

—Sí. Es mi vestido, Skye. O una réplica perfecta. Ni siquiera puedo creérmelo. Te dije que no te preocuparas.

Me aclaro la garganta.

—Dijo que lo reemplazaría.

—Si no lo supiera, diría que es el vestido exacto, pero no puede ser. No tiene etiqueta.

—Espera un momento. —Silencio el teléfono y me giro hacia Braden—. Ha recibido el vestido.

—Estupendo.

—Dice que está perfecto. ¿Lo has mandado a arreglar?

—No tenía arreglo, ya lo sabes.

—Entonces, ¿cómo has...?

—Ayer le di los restos a mi sastre personal, junto con tu foto de Instagram. Ha podido replicarlo.

Me quedo con la boca abierta.

—¿En un día?

—Soy un cliente muy bueno. —Sonríe.

Me aguanto las ganas de poner los ojos en blanco y le quito el silencio al móvil.

—Su sastre lo replicó ayer —le cuento a Tessa.

—Bueno, pues dale mil gracias. Acabo de echar un vistazo más de cerca y la tela es de mucha mejor calidad que la original.

—Puedes decírselo tú misma. —Le paso el móvil a Braden.

—Señorita Logan —dice.

Pausa.

—De nada. Cuando quieras.

Pausa.

—En realidad, hay algo que sí puedes hacer por mí.

Pausa.

—Deja que me lleve a Skye hoy a comer. Puedes almorzar con ella mañana.

Pausa.

—Te lo agradezco. Y no tienes que seguir dándome las gracias. Que tengas un buen día. —Me devuelve el móvil.

—¿Tessa? —la llamo.

Pero ya ha colgado.

Braden me mira fijamente, con sus ojos llenos de fuego azul.

—Parece que, después de todo, estás libre para comer, Skye.

28

—Tessa me ha dicho que has enviado el vestido a su oficina —le digo a Braden después de pedir la comida en un bonito bistró francés—. ¿Cómo sabes dónde trabaja?

—Ese tipo de información no es difícil de encontrar —responde.

—No cuando puedes pagarlo —contesto—. Solo por curiosidad, ¿cuánto te ha costado encargar ese vestido con tan poco tiempo?

Sus labios se mueven. Creo que podría sonreír, pero no lo hace.

—Nunca hablo de compras personales.

—Ah.

—No. No es asunto de nadie cuánto pago por algo.

No puedo discutir eso. Tiene razón.

—Bueno, ha sido muy amable de tu parte. Mucho.

—Dije que lo repondría.

—Lo sé, pero no esperaba que lo replicaras. ¿Por qué ibas a hacer eso?

Braden toma un sorbo de agua.

—Porque puedo.

No sé qué decir al respecto. Me gusta que no hable de sus compras. Eso es genial, en mi opinión. ¿Cuánto de Braden le viene de ser un nuevo rico y cuánto de provenir de la clase obrera? Me gustaría averiguarlo, pero es un rompecabezas.

Un rompecabezas que en realidad me gustaría armar.

Sí. Me gusta. Me gusta Braden Black. Mucho. Al principio pensaba que Addie tenía razón, que era un idiota, pero ahora... Me atrae, lo cual me asusta, porque ya me dijo que no podía tener una relación conmigo. No me dijo por qué, y es demasiado pronto para preguntar.

Quiero salir con él. Si pasara más tiempo con él fuera de la habitación, tal vez podría entenderlo. Tal vez podría hacer que quiera tener una relación.

—Skye —me llama.

—¿Qué?

—Quizás te interese saber que mandé a mi sastre hacer dos vestidos.

Trago el sorbo de agua que acabo de tomarme.

—Ah, ¿sí?

—Sí. Volverás a llevar ese vestido, pero la próxima vez irás de mi brazo y no habrá ninguna duda de con quién estás.

Reprimo una sonrisa.

—¿Y vas a romperlo de nuevo?

Se queda mirándome, esos ojos azules son una hipnótica llama de zafiro.

—Sí. Sin lugar a dudas.

Me sonrojo y sé que me estoy volviendo de unos doce tonos de rojo intenso.

—¿Cuándo voy a ir de tu brazo exactamente?

—Tú decides.

Dejo soltar una pequeña carcajada.

—Es un vestido de cóctel, Braden. Quizás te sorprenda saber que no frecuento muchos eventos formales.

—Ahora lo harás. Me invitan a muchos y, como insistes en que tengamos citas, me acompañarás.

—¿Como insisto?

Sus ojos se oscurecen.

—Te quiero en mi cama, Skye. Si salir contigo de vez en cuando es la forma de conseguirlo, lo haré.

—¿Y si quiero más que eso?

—¿Qué más hay?

—Una... relación.

Golpea con los dedos la mesa.

—Ya te he dicho que no puedo tener una relación contigo.

—Sí, pero no me has dicho por qué.

Arruga la frente. ¿Está pensando en cómo responder a mi pregunta? ¿O se está enfadando? No lo sé. Braden siempre tiene un halo de ira a su alrededor. En realidad, es parte de lo que me atrae de él: su oscuridad, el misterio que lo rodea como una nube densa.

—La única razón que puedo darte es que no quiero una relación.

—¿Por qué?

Se frota la sien.

—Eres insistente. Lo reconozco. Pero no hay respuesta.

—Quieres decir que no hay una respuesta que me satisfaga.

—Como a ti te gusta decir, es una forma de hablar.

—Me gustas, Braden.

No sonríe, pero su comportamiento parece ser un poco menos oscuro.

—Tú también me gustas. No me acuesto con gente que no me guste.

—No me has dejado terminar. Me gustas, pero ¿por qué yo? Puedes tener a cualquier mujer del mundo. Seguro que lo sabes.

—Ya te lo he dicho.

—Sí. Te gustan mis labios y mis tetas. También les gustan a muchos otros hombres, y los labios sexis y las tetas grandes no son tan difíciles de encontrar.

—No te voy a negar que esos son algunos de tus mejores rasgos, pero también te he dicho lo que más me gusta de ti. Tu necesidad de control.

Tomo un sorbo de agua y dejo el vaso con más fuerza de la que pretendía.

—Así que soy un juego. Si te doy el control, ganas. ¿Es eso?

—Si me das el control, ambos ganamos.

—¿Y cuánto tiempo esperas que dure este acuerdo? —pregunto—. ¿Hasta que te canses de mí?

Eso finalmente le hace soltar una risita.

—Todo el tiempo que quieras.

—Me resulta difícil de creer.

—¿Y eso por qué?

Resoplo suavemente.

—Porque puedes tener a cualquiera. Te cansarás de mí mucho antes de que yo me canse de ti.

—No estés tan segura de eso.

—¿Por qué lo dices?

—Ya lo verás.

¿Ya lo veré? ¿Qué diablos significa eso?

El camarero nos trae la comida y yo estudio el *coq au vin* de mi plato. Aspiro el aroma a borgoña, pollo y setas. Huele de maravilla, pero no tengo nada de hambre después de esta conversación.

¿Por qué iba a cansarme de Braden?

La pregunta me interesa no solo porque no me lo imagino, sino también porque ha insinuado que podría hacerlo en algún momento en el futuro.

«Él no te traerá nada más que problemas».

Las palabras de Addie.

Tessa pensó que Addie quizás estaba celosa, y tiene razón, pero no estoy convencida. Addie y yo no somos precisamente amigas. Ser amiga de tu jefa nunca es una buena idea, y, en el caso de Addie, no es posible de todos modos. Venimos de dos mundos diferentes.

Como Braden y yo.

Braden le da un mordisco a su lenguado y traga.

—¿No tienes nada que decir? Eso no es propio de ti.

Se levanta y deja la servilleta en el respaldo de la silla. Saca su teléfono del bolsillo, se agacha junto a mí y nos hace un selfi.

—¡Qué diablos! Hagamos que hablen.

—¿Lo vas a publicar en Instagram?

—Kay va a hacer que toda la ciudad hable de nosotros en un día, así que ¿por qué no? No te da vergüenza que te vean conmigo, ¿verdad?

¿En serio?

—Por supuesto que no.

—Entonces no veo que pueda haber ningún problema. —Juguetea con su teléfono durante unos segundos.

El móvil me suena dentro del bolso.

—Te he etiquetado —dice.

Saco mi teléfono. Lo mismo que la última vez. Está lleno de notificaciones.

—Deberías hacer público tu perfil —me sugiere.

—¿Por qué?

—Porque mis seguidores querrán conocerte.

—Soy una persona privada, Braden.

—Ya no.

Levanto las cejas. Tiene razón. Kay Brown me ha abordado en mi lugar de trabajo. Sin duda será la primera de muchas.

—Yo no he firmado esto.

Se ríe. Una risa sólida, muy distinta a la suya, y me deleito con ese alegre sonido.

—En realidad, sí lo has hecho. Querías que saliéramos, Skye. Esto es lo que supone salir conmigo.

Evito quedarme con la boca abierta.

—De hecho —continúa—, voy de camino a hacer una obra de caridad. ¿Por qué no me acompañas?

—¿Haces obras de caridad?

—¿Y eso te sorprende?

—No.

Aunque lo hace. Alguien tan rico como Braden puede tan solo escribir un cheque en lugar de hacer el trabajo. Me alegro de que esté dispuesto a dedicar tiempo también. Lo hace aún más atractivo de lo que ya es.

—Dono mucho dinero a la caridad —me cuenta—, pero no hay nada que sustituya a estar allí y ensuciarse las manos.

Miro mi ropa de trabajo.

—No voy vestida para ensuciarme las manos.

—Es solo una expresión, Skye. Aunque ayudo en un jardín comunitario en mi antiguo barrio. Pero eso no es lo que voy a hacer hoy.

—Ah, ¿sí? ¿Y qué vas a hacer hoy?

—Querrás decir «qué vamos a hacer hoy».

Sonrío.

—Está bien. ¿Qué vamos a hacer hoy?

—Espera y verás.

29

Terminamos en un banco de alimentos en South Boston, que es donde Braden creció. Definitivamente no es lo que esperaba.

—Vengo aquí una vez a la semana durante una hora y reparto comida —me explica—. Vamos.

Pasamos por la fila de personas que esperan y entramos en el edificio.

Varias se apresuran a saludarlo.

—Me alegro de verlo, señor Black —le dice un hombre joven.

—¡Braden! —Una mujer mayor le agarra la mano—. Veo que has traído a una amiga.

—Cheryl, ella es Skye.

La mujer extiende la mano hacia mí.

—Encantada de conocerte, Skye.

—Cheryl es una vieja amiga —comenta Braden—. Antes éramos vecinos.

—Cuando era tan solo un chiquillo —responde Cheryl—. Todos estamos muy orgullosos de lo que ha conseguido.

Estoy en una especie de *shock*. Sí, Braden ha tenido unos comienzos humildes, pero ¿por qué un banco de alimentos? ¿Por qué no extiende un cheque generoso y financia todos los bancos de alimentos de Boston? ¿Quién es este hombre? Cada vez que creo que he arañado la superficie, me sorprende de nuevo.

—Todos habéis tenido que ver con eso —le dice Braden a Cheryl.

—Es una persona increíble —me confiesa ella a mí—. Nunca olvida sus raíces. Sus donaciones nos mantienen en pie. Ahora podemos ayudar a más gente que nunca.

Sonrío. No sé qué decir. Me gusta este lado de Braden. Me gusta mucho.

Braden toma un carrito de la compra.

—Este lugar significa mucho para mí. Vamos, Skye. Te enseñaré lo que hay que hacer. —Lleva el carrito hasta la persona que encabeza la fila—. Soy Braden. —Extiende la mano.

Una mujer joven que lleva un niño pequeño lo coloca en el asiento del carrito y luego estrecha la mano de Braden.

—Elise.

—¿Cuántas personas sois en tu casa, Elise? —pregunta Braden.

—Solo Benji y yo.

—¿Y cómo estás hoy, Benji? —Braden va a darle la mano al pequeño.

El niño mira hacia otro lado.

—Perdona. Es muy tímido.

—No pasa nada. Yo también fui muy tímido de pequeño.

Ah, ¿sí? Ahora me entero.

—Ella es Skye —dice.

—Hola. —Le tiendo la mano a Elise—. Encantada de conocerte.

Elise me estrecha la mano débilmente. Es una mujer joven y guapa que lleva vaqueros y una sudadera. Su hijo es adorable, con el pelo castaño claro peinado a la perfección.

—Necesitarás leche en polvo para Benji —comenta Braden—. Pronto tendremos leche fresca, una vez que hayan acabado de instalar la nueva unidad de refrigeración. Siento mucho las molestias, pero la refrigeración no funciona mientras la están instalando.

Me apuesto lo que sea a que la nueva unidad de refrigeración la ha pagado Braden. Se me calienta el corazón y se me dibuja una sonrisa en la cara.

—A Benji no le gusta la leche —responde Elise—. Ojalá la bebiera.

—No pasa nada. Podemos darte un poco de chocolate sin azúcar para echarle a la leche. Seguro que le gustará. —Braden nos guía por el primer pasillo.

Lo sigo, caminando junto a Elise.

¿Cuál es su historia? Tengo curiosidad, pero no es asunto mío. También me gustaría mucho tomar una fotografía de ella y de Benji, pero no me atrevo a pedir ese privilegio. Elise no ha venido aquí para ser fotografiada. Ha venido aquí para recibir la ayuda que necesita. Nunca he pasado hambre, nunca me ha faltado la comida. La gratitud me invade. Necesito recordar lo afortunada que soy.

Le sonrío a Benji y, para mi sorpresa, me devuelve la sonrisa. Es un niño feliz, como cualquier otro. ¿Habrá un padre presente en la ecuación?

—¿Qué te gustaría ser, Benji? —le pregunto.

Entonces mira para otro lado.

—Todavía no habla mucho —me responde Elise—. Benji, deberías hablar con esta amable señorita.

—Oh, no. No pasa nada. Es un niño precioso.

—Gracias. —Elise sonríe.

Braden saca artículos de los estantes de la despensa y los pone en el carrito. Leche en polvo, frutas y verduras enlatadas, pan de molde, mantequilla de cacahuete y mermelada. Pasta y salsa, macarrones con queso y zumo de manzana. En otro pasillo, encuentra cereales, avena y café instantáneo.

—¿Va Benji solito al baño? —pregunta Braden.

—Sí y no. Todavía lleva un pañal por la noche.

Braden gira por un nuevo pasillo y saca un paquete de pañales para niños pequeños de la estantería.

—¿Necesitas algo más de este pasillo?

Elise niega con la cabeza.

—¿Hay algo especial que te apetezca hoy?

—No, no necesito nada —contesta Elise—. Con la comida me vale.

Lo entiendo. Elise es orgullosa. Viene aquí para que su hijo y ella puedan comer. No quiere llevarse más de lo necesario.

Braden no insiste. Ayuda a Elise a meterlo todo en bolsas y, después, él y yo las metemos en el pequeño carrito rojo que ha dejado fuera de la despensa.

—¿Vives cerca de aquí? —le pregunto.

—A unas veinte manzanas —responde.

—Es un buen paseo.

—Hay una parada de autobús justo ahí. —Asiento.

—Déjame que...

—No, gracias —contesta Elise—. A Benji y a mí nos gusta dar un paseo. Muchas gracias por la comida.

—De nada —responde Braden—. Vuelve cuando quieras.

Elise sonríe y asiente con la cabeza, luego coloca a Benji en el carrito entre las bolsas de comida. Empieza a irse de vuelta a casa. Los observo durante un momento. Benji saca una rebanada de pan de la bolsa y la aprieta. Sonrío. Yo tampoco he podido resistirme nunca a estrujar una rebanada de pan fresco. Mi madre tuvo que acostumbrarse a hacer sándwiches con rebanadas deformes.

—Gracias por haberme traído aquí —digo.

—No hace falta que me des las gracias.

Miro por encima del hombro. Cheryl está guiando a otra mujer con una niña pequeña sujeta de la mano hacia la despensa. Otra voluntaria se lleva a un joven de la cola.

—¿Por qué este sitio, Braden? Puedes ser voluntario en cualquier otra parte.

—Porque —responde— mi madre nos traía a Ben y a mí aquí cuando éramos pequeños para comer.

Me quedo con la boca abierta.

—Parece que hoy estoy lleno de sorpresas —comenta.

Me viene a la mente la imagen de una voluntaria guiando a una hermosa mujer, pues la madre de Braden debía de ser guapísima, con un precioso niño que le tira de la mano. Probablemente dos niños pequeños, ya que Braden tiene un hermano. ¿Su madre los llevaba a casa en un carrito? ¿A Braden le gustaba estrujar el pan de molde?

—Creo que es maravilloso que seas voluntario aquí y también que apoyes de forma económica al banco de alimentos.

—Es lo menos que puedo hacer. Nunca olvides de dónde vienes, Skye. Es parte de ti. Siempre.

Nos dirigimos al Mercedes donde nos espera Christopher. Me abre la puerta. Braden se desliza junto a mí en el asiento trasero.

—Hoy te he enseñado una parte de mi pasado. Ahora me gustaría saber algo de ti.

30

—¿Qué quieres saber?

—Algo que te haya impactado. Que haya ayudado a definir quién eres.

—Vale, pero quiero decir algo primero.

—Adelante.

Las palabras tardan en llegar.

—No sabía que hubieras pasado hambre.

—¿Te has sentido reflejada?

—No. Nunca he pasado hambre y nunca me he dado cuenta de la suerte que tengo. Voy a intentar no dar más por sentadas esas cosas.

Me pasa un dedo por la mejilla, calentándome.

—Bien. Nunca debes dar nada por sentado. Todo puede desaparecer en un minuto.

Sus palabras me desconciertan. ¿De verdad cree que su fortuna puede desaparecer sin más?

—Lo siento —le digo—. La idea de que te hubieras ido a la cama con hambre me pone muy triste.

—No lo sientas, y por favor no estés triste. Todo en mi pasado ha contribuido a lo que he llegado a ser. Al igual que lo ha hecho el tuyo. Tal vez no tengas una cosa que puedas destacar. Pero cuéntame algo de tu pasado. Algo que haya contribuido a formar lo que eres hoy.

Lo curioso es que puedo señalar el acontecimiento que provocó un cambio en mi personalidad. Nunca se lo he contado a nadie, solo a Tessa. Sobre todo porque me da vergüenza. Todo el mundo espera que una fanática del control tenga una gran historia. La mía no es muy grande. Ni siquiera es interesante.

—¿De verdad tenemos que hablar de esto?

—No, nunca te obligaría a contarme nada.

—Gracias.

Excepto que ahora quiero hacerlo. Él ha compartido algo conmigo y yo quiero compartir mi experiencia con él. Fue traumático en ese momento. Todavía puedo sentir los latidos de mi corazón acelerados.

Permanezco en silencio durante unos minutos.

Entonces, hablo.

—Cuando tenía siete años, jugaba sola en nuestros campos de maíz. —Cierro los ojos por un momento. El dulce aroma de las plantas me viene a la mente. Para una niña como yo, eran como gigantes verdes y, aunque me encantaban, ese día se convirtieron en monstruos.

—¿Sola? —pregunta.

—Sí. Soy hija única y ninguno de mis amigos vivía cerca. Solo los veía en el colegio hasta que me hice mayor. Pues bien, me perdí.

—¿En el campo de maíz? —Alza las cejas.

—No te sorprendas tanto. Nuestros campos de maíz son enormes. Tenemos más de ochenta hectáreas. Solo me dejaban jugar al borde del campo, donde alguien pudiera vigilarme. De todos modos, me perdí persiguiendo una mantis religiosa.

—Nunca te habría considerado una entomófila.

Me impresiona que conozca la palabra. Qué diablos, me impresiona incluso que yo la conozca.

—Tenía siete años, Braden, y centré toda mi atención en una mantis religiosa. Son verdes, como sabes, y era un reto verla mientras saltaba de un tallo a otro. La seguí con la cámara que me habían regalado por mi cumpleaños. Quería hacerle una foto.

—Te estabas divirtiendo.

—Sí. No había mucho más que hacer.

—Excepto correr más rápido que los tornados.

Le doy un buen golpe en el brazo.

—No voy a negar haberme resguardado de algunos en mi época, pero no se puede huir de un tornado. No deberías intentarlo.

—Dorothy lo hizo.

—Ves mucho la televisión.

—No la veo en absoluto.

—Esa ha sido una clara referencia a *El mago de Oz*.

—Leo libros, Skye.

Por supuesto que sí. ¿Por qué debería sorprenderme? No tiene estudios universitarios, pero sigue siendo brillante.

—Como te estaba diciendo, se alejó de mí saltando una y otra vez, y fue muy divertido seguirla, hasta que me di cuenta de que no tenía ni idea de dónde estaba. Era más baja que el maíz y a mi alrededor había más maíz. Me asusté. Todavía puedo sentir mi corazoncito golpeando contra mi pecho. Era como si todo mi cuerpo se hubiera convertido en los latidos de mi corazón. Comencé a correr sin rumbo fijo y no paraba de tropezar con raíces y tallos.

Incluso contando esa simple historia, me invade una sensación de puro terror y pánico.

Inhalo lentamente para calmarme y luego exhalo.

—Comencé a gritar como un loca y al final me topé con un espantapájaros y me desmayé. Lo siguiente que recuerdo es que me desperté en mi cama con mi madre al lado, sosteniendo un paño húmedo sobre mi frente.

—Así que te encontraron.

—Sí. No estaba muy lejos del jardín. Solo a una niña asustada le parecía que era demasiado lejos.

Espero que se ría a carcajadas de mi tonta historia, pero no lo hace.

En su lugar, tan solo dice:

—Gracias por compartirlo conmigo.

De vuelta a la oficina, Addie aún no ha llegado. Le he enviado un mensaje para informarle de que me he tomado un almuerzo más largo de lo habitual, pero parece que ni siquiera ha leído el mensaje. Compruebo rápidamente el correo electrónico y sus publicaciones, haciendo los trámites necesarios. Luego, miro mi cuenta de Instagram.

«Deberías hacer público tu perfil».

¿Debería?

He recibido varias peticiones de seguimiento tras la primera publicación de Braden en el Union Oyster House, pero las he ignorado. ¿Qué pasaría esta vez? ¿Y querría que pasara?

Tengo que aplazar mi decisión porque entra Addie.

—Hola —me saluda—. Lo siento. Me he quedado dormida.

¿Hasta las dos? Tan solo asiento.

—No hay mucho que hacer. Todas las publicaciones van bien.

—¿Hay alguna propuesta nueva?

—Hoy no.

Se encoge de hombros.

—Vale. Estaré en mi despacho.

Parece un poco apagada. ¿Todavía está molesta porque estuve con Braden en la gala? ¿Debería preguntarle? ¿Debería al menos preguntarle sobre Braden y por qué no me traerá nada más que problemas?

Suspiro. No. Estoy aquí para hacer mi trabajo, no para cotillear con mi jefa.

Pasan unos instantes y entonces...

Addie sale furiosa y me lanza su teléfono a la cara.

—¿Se puede saber qué diablos es esto?

La publicación de Braden.

—Hemos comido juntos —le respondo.

Ojea otras publicaciones y me vuelve a pasar el teléfono.

—¿Y esto?

La publicación en el Union Oyster House.

—Eso fue hace una semana. ¿No lo habías visto?

—No lo sigo, o al menos no lo hacía. Acabo de seguirlo ahora, mientras estaba sentada en mi despacho.

—¿Por qué?

—¿Cómo que por qué? Pues porque tengo curiosidad. Me preocupo por ti, Skye. No quiero que te metas en algo que no puedas manejar. Eres muy joven.

Tengo veinticuatro años y Addie, veintinueve, pero no puedo creer que haya hablado de mi edad. Por lo general odia pensar en la edad que tiene. La década de los treinta está a la vuelta de la esquina y sus ofertas actuales lo reflejan. Hace unas semanas, recibió una oferta de una nueva marca de mallas moldeadoras. Estuvo de mal humor durante horas tras esa oferta.

—¿Qué es lo que te pasa con Braden? —pregunto. Después de todo, ella ha sacado el tema.

—Solo te traerá problemas, ya te lo he dicho.

—Vas a tener que contarme más para que me lo crea. ¿Exactamente por qué me traerá problemas? Me contaste que tuviste algo con él hace un tiempo. ¿Qué pasó?

—No voy a hablar de eso.

—Entonces, ¿cómo sé que me traerá problemas? Ninguna de sus otras novias ha dicho nada sobre él. —Al menos que yo sepa. No leo las revistas de cotilleo.

—Deberías confiar en mí —contesta.

¿Qué puedo responder a eso? No tengo motivos para desconfiar de Addison, pero tampoco los tengo para confiar en ella, sobre todo si parece una mujer despechada. Pienso en nuestra primera conversación sobre Braden. Addie dijo que habían tenido algo el verano después de que ella se graduara en el instituto. Ella tenía dieciocho años entonces y Braden tendría veinticuatro. La misma edad que tengo yo ahora.

Comenzó a hacerse rico un año después, cuando tenía veinticinco.

Addie conoció a Braden cuando era albañil y pertenecía a la clase obrera. Reprimo una carcajada. Addison Ames se metió en los barrios bajos tras la graduación. Como una última aventura antes de la universidad. Para acostarse con gente y todo eso.

—Braden y tú erais jóvenes cuando estuvisteis juntos —le digo.

—Es cierto, pero la cabra siempre tira al monte.

—Addie, hay un mundo de diferencia entre un chico de veinticuatro años y un hombre de treinta y cinco.

—No cuando ambos son Braden Black.

—¿Y tú cómo lo sabes?

—Lo sé y punto. Aléjate de él.

«¿O qué?». Las palabras me revolotean en la punta de la lengua. ¿Qué es lo peor que puede pasar? Puede despedirme. Necesito el trabajo, pero he hecho muchos contactos trabajando para ella. Seguro que podría encontrar algo bastante rápido.

A menos que me boicotee.

—Estamos saliendo —digo con calma.

—Braden no sale con nadie.

—Al parecer ahora sí.

—No te engañes. —Vuelve a entrar en su despacho, pero me mira por encima del hombro antes de cerrar la puerta—. No digas que no te lo he advertido.

La puerta se cierra de golpe.

Al menos no me ha despedido.

Abro mi cuenta de Instagram y le doy a «Pública».

¿Qué puede pasar? Siempre puedo volver a cambiarlo.

Sin embargo, en cuestión de segundos, tengo miles de seguidores. En serio, mil en diez minutos. ¿Qué está pasando? Ni siquiera he publicado nada sobre Braden y solo estoy etiquetada en dos publicaciones suyas.

¡Ding! Aparece una notificación. Al parecer me han etiquetado en un comentario de uno de las publicaciones de Braden.

@krissmith4009: ¡@stormyskye15, tu color de labios es precioso! ¿De qué marca es?

Sin pensarlo, respondo.

@krissmith4009, me alegro de que te guste.
Es el tinte labial Cherry Russet de Susanne.

Uno de mis favoritos y mi color habitual de diario porque es maravillosamente neutro y va con todo.

Casi al momento, recibo una notificación.

«A @krissmith4009 le ha gustado tu comentario».

Ladeo la cabeza, esperando que empiece a sonar la interpretación del xilófono de la melodía de *La dimensión desconocida*. Como he comido con Braden, alguien por ahí está interesado en mi barra de labios. Es surrealista.

Media hora después, tengo más de mil «me gusta» en la publicación de Tessa y de mí en la gala, además de bastantes comentarios.

¡Estás preciosa!

Qué mujeres más guapas.

¡Guau!

¿Quién es tu amiga? Las dos estáis muy buenas.

Toto, me temo que ya no estamos en Kansas.

31

Soy la novia de Braden Black.

Al menos así es como me describe una de mis nuevas seguidoras.

¡Tienes tanta suerte de ser la novia de Braden Black!
#envidia

Este comentario nuevo aparece en la publicación de Tessa y de mí de la gala después de llegar a casa del trabajo. Me estoy calentando unas sobras de estofado de carne cuando suena el móvil. Debe de ser Tessa. Habrá visto la publicación. Sin mirar el número, me lo pongo en la oreja.

—Hola, Tess.

—No soy Tess.

Braden. ¿Cómo ha conseguido mi número de teléfono? Qué pregunta más estúpida. Estamos hablando de Braden Black.

—Hola —respondo, intentando sonar despreocupada.

—Veo que estás ganando bastantes seguidores.

—Sí. Es bastante raro.

—Pues acostúmbrate.

—Lo intentaré. Siempre puedo volver a poner mi cuenta privada.

—Puedes —contesta—, pero no lo harás.

—¿Y eso por qué?

—Tú confía en mí. ¿Quieres ir a cenar?

—Me estoy calentando unas sobras.

—¿Hay suficiente para dos?

—Pues sí, pero...

—Estupendo. Estaré allí en tres minutos.

—¿En tres minutos? ¿Qué...?

—Estoy justo fuera de tu edificio.

—¿Cómo...? Vale, da igual. Christopher sabe dónde vivo.

—Sí, pero no me ha hecho falta para encontrarte. Nos vemos en un rato.

Corro al cuarto de baño y me paso un cepillo por el pelo, dándole volumen. El maquillaje está bien, pero me había puesto unos pantalones de chándal y una camiseta de tirantes y estoy descalza. Genial. Tendrá que servir.

Un minuto después, Braden está llamando a mi puerta.

Le abro.

Se me corta la respiración. Lleva un traje negro con una camisa blanca. Se ha quitado la corbata y se ha desabrochado los primeros botones de la camisa. Tiene los ojos entrecerrados y los labios ligeramente separados. Nunca me cansaré de su belleza masculina. El hecho de que rara vez sonría no hace sino aumentar su atractivo, por alguna razón que desconozco.

Entra como si fuera el dueño del lugar. Ahora que lo pienso, así es como entra siempre en cualquier habitación. Mi modesto estudio es un armario grande comparado con su palacio. Doy un rápido agradecimiento al universo por haber hecho mi cama esta mañana. Eso es una posibilidad del cincuenta por ciento en un día cualquiera.

—Qué bien huele —dice.

—A estofado de carne. Una de mis especialidades. La receta es de mi madre, un plato básico de mi infancia.

Mueve los labios y, por un segundo, creo que va a sonreír. Pero no lo hace.

—Me encanta el estofado de carne.

—Genial. Aunque estoy segura de que Marilyn podría prepararte una versión *gourmet* que pondría en ridículo a la mía.

—Marilyn nunca ha hecho estofado de carne.

¿Le encanta el estofado de carne, pero su cocinera personal no lo hace? Es desconcertante. Pero vamos a dejar el tema del estofado.

—Vamos al grano. ¿Por qué has venido, Braden?

—Para cenar contigo.

—Nos acabamos de ver en el almuerzo.

Levanta una ceja.

—Si prefieres que no esté aquí, me voy.

—Eso no es lo que quería decir. —Lo quiero aquí. Claro que lo quiero aquí. Estoy muy confundida—. Quédate.

—De acuerdo.

—Solo quería decir... Dijiste que no querías una relación, pero aquí estás.

—¿Y...?

—Y... nos hemos estado viendo mucho en poco tiempo. ¿No nos convierte eso en... algo?

Se frota la mandíbula.

—Te convierte en mi novia, Skye. ¿No es eso lo que querías?

—¿Tu novia? —Sacudo la cabeza. Entonces caigo en la cuenta—. Has visto el comentario en mi publicación de Instagram.

—Sí. Te lo preguntaré de nuevo. ¿No es eso lo que querías?

—La verdad es que no sé lo que quiero. Solo sé que quiero algo más que una relación puramente sexual.

—Por eso he aceptado salir contigo.

—Entonces salgamos.

—¿No es eso lo que estamos haciendo ahora?

Me miro los pies.

—No. No suelo tener citas con los pies descalzos y en chándal. ¿Por qué has venido realmente, Braden? Porque estoy segurísima de que no es para comerte los restos de mi estofado de carne.

—¿Tienes que preguntarlo?

Me caliento por todas partes. Entonces trago saliva.

—Sí, tengo que preguntarlo.

—He venido para follarte, Skye.

Me tiemblan las rodillas.

—Pues entonces tengo que comer.

Sonríe. Casi.

—Yo también.

Me dirijo a mi pequeña mesa.

—Siéntate. La cena estará lista en un minuto. ¿Qué quieres beber?

Se quita la chaqueta, la cuelga en el respaldo de una silla y se sienta.

—Un Wild Turkey.

Sonrío.

—De eso siempre tengo.

Saco la botella de un armario superior, cojo un vaso bajo y le sirvo uno doble. Luego añado un cubito de hielo y le tiendo el vaso.

Toma un trago.

—¿Me vas a acompañar?

—No, esta noche no.

Al parecer, ya ha cambiado mis planes. No es que me importe, pero quiero estar en pleno uso de mis facultades esta noche. Me ocupo de servir el estofado. Después del trabajo, me he parado en la panadería (no para ver pasteles eróticos aunque se me haya pasado por la cabeza) y me he traído otra *baguette*. La corto y la pongo en un plato. ¿Qué falta? Pues claro. Agua. Sirvo dos vasos y me lo llevo todo a la mesa.

—Sírvete —le digo.

Asiente, toma un poco de estofado con una cuchara, lo sopla y se lo lleva a la boca.

Espero, conteniendo la respiración. Mi estofado está rico. Aunque es la receta de mi madre, la he hecho mía a lo largo de los años.

—Está buenísimo —dice.

Suelto el aliento, asiento y le doy un mordisco. Pues claro que está bueno. El estofado es uno de esos platos que está aún más rico de un día para otro. Ese tiempo de más en el que las hierbas y las especias se mezclan y la carne se ablanda hace mucho.

—¿Quieres pan?

—Sí, gracias. —Toma un trozo—. ¿Tienes mantequilla?

—Sí, claro. —Me levanto y resisto el impulso de golpearme en la cabeza. ¿Quién se puede olvidar de la mantequilla? Encuentro una barra en la nevera, la desenvuelvo y la coloco en mi mantequera—. Aquí tienes.

—Gracias.

Pasan unos minutos. Entonces...

—Cocinas muy bien, Skye.

—Gracias.

—Es el mejor estofado que me he comido en mucho tiempo.

—Me alegro de que te guste. No te tenía por un chico al que le gusten los estofados.

—¿Bromeas? Mi madre hacía siempre estofados cuando era pequeño.

—Cierto. A veces es fácil olvidarlo.

—¿A qué te refieres?

—Bueno... —«Qué manera de meter la pata, Skye»—. Has crecido como yo. No siempre has sido un multimillonario.

—¿Quieres decir que el estofado es comida de pobres?

Me ruborizo.

—No sé lo que estoy diciendo. Olvida lo que he dicho.

—Sigo disfrutando de las cosas sencillas —replica—. Un paseo bajo la lluvia, ver salir el sol, un plato caliente de estofado y una rebanada de pan crujiente. El dinero no cambia lo que es una persona.

—No quería decir que lo hiciera.

—Está bien. No pasa nada.

O puede que sí que pase.

—Si te gusta tanto el estofado, Braden, ¿por qué no haces que Marilyn te lo prepare?

No lo duda:

—Porque no sería el mismo.

—¿Que el de tu madre?

Asiente.

La madre de Braden murió antes de que él se volviera multimi-llonario. Es de conocimiento público. Se está abriendo un poco. Solo un poquito, pero me conformaré con lo que sea.

—Háblame de tu madre —le pido.

Se traga el bocado de estofado y desvía los ojos hacia un lado.

—No hablo de ella.

—¿Por qué?

Esta vez su mirada encuentra la mía.

—Porque es muy duro.

Y eso es todo.

—¿Y qué hay de tu padre? ¿Puedes hablarme de él?

—Puedes buscarlo en Google y enterarte de todo.

—No quiero leerlo en un periodicucho, Braden. Quiero que seas tú el que me lo cuente.

—No hablo de mi familia.

«¿De qué hablas entonces?», pero no digo las palabras. En su lugar:

—¿Qué ocurrió entre Addison y tú?

Se limpia la boca con la servilleta y se levanta.

—El estofado está riquísimo, Skye, pero ya he hablado bastante por una noche.

32

Braden me levanta de la silla, me atrae hacia él y pega su boca a la mía. Me invade su lengua con sabor a Wild Turkey, a estofado de carne y a canela, una mezcla embriagadora que me quema y me enfría al mismo tiempo. Me derrito en el beso y exploro cada centímetro de su deliciosa boca. Mi núcleo ya está palpitando al ritmo de mi acelerado corazón.

Braden me acerca aún más, apretando su bulto contra mí. ¿Ha estado duro todo este tiempo? ¿Mientras yo hacía preguntas? ¿O es el beso lo que lo ha puesto duro?

No me importa. Solo lo necesito dentro de mí. Necesito otro orgasmo más que la próxima bocanada de oxígeno. Ya estoy a mitad de camino con este beso narcotizante.

Sí, sus besos son como una droga sin la que ya no puedo vivir. Soy adicta a él, a Braden. A su cuerpo y a su mente.

«Ten cuidado, Skye. No quiere una relación. No te enamores».

Borro todos los pensamientos de mi cerebro y me rindo al increíble beso de Braden. No es suave y, aunque es apasionado, no es un beso de amor.

Es un beso de posesión. De poder.

Me insta a cederle el control una vez más.

Mis pezones se endurecen y ansío que sus labios y su lengua los toquen. La humedad surge entre mis piernas y la sangre de mis venas se calienta, provocando el caos en cada célula de mi cuerpo.

Un hermoso caos.

Quiero que me folle.

Aquí no tengo vendas para los ojos ni objetos metálicos fríos con los que pueda atormentarme. Tampoco hay ningún artilugio extraño que cuelgue del techo.

Solo tengo una cama.

Y a Braden.

Le paso los dedos por su espeso pelo, como si fuera seda contra mi piel. El beso se profundiza y es como si nuestras bocas se fundieran.

«Necesito respirar».

«No quiero romper el beso».

«Necesito...».

Se aleja.

—A la cama.

Le indico. Me arrastra hasta la habitación donde se encuentra y me empuja. Reboto un poco en el colchón. Se quita la camisa. Me quedo boquiabierta al ver su pecho perfecto: esos anchos hombros dorados, el vello negro, los pezones marrones y duros, sus firmes abdominales y luego ese vello negro que se estrecha hasta su miembro, aún con ropa.

Se quita los zapatos de cuero brillante y se desabrocha el cinturón. En un abrir y cerrar de ojos, se baja los pantalones y los calzoncillos por las caderas y se los quita.

Se queda desnudo.

Gloriosamente desnudo, y yo todavía estoy vestida por completo.

Por lo general, es al revés.

Se encuentra con mi mirada, sus ojos azules llenos de humo de zafiro.

—Ponte de rodillas, Skye.

Me recorre un hormigueo. Quiere que se la chupe. Puedo hacerlo. Lo he hecho antes. Pero ¿de rodillas? Puedo hacerlo sentada en la cama.

—Braden, yo...

—¡De rodillas!

La oscura pasión de su voz se desliza sobre mí como un caramelo derretido. Estoy aterrorizada y excitada a la vez. Me siento, inmóvil.

—No me hagas repetírtelo.

Me quito todos los pensamientos de la cabeza y me pongo de rodillas. Su miembro se balancea delante de mí y me acerco a él...

—No —dice—. Quédate quieta. No me toques.

Abro mucho los ojos.

—Voy a darte por la boca como te doy por la vagina. Quédate quieta.

—Pero será mejor si puedo usar mis manos.

—Tal vez te deje hacerlo a tu manera alguna vez. Esta noche, lo haremos a la mía. Sin manos. Y sin hablar más.

Eso no será difícil, ya que tendré la boca llena. ¿Se habrá dado cuenta de que aún estoy vestida?

Me pasa su miembro por los labios.

—Dios, tu boca es tan sexi. Ábrela para mí.

Pongo los labios en forma de *O* y él desliza su polla entre ellos. Como no puedo usar las manos, no estoy firme. Me arriesgo y me agarro a la parte posterior de sus muslos, saboreando la firmeza del músculo. Él no me detiene.

Se retira y vuelve a meterse en mi boca, yendo tan lejos como puede hasta llegar al fondo de mi garganta. Soy buena en esto. Normalmente no me dan arcadas. Pero Braden se queda incrustado en mi boca durante lo que parece una hora. Contengo la respiración, pero si no se mueve pronto, sé que...

Se retira y yo relajo la parte posterior de la garganta. Para cuando vuelve a la normalidad, se desliza dentro de mí de nuevo. Vuelve a quedarse quieto y luego se retira. ¿Le está gustando esto? ¿No es la penetración lo que excita a un hombre?

Antes de que pueda decirlo, vuelve a estar dentro de mi boca, con mis labios abrazando su erección. Esta vez va más deprisa y pronto hace lo que ha dicho: me penetra la boca. Es incómodo a veces, pero estoy dispuesta. Si esto es lo que quiere, se lo daré, y se lo daré mejor que Addison o cualquier otra persona.

Me duele la mandíbula y la saliva me gotea de los labios, creando un lubricante resbaladizo.

—Sí, eso es, nena. Me encantan tus labios sexis sobre mí. Perfectos. Simplemente perfectos. ¡Joder! —Se retira rápidamente, y yo inhalo un muy necesario respiro.

—Necesito correrme, pero quiero hacerlo dentro de ti.

Me agarra por los hombros y me pone de pie, me da la vuelta y me desliza el chándal y las bragas por las caderas antes de empujarme a la cama. El chándal me llega por las rodillas, así que no puedo abrir las piernas, pero él me penetra, y la estrechez me hace sentirla aún más grande de lo que es, como un cohete que me atraviesa.

—Joder, eres perfecta —gime—. Me encanta.

Jadeo mientras él embiste una, dos, tres veces...

—¡Joder! —Me penetra, quemando un sendero a través de mí mientras mi clítoris choca contra la cama.

Me da una palmada en una nalga mientras se corre.

Intento apretarme contra la cama para saciar mi clítoris, pero no puedo moverme con su peso encima.

Esta vez no hay orgasmo.

Puedo vivir con eso. De hecho, me siento de maravilla porque le he dado lo que quería.

Se queda enterrado dentro de mí durante unos instantes, respirando con dificultad. No me muevo ni hablo.

Espero.

Y espero.

Hasta que la saca.

Y entonces...

—Mierda. Mierda, mierda, mierda.

Lo miro por encima del hombro.

—¿Qué? ¿Qué pasa?

—Me he olvidado del puto condón.

33

Trago audiblemente. Yo también me he olvidado del condón. Tanto él como yo sabemos que tengo uno en el bolso, igual que él tiene uno en el bolsillo. Esto también es culpa mía.

Tomo la píldora desde la universidad y sé que estoy limpia. Me he hecho todas las pruebas y no he tenido actividad sexual en más de un año. No tiene nada que temer de mí.

Sin embargo, es probable que Braden haya tenido innumerables parejas sexuales. Me doy la vuelta, me subo el chándal y las bragas y me siento en la cama.

—¿Tengo motivos para preocuparme?

—Por mí no. Me hago las pruebas cada tres meses.

—¿Cada tres meses? ¿Y eso por qué? —Entonces me tapo la boca con la mano porque en realidad no quiero saber la respuesta a esa pregunta.

—Porque es una buena política, Skye, por eso. ¿Qué hay de ti?

—Estoy bien. Limpia.

—Eso no es lo que me preocupa.

—¿Cuál es el problema entonces?

—Un embarazo. No quiero un niño. Llevas un condón en el bolso. ¿Significa eso que...?

—Como protección adicional. Me estoy tomando la píldora.

Todavía desnudo, se sienta a mi lado.

—Menos mal.

Esta noche está distante. Siempre está un poco distante, pero esta noche lo está aún más. Me apetece cubrir su mano con la mía, pero algo me detiene, como si existiera una barrera invisible entre nosotros a pesar de los actos que acabamos de compartir.

Dejo escapar una risa nerviosa.

—La buena noticia es que ya no tenemos que utilizar condones.

—Yo siempre utilizo condones.

De nuevo, me desconcierta. La mayoría de los hombres están encantados de no utilizar condones.

—¿Por qué? Si ambos estamos limpios y yo... Ah. —Aprieto los labios.

—Termina lo que ibas a decir, Skye.

Inhalo y dejo salir un chorro de aire poco a poco.

—No soy la única mujer con la que te acuestas, ¿verdad?

—Esta semana sí.

Una oleada de tristeza estalla en mi interior. Hago todo lo posible por reprimirla. Me niego a llorar delante de Braden. No tengo ningún control sobre él. No quiero renunciar a él, pero tampoco voy a formar parte de un harén, da igual la emoción tonta que estoy sintiendo.

Hay unos segundos más de silencio. Entonces...

Se vuelve hacia mí, con los ojos serios.

—Nunca me había pasado esto antes.

—¿Qué quieres decir?

—Nunca se me había olvidado ponerme el condón.

No estoy segura de cómo responder, así que no lo hago.

Sigue desnudo y no hace ningún movimiento para vestirse. Tal vez consiga ese orgasmo después de todo. Aunque no lo presiono. En cambio, disecciono sus palabras en mi cabeza.

«Nunca se me había olvidado ponerme el condón».

La palabra clave es «nunca». Braden ha tenido mucho sexo. No hay nada más que verlo. Además, es un multimillonario. ¿Y nunca se le había olvidado ponerse el condón hasta esta noche?

Su deseo por mí ha superado su pensamiento racional.

¿Qué otra cosa podría significar?

Aunque estoy tentada de sonreír, no lo hago.

Al final, se me ocurre algo perfecto que decir:

—¿Te ha gustado?

Resopla con dureza.

—¿No utilizar un condón? Claro que sí. Te he sentido de forma increíble.

—¿Y por qué los usas entonces?

—Es complicado de explicar.

—Inténtalo.

—No estoy seguro. Es una especie de... —Cierra los ojos. Unos segundos después, los abre y se encuentra con mi mirada—. Ya hemos hablado bastante esta noche. Te debo un orgasmo.

Las palabras mágicas.

Estoy dispuesta a desnudarme y a caer de nuevo en la cama con las piernas abiertas..., pero no lo hago. En cambio:

—No quiero que te acuestes con nadie más mientras lo haces conmigo.

Sí, no sé en qué estoy pensando. Seguro que he perdido un orgasmo cuando estaba a nada de conseguirlo.

Clava la mirada en la mía. Estaba de un humor oscuro cuando llegó y se ha vuelto todavía más oscuro. Sin embargo, no me echaré atrás. Por mucho que desee tener un orgasmo, me merezco ser la única en su cama, y no solo porque sea lo que quiero. Me lo merezco porque no quiero estar expuesta a nada que pueda tener otra persona, con o sin condón.

—Ya te lo he dicho. Eres la única con la que me estoy acostando esta semana. No me he acostado con nadie más desde que empecé a hacerlo contigo.

—Bien —respondo—. Que siga así.

—Skye...

—Si soy tu «novia» —digo, haciendo el gesto de las comillas—, me merezco ser la única en tu cama.

Se queda mirándome fijamente, con una expresión sombría e indescifrable.

Al final...

—Vale.

Alzo mucho las cejas. Su respuesta no es la que me esperaba.

—Estás sorprendida —replica.

—Un poco.

—¿Qué clase de hombre te crees que soy, Skye?

—De eso se trata precisamente, Braden. Que no sé qué clase de hombre eres. Te niegas a hablar de nada personal. Eres inteligente, eso está claro. Eres un excelente hombre de negocios. Haces algunas obras de caridad. Pero eso es todo lo que sé de ti, aparte de lo que cuentan las revistas.

—Sabes que me encantan las ostras.

—Por el amor de Dios, Braden.

Suspira.

—Sabes lo mismo que cualquier otra persona. ¿No es suficiente?

—No, no lo es, sobre todo si soy tu «novia» —respondo, haciendo el gesto de las comillas otra vez.

—Joder —dice entre dientes apretados. Me agarra el pecho y me saca el pezón por encima de las dos capas de tela.

Las chispas flamean entre mis piernas.

Se inclina hacia mí y me besa el cuello, rozándome la piel con los dientes.

Me estremezco.

Madre mía, quiero ese orgasmo.

—¿Quieres saber de mí? —me pregunta con voz ronca en el oído—. Esto es lo único que necesitas. Desde que te vi, no he podido pensar en nadie más. Tu boca, tus tetas, tu naturaleza curiosa y controladora, todo en ti me seduce. Desde que te follé por primera vez, solo puedo pensar en volver a follarte. Solo pienso en ti. —Me muerde el lóbulo de la oreja—. Y eso me deja perplejo. No hay muchas cosas que me dejen perplejo, Skye. Eres como un narcótico. Tengo hambre de ti. —Inhala—. Joder, me encanta cómo hueles a manzanas y a sexo. Sabes aún mejor. ¿Quieres ser la única en mi cama? Ni siquiera tienes que pedirlo. Eres la única mujer que deseo ahora mismo. La única.

Un gruñido bajo vibra desde mi garganta mientras mi vientre se agita y mi vagina palpita.

Raspa con sus dientes el borde exterior de mi oreja.

—Ahora, déjame darte ese clímax.

34

Me levanta la camiseta por encima de la cabeza y la tira al suelo. Luego, me desabrocha el sujetador y se deshace de él mientras mis tetas caen sobre mi pecho. Las acaricia, las amasa y luego hunde su nariz entre ellas, besándolas y tocándome los pezones.

Todavía estoy aturdida por su monólogo sexi. Quiero corresponderle, pero soy incapaz de hablar. Cada célula de mi cuerpo zumba, dispuesta a ser rasgada con destreza por los hábiles dedos y la lengua de Braden.

Mordisquea la parte superior de mis pechos y al fin toma un pezón entre sus labios y lo chupa.

Inhalo con brusquedad. Estoy muy excitada. Un roce en mi clítoris y sé que voy a implosionar en el acto.

—Eres tan hermosa —dice contra mi piel.

—Braden, por favor...

—¿Por favor qué, nena?

—Quiero... Quiero un orgasmo.

—Y lo tendrás. —Me muerde un pezón.

—¡Ah! —Es doloroso y placentero a la vez.

—¿Te gusta? —pregunta.

—Sí, joder, sí.

—Estupendo. Podría chuparte y morderte las tetas todo el día. —Mordisquea mi otro pezón y vuelve a levantar la cabeza—. Por otro lado, ese paraíso entre tus piernas es aún más hermoso. —Se desliza por mi cuerpo, agarrando mis pantalones y bajándomelos por las caderas y las piernas.

Ahora estamos los dos desnudos.

Perfecto.

Me abre las piernas.

—Sí, joder. Qué hermoso.

Nunca he pensado que esa parte de mí sea hermosa. Ni tampoco fea. La verdad es que nunca he pensado en su valor estético. Pero veo la mirada apreciativa en los ojos azules de Braden. Piensa de verdad que es hermosa, que soy hermosa.

—Voy a hacer que te corras, Skye —dice con su voz baja y ronca—. Voy a hacer que te corras tantas veces, que me suplicarás que pare.

—No —respondo—. Nunca te suplicaré que pares.

—Lo harás. —Acaricia con la lengua mi clítoris.

Me estremezco debajo de él. Ya estoy cerca del orgasmo. Me estira los labios y luego cierra los suyos sobre mi clítoris. Fuegos artificiales se disparan en mi interior. Braden sabe qué botones apretar, y los está apretando con fuerza.

—Sabes tan bien, nena —me dice, lamiéndome como si fuera una rica crema—. Nunca tendré suficiente. Pero no vamos a centrarnos en mí. —Desliza un dedo dentro en mi interior.

Y me rompo en millones de pedazos: fragmentos de paz, de alegría, de euforia.

Cierro los ojos y me deleito con el tornado que me eleva a una suave nube de deseo y pasión.

La voz de Braden flota en el aire, ese timbre profundo que se desliza sobre mí y me vuelve loca. Las palabras quedan fuera de mi alcance. Añade otro dedo, instándome a seguir, y después me chupa el clítoris. Vuelvo a subir a la cima una y otra vez.

Dos orgasmos, y luego tres.

Estoy explotando y lo estoy disfrutando. Mi clítoris se vuelve tan sensible que casi me duele, pero no, no voy a suplicarle que pare.

Nunca le suplicaré que pare.

Soy una mujer que acaba de experimentar un orgasmo y puede que esta noche llegue a los dos dígitos sola.

Sus palabras se forman en el aire y llegan a mis oídos.

«Pídeme que pare, Skye. Dime que es demasiado. Demasiado... Demasiado...».

Una suave carcajada.

«Eres terca. Joder. Tengo que meterme dentro de ti».

Entonces está dentro de mí, invadiéndome con su férreo calor. Las paredes de mi vagina siguen teniendo espasmos y la plenitud me completa mientras me penetra con fuerza y rapidez, acariciándome el clítoris para que los orgasmos continúen.

—¡Braden! —grito.

—Eso es, nena. Sigue corriéndote. Sigue corriéndote. Estás muy caliente. Eso es. Eso es. ¡Joder!

Me penetra tan profundamente que casi puedo sentirlo en mi alma.

Sigo teniendo espasmos cuando él se libera y nos corremos a la vez. Le brilla la frente de sudor.

Se queda encima de mí, con nuestros cuerpos aún unidos, durante unos momentos eternos.

Y, durante esos pocos minutos, siento una plenitud absoluta que me es ajena.

Demasiado pronto, se retira y rueda sobre su espalda. Me acurruco contra su hombro y beso su piel salada.

—Ha sido increíble —le digo.

No me mira.

—No me has suplicado.

—No, no lo he hecho.

—Cualquier otra mujer me habría suplicado que parara. Conozco el cuerpo de una mujer. Sé que tener muchos orgasmos puede suponer un problema, el placer se transforma casi en dolor.

No se equivoca.

—Pero no me has suplicado que parara. Te lo diré de nuevo. Eres mi Everest, Skye.

Me río.

—Creo que ya me has trepado.

Abre los ojos y apoya la cabeza en su mano para encontrarse con mi mirada.

—Esto no es divertido.

—No he dicho que lo fuera.

—Pero te has reído.

—Estaba haciendo una broma sobre trepar encima de mí. —Me obligo a sonreír. ¿Cómo puede molestarse por algo tan trivial?

—Consigo lo que quiero, Skye. Siempre. No importa cuánto tiempo me lleve.

Trago saliva.

—Te rendiste ante mí una vez. Quiero que lo hagas de nuevo.

Mi cuerpo está muy saciado y relajado, pero aun así un cosquilleo se precipita hacia mi núcleo.

—¿Y qué obtengo a cambio?

—A mí. Eres la novia de Braden Black.

Me muerdo el labio inferior. No puedo negar mi deseo de ser su novia y su amante. Tampoco puedo negar cómo el hecho de ceder mi control en su ático aquella noche se tradujo en las sensaciones más excitantes que jamás he experimentado.

—Creo que ya soy la novia de Braden Black —contesto—. Después de todo, Instagram no miente.

Espero que diga algo sarcástico. Pero en vez de eso...

—Muy bien. ¿Qué más quieres?

Respondo al instante.

—Ser la única. Si te interesas por otra persona, tienes que decírmelo, y todo acabará. Y no quiero que uses condones conmigo.

Se queda callado durante unos segundos que parecen horas. Entonces...

—Vale.

Braden se duerme unos minutos más tarde, y yo me tumbo en sus brazos, con el cuerpo todavía relajado en última instancia, pero con el cerebro haciendo horas extras.

He perdido una oportunidad de oro. ¿Por qué le he pedido ser la única? Él ya había dicho que no podía pensar en nadie más que en mí y que yo lo hacía enloquecer. Cuando me ha preguntado qué quería a cambio, podría haber dicho muchas otras cosas.

«Quiero saber por qué siempre usas preservativos aunque no haya razón para ello».

«Quiero saber más sobre tu madre».

«Quiero saber la verdad sobre ti y Addison».

Le beso el hombro y luego el cuello. Recorro con mis dedos el pelo negro disperso de su pecho y después desciendo por sus esculturales abdominales hasta llegar a su nido de rizos negros perfectamente cuidados. Su miembro está flácido. Toco la suave carne y la dejo reposar bajo mis dedos.

Vuelvo a besarle el hombro y le suelto el pene.

—Tú eres mi Everest, Braden —susurro—. Y voy a descubrirte.

35

A la mañana siguiente me despierto con un beso en la frente. Me levanto de un tirón.

Braden ya está vestido, con el pelo húmedo.

—¿Te has duchado? —le pregunto.

—Sí. Nunca había usado champú de frambuesa. Me gusta el olor afrutado. —Tuerce los labios en una media sonrisa.

Suelto una risita sin querer, y entonces separo los labios e inhalo. Su olor natural mezclado con mi champú huele a gloria.

—No quería molestarte —continúa—. Estabas frita.

Un bostezo sale de mi boca.

—No puedo creer que no me haya despertado.

—Yo sí.

—Ah, ¿sí? ¿Por qué?

—Los orgasmos múltiples tienen ese efecto. —Esas palabras suenan como un hecho real mientras mira fijamente su móvil.

—¿Qué hora es?

—Las siete.

—Estupendo. Todavía me queda mucho tiempo para irme a trabajar.

Aún mirando la pantalla de su móvil, se vuelve hacia mí.

—Parece que tengo que irme a Nueva York unos días.

—Oh —digo, intentando no sonar melancólica—. ¿Quién cuidará de Sasha?

—Annika se encargará. Le estoy enviando ahora un mensaje. Volveré el sábado por la mañana. El sábado por la noche me gustaría que me acompañaras a un acto benéfico para el Boston Opera Guild.

Asiento.

—Claro. Allí estaré.

Me besa suavemente los labios.

—Ponte el vestido negro.

Después se va, casi como si desapareciera en una nube de humo. Vuelvo a bostezar y me quito el sueño de los ojos.

Braden ha pasado la noche en mi cama, en mi pequeño apartamento. Se ha quedado toda la noche.

Ahora se ha ido solo con un casto beso. Se va a Nueva York. A Nueva York, donde hay mujeres de negocios guapísimas por todas partes. Donde hay modelos impresionantes por todas partes. Hoy es martes y no volverá hasta el sábado por la mañana. Son cuatro noches en las que, sin duda, estará agasajando a otros hombres de negocios.

¿No necesita a su «novia» del brazo en los actos sociales?

No es que pueda ir, de todas formas. A Addie le gusta que le avise con al menos un mes de antelación antes de que me tome un tiempo libre.

Suspiro, me levanto y me dirijo a la cocina para preparar la cafetera. Inhalo. Pues claro que sí. Braden ya ha preparado la cafetera. Le gusta el café tanto como a mí.

Sonrío y me sirvo un tazón.

No tengo tiempo para rumiar qué hará Braden en Nueva York o con quién lo estará haciendo. Tengo que irme a trabajar.

Addie llega hoy temprano porque tenemos una sesión de fotos a las diez. Es una clienta pequeña, una mujer local que fabrica sus propios productos para mascotas. La chihuahua de Addie, Baby —sí, ese es su nombre, aunque es una criaturita con muy mala leche—, está ladrando en su transportín. Baby protagoniza todas las sesiones fotográficas con temática de mascotas. Me encantan los perros, pero esta me pone de los nervios. Nunca he conocido a un perro que no me quisiera hasta que conocí a Baby. El pequeño monstruito gruñe a todo el mundo, excepto a su dueña, e incluso a Addie la muerde en alguna ocasión. Ya puedes adivinar quién tiene el honor de limpiar si Baby tiene un accidente.

Aun así, Addie la adora y la lleva de un lado a otro como si fuera un bebé de verdad mientras yo intento no tener arcadas.

Me siento en mi escritorio, enciendo el ordenador y reviso los detalles de la sesión de hoy. Iremos a la Bark Boutique de Betsy y haremos una foto de Addie dándole a Baby algunas de las golosinas caseras de mantequilla de cacahuete sin cereales de Betsy. Ella es una vieja amiga de la infancia de Addie, así que hace las fotos gratis. Menos mal que a mí sí me pagan. Conseguir una foto en la que Addie esté convencida de que tanto ella como Baby salen bien a veces requiere decenas de tomas.

No tengo muchas ganas de hacerlo.

La Bark Boutique está cerca del puerto. Llamo y confirmo nuestro transporte y luego le mando un mensaje a Tessa, cuya oficina está cerca, para que nos encontremos allí después de la sesión para comer. Nada más colgar, vuelve a sonar el teléfono.

—Oficina de Addison Ames —digo cuando respondo—. Skye al habla.

—Buenos días, Skye. Soy Eugenie de Susanne Cosmetics.

—Hola. Le paso con Addison. —Pongo la llamada en espera y llamo a Addie—. Es Eugenie.

—¿Quién?

—La directora de promociones de redes sociales de Susanne.

—Ah, sí. Gracias.

Espero hasta que Addie conteste y luego cuelgo la llamada.

Leo dos correos electrónicos y respondo. Justo cuando estoy a punto de hacer clic en otro, Addie abre la puerta de su despacho y sale a toda prisa con el transportín de Baby. Lo deja en el suelo, lo abre y una Baby chillando atraviesa la oficina como una pelota de ráquetbol que resuena en todas las paredes.

—¿Se puede saber qué mierda estás haciendo, Skye? —me pregunta Addison.

—Solo estoy respondiendo los correos electrónicos.

—Ya, claro.

—Addie, no tengo ni idea de lo que estás hablando. —Le doy a «Enviar» rápidamente y cierro la bandeja de entrada.

—Eugenie —dice.

—¿Qué quería? ¿Hay un nuevo color de la barra de labios con efecto voluminizador con el que quiere que poses?

Addie se sienta en el borde de mi escritorio y me mira desde arriba. No me gusta que esté en un lugar más alto que yo, así que me pongo de pie.

Me lanza dagas con los ojos.

—Eugenie no ha llamado para eso.

—Entonces, ¿por qué ha llamado?

—Con la que quería hablar era contigo.

Me quedo boquiabierta.

—¿Conmigo? ¿Por qué iba a...?

—No me gusta que parezca que no estoy al tanto de las cosas —responde—. ¿Por qué me la has pasado?

—La verdad es que creía que...

—Al parecer, Susanne ha recibido cientos de pedidos de su tinte labial Cherry Russet por un comentario que has hecho en el Instagram de Braden. —Addie agarra mi bolso del escritorio, lo abre y le da la vuelta, dejando que el contenido caiga sobre mi escritorio.

—¿Qué diablos estás haciendo? —le pregunto enfadada.

Toma la barra de labios.

—¿Qué tenemos aquí? El tinte labial Cherry Russet. —Lo lanza al suelo, sobresaltando a Baby, que vuelve a ponerse a chillar.

No solo estoy enfadada con Addison por tocar mis cosas, sino que también estoy desconcertada. Muy desconcertada. ¿Por qué le importaría a alguien el pintalabios que uso?

—No tienes derecho a...

—Supéralo —me responde Addison—. Tu bolso sobrevivirá, y mientras Baby esté entretenida de otra manera, también lo hará tu tinte labial.

Contengo mi enfado lo suficiente como para tratar de comprender lo que está pasando.

—No lo entiendo. ¿Ha llamado para agradecerme el comentario?

Addie se burla.

—¿De verdad te crees que la directora de promociones de las redes sociales de una empresa de cosméticos de primer nivel llamaría a alguien para agradecerle por un comentario?

—¿Por qué si no iba a...?

—Quiere que hagas una publicación, Skye. Quiere pagarte por promocionar el tinte labial en tu perfil de Instagram.

—¿A mí? Si no soy una *influencer*.

—Pues ahora lo eres. Al parecer eres la novia de Braden Black y eso te convierte al instante en una *influencer*. —Se burla de nuevo—. Ah, y para citar a Eugenie, el tinte labial «te queda increíblemente fabuloso» —dice haciendo el gesto de las comillas.

—No sé qué decir. —De verdad que no. Nunca he querido ser una *influencer* de Instagram. Solo quiero hacer fotos. Fotos muy buenas que emocionen a la gente. No selfis llevando un tinte labial.

—Todo esto tiene sentido ahora. —Addie arroja mi bolso vacío sobre el escritorio.

—¿De qué estás hablando?

—De ti y de Braden. —Sacude la cabeza—. Solo te está utilizando y lo sabes.

Se me clava una lanza en el corazón. Sus palabras me duelen, pero no pienso demostrárselo.

—Nos acabamos de conocer.

—Te está utilizando. Confía en mí. Sabe que me estoy haciendo mayor. Está intentando convertirte en una *influencer* más grande que yo. Sacarme del negocio.

—¿Perdona? —Ladeo la cabeza, incrédula—. No puedes hablar en serio. En primer lugar, Braden tiene su propio negocio. ¿Por qué iba a tener interés en acabar con el tuyo?

—Esto apesta a él por todas partes.

—Y, en segundo lugar —continúo—, no soy nadie.

—¡Por el amor de Dios, Skye! Eres la novia de Braden Black. Dejaste de ser una don nadie en el momento en el que publicó esa primera foto y te etiquetó en ella.

La idea me hace sentir bien, pero al mismo tiempo me produce escalofríos en la nuca.

¿Tiene razón? ¿Braden está utilizándome?

Nos pusimos cachondos e intensos muy rápido. Demasiado rápido en realidad, y él no quiere una relación.

La duda me invade. «No. No, no, no. Le gusto. No puede dejar de pensar en mí. Solo me desea a mí».

—Llama a Eugenie —me dice Addie—. Haz la publicación. Gana unos cuantos dólares. Pero nunca serás yo, Skye. Nunca serás tan grande como Addison Ames. —Vuelve a su despacho y da un portazo, dejando a su perra todavía rebotando de pared en pared.

«No quiero ser tú», me digo en silencio. «Nunca he querido ser tú».

Aun así, sus palabras se me han quedado grabadas en el corazón.

No me importan Eugenie ni Susanne Cosmetics. No me importa el enfado de Addison en este momento. Ni siquiera me importan sus acusaciones de que Braden me está utilizando, aunque lo más probable es que sean ciertas.

Lo único que me importa es mi corazón.

Y que puede que lo esté perdiendo por Braden Black.

36

Engaño a Baby para que entre en su transportín y lo coloco junto a mi escritorio. Luego, recojo los objetos dispersos, incluido el tinte labial Cherry Russet, y vuelvo a meterlo todo en el bolso.

Estoy enfadada con Addie. Mucho. Pero estoy más desconcertada que otra cosa. Sabiendo muy bien que me puede costar el trabajo, me dirijo a su puerta y llamo.

—¿Qué pasa? —grita enfadada.

—Necesito hablar contigo.

—Yo no tengo nada que decirte.

—Tal vez no. Pero yo sí tengo algo que decirte.

—Nada que quiera oír.

—Por favor. Es importante.

—Está bien —resopla—. Entra.

Addison no me mira a los ojos. En vez de eso, mira fijamente la pantalla de su portátil mientras está sentada en el escritorio. No se levanta, así que tomo asiento en uno de los sillones de cuero que hay enfrente de ella.

—Tienes que contarme —comienzo— qué pasó entre Braden y tú.

—No tengo que contarte nada.

—¿Cómo voy a saber entonces si estoy cometiendo un gran error?

—Puedes confiar en mi palabra. —Todavía no ha levantado la vista de su portátil.

—Ni siquiera sabía que conocías a Braden hasta la semana pasada —digo—. ¿No puedes contármelo?

Cierra su portátil y por fin me mira a los ojos.

—Solo te traerá problemas. De los gordos.

—Eso ya me lo has dicho. Lo que no me has explicado es por qué.

—Ya te he contado que no hablo de eso.

Levanto las cejas. Addie nunca tiene pelos en la lengua. Dice lo que piensa y no suele importarle las consecuencias.

—¿No hablas de eso? ¿O no puedes hablar de eso?

Se pone de pie.

—En realidad no importa, ¿no? Nuestro taxi ya debería estar aquí. Vamos a hacer esa sesión de fotos.

Para mi sorpresa, conseguimos hacer la sesión en pocas tomas. Baby está más apagada de lo normal después del paseo. Tal vez Addie le haya dado un sedante. Betsy nos da a Addie y a mí cestas de regalo con golosinas para perros como agradecimiento por la sesión. Esto es nuevo. Normalmente solo le da una a Addie. Addie me mira expectante. ¿Querrá que le dé mi cesta?

—Muchas gracias —le digo a Betsy—. Yo no tengo perro, pero mi amiga sí. Le encantará.

No, Tessa no tiene perro, pero Braden sí. Esta cesta es para Sasha, lo que también me da una excusa para ir a la casa de Braden mientras él está en Nueva York. Aunque solo sea para volver a oler su aroma, esa mezcla perfecta de pino, especias y cuero que se ha vuelto tan indispensable para mí como el aire.

Tessa se reúne conmigo en la Bark Boutique como habíamos quedado.

Addie se ha ido, gracias a Dios, así que le presento Tessa a Betsy.

—Qué sitio tan adorable —dice Tessa—. ¿Te va bien el negocio?

—Bastante bien. Las publicaciones de Addison ayudan mucho. —Sonríe.

—Un placer conocerte —le dice Tessa—. ¿Estás preparada para irnos a comer, Skye?

—Sí. Todo listo. ¿Quieres venirte con nosotras, Betsy?

—Ojalá pudiera. Pero a lo mejor...

—¿Qué? —pregunta Tessa.

—¿Os gustaría tomar una copa más tarde? ¿Después de las seis, cuando cierre?

Menuda sorpresa. Llevo haciendo sesiones para Betsy desde que empecé a trabajar con Addie. Y nunca antes había querido que quedáramos.

—Ojalá, pero no puedo —le contesto. Después de todo, voy a la casa de Braden a entregar la cesta de Sasha.

—Yo sí puedo —responde Tessa—. Nunca rechazo una oportunidad de tomar algo después del trabajo. Quedamos aquí, ¿vale?

Tessa y Betsy acaban de conocerse, pero mi mejor amiga tiene una manera increíble de hacer que la gente se sienta cómoda.

Betsy sonríe.

—Sería estupendo. Qué ganas tengo.

Una vez que Tessa y yo llegamos a la cafetería para almorzar, la pongo al tanto de los disparates que ha hecho antes Addison.

—No ha vaciado tu bolso en tu escritorio —dice Tessa.

—Sí, lo ha hecho. Todavía estoy enfadada por eso.

—Deberías.

—Pero estoy más confundida. ¿Por qué cree que Braden no me traerá nada más que problemas? No me lo quiere decir. Cuando le pregunté si no habla de él o no puede hablar de él, cambió de tema.

—¿Crees que tiene un acuerdo de confidencialidad o algo así?

—No tengo ni idea.

—Tiene que ser algo por el estilo. Si no, ¿por qué no te lo iba a decir? Si le preocupa que te conviertas en competencia para ella por tu relación con Braden, seguramente querrá alejarte de él.

—Buen apunte —contesto—, y uno que no había pensado. Tienes razón. Ella no puede hablar de eso, por la razón que sea.

—O es una mentira como un templo —me advierte Tessa.

—No lo creo. Ella y Braden admiten haber tenido algo hace años. Sea lo que sea, no terminó bien.

No le digo a Tessa que creo que me estoy enamorando de Braden. Espero que se me pase. Después de todo, lo conozco desde hace una semana.

El camarero nos trae nuestros almuerzos y yo le doy un rápido mordisco a mi sándwich de pollo.

—¿Cuándo vas a llevarle la cesta de golosinas a Sasha? —pregunta Tessa.

—Esta noche. Las golosinas de Betsy son todas orgánicas y es mejor comérselas en una semana.

Tessa se traga su bocado de pasta.

—Betsy parece simpática.

—Lo es. No es el tipo de persona que Addie normalmente... —Me detengo de repente, se me enciende una bombilla en la cabeza.

—¿Qué? —pregunta Tessa.

—Betsy es una amiga de la infancia de Addie. Me pregunto...

—¿Si fueron al instituto juntas?

—Sí. Debe de ser su amiga. Addie no suele trabajar gratis y nunca le cobra a Betsy por una publicación. Si es tan buena amiga, podría saber algo sobre Addie y Braden.

—Yo me encargo —me dice Tessa—. Quizás me hable de Addie cuando tomemos una copa esta noche.

—Tal vez. —Doy otro mordisco a mi sándwich, empezando a sentirme un poco culpable. No quiero utilizar a Betsy para obtener información—. Pero no la obligues a hablar.

—¿Cómo podría obligarla? Además, yo nunca haría eso.

—Lo sé. Ojalá Braden me lo contara.

—Tal vez no sea nada —dice Tessa—. De hecho, es lo más probable. Parece un drama creado por Addie. Típico.

—Seguramente tengas razón.

Entre las copas de Tessa con Betsy y mi paseo a la casa de Braden, esta noche será interesante.

37

Con los nervios a flor de piel, agarro la cesta de regalo para perros, hago un gesto con la cabeza al portero y llamo al ático de Braden.

No hay respuesta durante unos segundos. Vuelvo a llamar.

—¿Sí? —dice una voz femenina.

—Annika, ¿eres tú? Soy Skye Manning.

—Hola, señorita Manning. El señor Black no se encuentra en casa.

—Sé que está en Nueva York. Quería pasarme porque tengo algo para Sasha. Es una cesta de regalo para perros de Bark Boutique.

—Qué amable por su parte. Enviaré a Christopher a buscarla.

—No, yo...

Pero cuelga el intercomunicador.

Unos minutos más tarde, Christopher sale del ascensor privado de Braden al otro lado del vestíbulo.

—Señorita Manning.

—Hola, Christopher. —Le tiendo la cesta—. Addison ha hecho una publicación en Instagram hoy para Betsy de Bark Boutique y nos han dado una cesta a cada una. Como yo no tengo perro, he pensado en regalarle esto a Sasha.

—Es muy amable por su parte. ¿Quiere llevarla arriba conmigo y saludarla? A Sasha le encantará.

—Claro. Gracias.

Unos minutos después, salimos del ascensor y entramos en el lujoso ático de Branden. Christopher silba y Sasha viene corriendo.

—Hola, bonita. —Me arrodillo y le acaricio su suave cabeza—. Te he traído todo tipo de chucherías. —Tomo la cesta de los brazos de Christopher—. La pondré en la cocina.

Christopher arruga la frente, pero no me detiene. Coloco la cesta en la isla y desato la cinta.

—¡Sasha, ven aquí!

Y viene corriendo a la cocina.

—¿Te sabes algún truco?

—Se los sabe todos. —Parece que Christopher me ha seguido hasta la cocina.

—Muy bien, Sasha. Siéntate.

La perra se sienta sobre sus patas traseras.

—¡Buena chica! —Le doy una pequeña chuchería de mantequilla de cacahuete para perros—. Aquí hay algunos huesos de cuero prensado. Parece que también hay juguetes.

Después de un minuto de ver a Sasha jugando, miro a Christopher:

—¿Puedo usar el baño antes de irme?

—Por supuesto.

Camino despacio hacia el baño, esperando que me siga, pero no lo hace.

Paso unos minutos en el baño, luego tiro de la cadena y me lavo las manos. Antes de abrir la puerta para salir, mi mirada se va al revistero. Está lleno de cartas.

Qué raro. ¿Braden lee su correspondencia aquí? Esta es la primera vez que he estado realmente dentro de esta habitación. Antes siempre he usado el baño de la *suite* principal de Braden.

«No es asunto tuyo, Skye. Vete. Solo vete».

Pero ¿me voy? No. Me agacho y hojeo los sobres abiertos. Nada que me llame la atención hasta que llego a uno que hay cerca del fondo.

La dirección del remitente.

«Hoteles Ames».

Sin pensarlo, lo tomo y me lo meto en el bolso. No sé por qué. De verdad que no sé por qué lo hago.

Pero salgo del baño y voy por el pasillo hacia la cocina, con un cosquilleo en la piel, antes de que mi cerebro entre en acción. Debería devolverlo, pero si vuelvo a entrar en el baño y alguien de su personal me ve, pareceré sospechosa. La cesta sigue sobre la isla, pero Christopher ya no está. Atravieso el salón hasta la entrada. Christopher está de pie junto al ascensor, sujetando el extremo de una correa.

—¿Vais a salir ahora de paseo? —pregunto.

—Sí. Tiene que salir cada vez que come algo.

—Oh, vaya, lo siento. Supongo que no debería haberle dado las golosinas.

—No pasa nada. Me gusta pasearla.

—Yo también debería irme —digo.

La carta es como un agujero que me está quemando en el bolso. Los nervios vuelan sobre mi piel. Ha sido un gran error. La devolvería si pudiera, pero, como no puedo, tengo que llegar a casa y ver qué es. ¿Por qué Braden está haciendo algo con Hoteles Ames? Addison y él parecen odiarse.

Y eso me molesta más que un poquito. Existe una fina línea entre el amor y el odio. Y preferiría que fuera indiferente.

—Probablemente eso sería lo mejor, señorita Manning.

Asiento con la cabeza y entro en el ascensor delante de Christopher y Sasha. Me agacho para acariciar a Sasha. Ella jadea y me lame la cara. Entonces se abre la puerta del ascensor y Christopher espera mientras yo salgo.

—Gracias, Christopher —digo.

—Hasta pronto, señorita Manning.

¿Hasta pronto? Eso es una buena señal.

Saludo con la mano y salgo del edificio, reprimiendo los temblores que amenazan con consumirme.

Acabo de robar una carta de Braden.

¿En qué diablos estaba pensando?

Media hora más tarde, estoy en casa, mirando el sobre de Hoteles Ames.

Ya está abierto. Lo único que tengo que hacer es mirar dentro. Es probable que no sea nada. Dios, espero que no sea nada, porque si no lo es, no solo me romperá el corazón, sino que tendré que devolverlo al baño de Braden como sea.

«No puedo hacer esto. No puedo».

El pulso me retumba en el cuello.

Esto no es propio de mí, ser tan deshonesta. Tengo que llevar este sobre a la casa de Braden. Ahora. Me saco uno de mis pendientes de alambre de la oreja y lo meto también en el bolso. Luego me dirijo a la casa de Braden. Solo espero que Christopher esté todavía de paseo con Sasha y que Annika responda al intercomunicador. Estoy temblando, literalmente, mientras entro en el edificio de Braden. Le sonrío con nervios al portero. Me dirijo al intercomunicador...

Y me suena el móvil.

38

Es Tessa. Probablemente con noticias sobre las copas que se ha tomado con Betsy. ¿Y ahora qué? Puedo hablar con Tessa más tarde, pero si tiene algo que contarme, necesito saberlo ahora, antes de intentar poner en su sitio esta carta que he robado de forma estúpida.

No puedo quedarme aquí en el vestíbulo del edificio. ¿Y si Christopher vuelve con Sasha?

—Espera un minuto, Tess. —Salgo del edificio y sigo caminando—. ¿Qué ocurre?

—Betsy es un amor de persona.

Suspiro. Ya lo sé.

—Ah, ¿sí?

—Sí. No me odies. Pero tengo una perra.

—¿Por qué iba a odiarte? Sabes que me encantan los perros. ¿Desde cuándo tienes una perra y por qué me estoy enterando ahora?

—Porque es una perra de mentira.

Le hago una mueca al teléfono.

—¿Cómo?

—No estoy segura de cómo ha ocurrido, pero estaba hablando tanto de su negocio y de lo mucho que ama a los animales que simplemente surgió.

—Va...Vale.

—Bueno, pues una vez que se ha enterado de que tenemos un amor por los perros en común (y a mí me encantan los perros; ya lo sabes), se ha abierto y hemos hablado de... muchas cosas.

Se me acelera el corazón. Sigo caminando, ahora a una manzana del edificio de Braden. Me meto en una pequeña cafetería y me siento en una mesa.

—¿Qué te ha contado?

—Addison y ella se conocen desde primaria. No fueron juntas al instituto. Addie fue a un colegio privado, pero seguían en contacto y siempre quedaban en verano. Betsy era una especie de acto de caridad para Addie y su familia. Le pagaban para que fuera a todas las mismas actividades a las que Addie y Apple iban durante el verano, excepto que no se fueron durante el verano después de la graduación. Betsy se quedó en casa de Addison.

—Así que sabe lo de Braden.

—Sí.

—¿Te ha contado algo?

—Oh, sí.

Miro mi mano izquierda, que tiembla. Quiero que se quede quieta.

—No me dejes en suspense. ¿Cómo se conocieron?

—No te vas a creer esto. Un fin de semana, cuando su madre y su padre estaban fuera de la ciudad, Addison y Apple dieron una fiesta en la mansión y Braden y su hermano, Ben, se presentaron.

—¿Cómo iban a saber que había una fiesta en la casa de los Ames?

—Ni idea. Betsy no lo sabía.

—Vale. Un momento, espera un segundo. —Una camarera se acerca—. Un café solo —le pido. Luego, vuelvo a hablar con Tessa—. Sigue.

—Según Betsy, Addie estaba loca por Braden, pero él no le daba ni la hora.

—¿Qué? Ambos me han admitido que han tenido algo.

—Y lo han tenido, pero no empezó esa noche. Addie se obsesionó con él. No podía entender cómo alguien podía rechazar a una heredera Ames y estaba decidida a perder su virginidad ese verano... con Braden Black.

—Ay, madre mía...

—Ella encontró la obra donde él trabajaba y se presentó allí a la semana siguiente. Braden la rechazó una y otra vez, pero ella no captó el mensaje.

—¿En serio? ¿Es una acosadora?

—Al menos lo era. Braden tenía un pequeño apartamento en South Boston y Addie encontró la dirección.

No me gusta a dónde está yendo esto.

—¿Y...?

—Betsy dejó de hablar —dice Tessa.

—¿Estás de broma? —Le doy las gracias a la camarera cuando pone la taza de café en la mesa.

—Sí. Incluso se tapó la boca y me rogó que no le dijera a nadie lo que me había contado, puesto que no debería estar hablando de eso.

—¿Y qué has hecho?

—Le he asegurado que sería discreta, por supuesto, pero que te lo contaría todo. Ella me ha dicho que no pasaba nada, pero que no podías decírselo a nadie. Le he asegurado que no lo harías. No he querido presionarla más. Es muy buena y en realidad no es asunto mío.

Tomo un sorbo de café.

—¡Ay! —El líquido caliente me abrasa el interior de la boca. Trago rápidamente, quemándome todo el esófago.

—¿Qué ocurre?

—Nada. Me he quemado la lengua. ¿Qué ha pasado después?

—Le he dado las buenas noches, hemos hecho planes para volver a tomar algo otro día y le he prometido que visitaría su tienda para comprarle más golosinas a Margarita.

—¿Margarita?

—Mi perra de mentira. También llamada Rita.

—¿Solo se te ha venido a la mente «Margarita»?

—¿Qué puedo decir? Me estaba bebiendo un margarita de fresa.

Pongo los ojos en blanco. Tessa y sus bebidas llamativas.

—Qué ingeniosa, Tess.

—Oye, fue lo que se me ocurrió.

Suspiro.

—Vale, está bien. Todavía no sabemos qué pasó entre ellos y por qué Addie está convencida de que Braden solo me traerá problemas.

—Pero sabemos que era Addie la que iba detrás de Braden.

—Lo que significa que es probable que se sintiera despechada cuando lo que tenían terminó.

—Cierto —dice Tessa—. Y no hay nada peor que una mujer despechada.

Terminamos nuestra llamada y le doy otro sorbo a mi café. Sigue estando más caliente que el asfalto en un día de verano. Dejo rápidamente varios billetes de un dólar sobre la mesa y salgo de la cafetería. ¿Y ahora qué? La carta robada arde en mi bolso. Casi puedo sentir su energía, como si emitiera una señal de búsqueda.

Todo está en mi imaginación, lo sé, pero esto ha sido un gran error. Braden dice que no puede tener una relación conmigo. ¿Cómo puedo esperar que cambie de opinión si hurgo en su correo personal? Regreso a su edificio, sonrío al portero y vuelvo a pulsar el intercomunicador.

—¿Sí?

Se me hace un nudo en el estómago.

Es la voz de Braden.

39

—Se... Se supone que estabas en Nueva York —digo sin pensar.

Mierda. Debería haber tocado el timbre y haber salido corriendo. Pero no tengo doce años.

—¿Skye? ¿Qué estás haciendo aquí?

—He venido a dejar unas golosinas para Sasha y creo que he perdido un pendiente. Solo quería subir a buscarlo. —La mentira sabe como si se me hubiera subido la bilis a la garganta.

—Vale. Te mandaré el ascensor abajo.

Me dirijo al ascensor de su ático privado y aguardo. Cuando se abren las puertas, espero que Christopher salga, pero el ascensor está vacío. Entro y pulso el único botón del ático.

Los escalofríos me invaden mientras el cubículo asciende. La puerta se abre demasiado pronto.

Braden está esperándome en la entrada.

—Buenas noches, Skye.

—Hola. —Se me quiebra la voz. Estupendo.

—Gracias por las chucherías para Sasha. Acabo de ver la cesta en la cocina.

—De nada. Me la han dado gratis en una sesión de fotos y, por supuesto, a mí no me sirve para nada.

—Qué bien que te hayas acordado de ella —responde.

Las cosas parecen frías entre nosotros. Pero ¿por qué? Él se presentó en mi casa sin avisar. ¿Por qué no iba a poder aparecer yo en la suya?

—¿Por qué estás en casa tan pronto?

—He podido cerrar el acuerdo antes de tiempo.

—¿En un día?

—¿Te parece poco creíble?

¿Lo es? Es multimillonario. Es probable que la gente le bese el culo todo el tiempo. No, no es poco creíble. Lo que sí lo es, es que tuviera que estar fuera el resto de la semana. ¿Acaso me ha mentido?

No tengo derecho a preguntárselo, sobre todo con la carta robada que me está quemando en el bolso.

Y ahí está la cosa.

No quiero que haya mentiras entre nosotros. No puedo controlar lo que me dice, pero al menos puedo controlar lo que yo hago. Si quiero que al final se comprometa con una relación, tengo que demostrarle que voy en serio. La sinceridad y la confianza son partes importantes de eso.

—Braden —digo, aclarándome la garganta—, no he perdido un pendiente.

—Ah. —Le centellean un poco los ojos azules—. Entonces, ¿por qué estás aquí?

—Porque yo... —Inspiro profundamente y aguanto la respiración unos segundos.

—Suéltalo, Skye.

«Porque te quiero. Porque creo que me estoy enamorando de ti».

Las palabras están en la punta de mi lengua, y no son una mentira. Solo mirarlo me hace anhelar su presencia. Pero pensaba que estaba en Nueva York, así que de ninguna manera creerá que he venido hasta aquí porque echo de menos su olor.

Hago acopio de todo mi coraje, saco el sobre arrugado del bolso y se lo entrego de un golpe:

—Para devolverte esto.

Arruga la frente y agarra el sobre.

—No sé en qué estaba pensando —le digo, las palabras me salen de la boca más rápido de lo que puedo pensarlas—. Traje las cosas para Sasha y después fui al baño. Vi todo el correo en el revistero y no pude evitarlo. Cuando vi el sobre de Hoteles Ames, solo... No me quieres contar nada de Addie y de ti, así que pensé que tal vez...

—¿Que tal vez podías descubrirlo con esto?

—Ni siquiera he mirado dentro. Te lo juro. Me sentía fatal y por eso he vuelto. Iba a dejarlo en el baño sin que nadie se enterara. Pero ahora estás aquí y yo... no quiero mentirte, Braden.

Abre el sobre, saca el papel que hay dentro y me lo entrega.

—Es una invitación para un evento que organizó mi fundación el año pasado.

La leo por encima. La carta está fechada hace más de un año. Una rápida ojeada al matasellos me habría dado esa pista.

No puedo creerlo. De verdad que no puedo creerlo.

—Ya ves —dice—. No tiene nada que ver con Addison y conmigo.

—Lo siento.

—¿De verdad crees que dejaría algo importante en el baño? —pregunta, incrédulo.

—No. Yo... —suspiro. Tiene razón—. No estaba pensando en absoluto.

Me preparo. Se va a enfadar. Hasta puede que me grite. Puede que dé por terminada nuestra relación, o lo que sea esto, para siempre, y si lo hace, no puedo culparlo.

—Lo siento. Entiendo si quieres...

Ladea la cabeza.

—Si quiero... ¿qué?

—Que dejemos de vernos.

Se ríe. ¡Se ríe! Rara vez se ríe... ¿y escoge este preciso momento? Contengo un resoplido.

—¿Qué te hace tanta gracia?

Me atrae contra él, presiona los labios contra mi oreja.

—Esto no tiene nada de gracia.

—Entonces, ¿por qué...?

—¿Quieres saber por qué he llegado pronto a casa? Porque no podía dejar de pensar en ti. Te quería en mi cama. He estado a punto de enviarte un billete de avión, pero sabía que no te ibas a ir del trabajo sin avisar. Así que he venido a casa. He venido a casa porque no podía esperar cinco putos días para volver a verte de nuevo.

Trago saliva mientras los nervios me agitan el estómago y las extremidades y se me endurecen los pezones contra el sujetador. Todo mi ser palpita entre las piernas. Aprieto los muslos para intentar aliviar las ganas.

—Entonces... ¿no estás enfadado conmigo?

Me atraviesa con esos ojos azules.

—Yo no he dicho eso.

Vuelvo a tragar saliva.

—Entonces, ¿sí lo estás?

—Pues claro que estoy enfadado. ¿Cómo no iba a estarlo?

No tengo respuesta para su pregunta, así que permanezco en silencio.

—La cuestión es, ¿qué hago al respecto?

De nuevo, no tengo respuesta.

—Podría terminar contigo, pero no he volado doscientos kilómetros para castigarme.

También podría castigarme a mí, pero no vocalizo el pensamiento.

—Podría ponerte sobre mis rodillas y darte unos buenos azotes.

Me hormiguea el cuerpo. ¿Quiero unos azotes de Braden? No, no quiero. Pero en cierto modo sí.

—Es lo que te mereces —continúa. Avanza hacia mí, como un lobo que acecha a su presa.

Camino hacia atrás, alejándome de él, hasta que mi espalda choca con la pared que hay junto a la puerta del ascensor. Se acerca a mí, con su mirada ardiente.

—Tienes los labios separados de esa forma tan sexi —dice con voz ronca—. Quiero besarte tan fuerte que te fallen las rodillas.

Inhalo un leve jadeo.

—Sin embargo, eso no sería un castigo para ti.

Continúo callada y cierro los ojos.

—Así que nada de besos esta noche. Voy a azotarte ese culo bonito y luego voy a tomar eso para lo que he venido hasta aquí. Y tú me lo vas a permitir.

¿Lo haré?

Me dejará ir si se lo digo. Eso lo sé. No hará nada sin mi permiso. Pero no lo pedirá. Lo veo en su mirada. Si quiero que esto se detenga, tengo que ser yo quien le ponga fin.

—Braden... —susurro.

—¿Sí? —Clava los ojos en los míos.

Aprieto más los muslos, pero mi cuerpo se sigue muriendo de ganas de la necesidad. Estoy mojada. Estoy muy mojada ya, sin siquiera un beso. Esta noche no habrá besos. Lo ha dejado claro.

Inhalo bruscamente.

—Haz lo que tengas que hacer.

En un instante, estoy en sus brazos y me lleva a su habitación. Me tira en la cama y me quita los zapatos, los pantalones y las bragas. Abro las piernas y le dejo ver mi excitación. Solo sus palabras, su mirada ardiente y su semblante dominante hacen que me moje. Muchísimo.

Cierra los ojos e inhala.

—Hueles como los dioses. Me encantaría probarte, Skye. Darte cien orgasmos como la última vez, pero entonces no sería un castigo. Así que te voy a azotar. Después te voy a penetrar duro y rápido y me voy a dar mi propio placer.

Se desabrocha el cinturón y se baja la bragueta. Se pasa los pantalones y los calzoncillos por encima de sus musculosas caderas. Tiene el miembro completamente erecto, y una pequeña perla de líquido claro le sobresale.

Me tumba boca abajo, y, antes de que pueda anticipar lo que va a ocurrir, su palma cae sobre mi culo.

—¡Ay! —grito.

Otro azote. Luego otro. Aprieto los dientes para no volver a gritar. Puedo soportarlo. Quiero aguantar esto. Quiero darle lo que necesita. Y me lo he ganado. Soy yo quien ha hecho algo malo.

—Precioso —dice con la voz ronca—. Tan rosita...

El dolor de sus azotes se convierte en un cosquilleo, una sensación cálida. Lo repite de nuevo y después una vez más.

Me preparo para otro azote, casi lo ansío con todas mis ganas, pero me da la vuelta para que me tumbe de espaldas.

Empuja mis piernas hacia delante y se introduce dentro mí.

Grito ante la invasión, la ardiente invasión que me hace sentir tan completa.

Me folla con fuerza. Me folla rápido.

Y, con las piernas tan hacia delante, su pubis no me roza el clítoris.

Aun así, subo la montaña invisible, acercándome a la cima. «Puedo llegar allí. Puedo llegar...». Pero no llego.

Se libera dentro de mí, gimiendo, convocando mi nombre, incrustándose en mi cuerpo y obteniendo su propio placer.

Dejándome con las ganas.

Mi castigo definitivo.

No es menos de lo que me merezco por traicionar su confianza y robarle una carta de su correspondencia, una carta que, de todas formas, ha resultado inútil.

Cuando por fin deja de palpitar, se queda dentro de mí un momento, con los ojos cerrados y las manos sujetas a mis muslos. Hago palanca contra su fuerza, tratando de mover mi clítoris hacia delante. Todavía estoy excitada. Si pudiera encontrar algo contra lo que apretarme...

Pero entonces se retira y abre los ojos.

Dejándome con las ganas.

Lo que había sido su intención todo el tiempo.

No digo nada. Le he dicho que hiciera lo que tuviera que hacer. Le he dado permiso. Mi cuerpo puede estar en llamas, pero nunca le suplicaré por un orgasmo.

Al menos, no esta noche.

Se sube los pantalones y se los abrocha.

—¿Has comido? —dice tan tranquilo.

Su voz es muy calmada, como si no hubiera acabado de azotarme y negarme el orgasmo. Sigo desnuda de cintura para abajo, con las piernas aún abiertas, su semen saliendo de mí.

—Pues... no. Todavía no.

—Vístete. Marilyn está de descanso esta semana, así que voy a pedir algo.

40

Sale del dormitorio.

Me quedo quieta un momento. La huella fantasma de su mano en mi culo todavía me escuece, pero en el buen sentido. Miro fijamente el insólito artilugio que hay sobre su cama. ¿Lo habrá utilizado alguna vez? ¿Y qué hará exactamente?

Todavía hay mucho que no sé sobre este enigmático hombre al que me he vuelto adicta.

Podría perder mi corazón y no estoy segura de que él pueda darme el suyo. Una oleada de tristeza me invade. Al menos me desea. Me conformo con eso. Por ahora. De hecho, tengo suerte de que su deseo sea tan fuerte, de lo contrario mi maniobra del correo podría haberme costado mucho más que un orgasmo perdido.

Recojo mi ropa y me dirijo al baño principal. Me aseo y me paso el cepillo de Braden por el pelo. Mi barra de labios sigue intacta.

Claro que sí. Si no me ha besado.

¿Echará de menos nuestros besos tanto como yo?

¿De verdad es todo físico para él?

¿Cómo puedo sentir tanto por un hombre del que no sé nada? ¿Estoy confundiendo nuestra química física con algo más?

No tengo respuestas para mis propias preguntas.

Salgo del dormitorio y me encuentro a Braden en la barra sirviendo dos Wild Turkey.

—Aquí estás —dice—. He pedido comida tailandesa.

Asiento.

—Suena delicioso.

Me da un vaso.

—El Wild Turkey va muy bien con el tailandés.

Sonrío.

—El Wild Turkey va muy bien con todo.

Tomo un sorbo y dejo que el líquido ámbar se asiente en mi lengua durante un minuto. El sabor ahumado del caramelo me calma los nervios. Trago y me arde la garganta. En el buen sentido.

Él toma un trago.

El silencio crece en la habitación, como una nube de lluvia sobre nosotros a punto de descargar en cualquier momento.

¿O es solo cosa mía?

Braden parece estar perfectamente bien sin decir nada.

—Braden.

—¿Sí?

—Yo... siento mucho lo de... ya sabes.

—No tenemos que hablar de eso.

—Pero vamos a hacerlo. No quiero que pienses que soy el tipo de persona que...

—Skye, has hecho lo que has hecho. Nada de lo que me digas sobre qué clase de persona eres cambiará lo que ya ha pasado.

Se me retuerce el estómago. ¿Y ahora qué?

—¿Crees que nunca he tomado una mala decisión? —continúa—. ¿Que no he hecho algo de lo que me arrepienta?

—No. Es decir, no lo sé.

—No se llega a la cima sin cometer errores en el camino. Yo aprendo de cada error y nunca cometo el mismo dos veces. ¿Ves a dónde quiero llegar?

—Sí. No lo volveré a hacer. Ya te lo he dicho.

—Entiendo los errores. Yo he cometido los míos.

Asiento. No volveré a hablar de la carta robada. Tampoco mencionaré a Addison, al menos esta noche.

Tomo otro sorbo de Wild Turkey. Christopher lleva la comida tailandesa a la cocina. Braden murmura un agradecimiento y despide a su chofer. Luego, saca platos y cubiertos de los armarios y cajones. Me sorprende que sepa dónde está todo. Sirve un plato de comida y me lo da.

—Gracias —murmuro. Me siento en uno de los taburetes de la isla de granito y hago una pequeña mueca.

—¿Dolorida? —pregunta, con un brillo en los ojos.

—No. Solo un poco sensible. —Le doy un mordisco al curry picante.

De nuevo, se hace el silencio.

—Hoy ha ocurrido algo interesante en el trabajo —digo al fin.

—¿Sí? ¿El qué?

Le cuento la versión corta de la llamada de Eugenie de Susanne Cosmetics.

—¿Vas a llamarla? —pregunta.

—Todavía no lo he decidido. A Addie no va a gustarle. Seguro que perderé mi trabajo.

—Todavía no te ha despedido.

—No, porque hemos tenido una sesión de fotos hoy. Para la tienda de mascotas donde he conseguido la cesta de regalo de Sasha. Me necesitaba.

—Siempre te necesitará.

—No estoy segura de eso. Además, la única razón por la que Susanne quiere que haga una publicación sobre ese labial es por ti.

—¿Y?

—¿No lo entiendes? No soy nadie. A nadie le importa una mierda el tipo de labial que lleve, excepto por el hecho de que al parecer ahora soy tu novia.

—¿Y? —vuelve a preguntar.

Levanto las cejas, sacudiendo ligeramente la cabeza.

—¿Qué es lo que no entiendes?

—Te diré lo que he entendido —dice—. Esto es una oportunidad para ti. ¿Tendrías esta oportunidad si no fuera por mí? Tal vez no, pero sigue siendo una oportunidad que se te ha presentado. Aprovéchala, Skye. Eres tonta si no lo haces.

—¿Tonta? ¿Cómo te atreves...?

Hace un gesto para que me detenga.

Lo hago.

—No te pongas nerviosa. Cualquiera, incluido yo, es un tonto si no aprovecha lo que se le presenta. ¿Crees que no he aprovechado todas las oportunidades que se me han presentado? No hace falta que respondas. Lo he hecho, y algunas de ellas llegaron tan solo porque estaba en el lugar adecuado en el momento oportuno. No tenían nada que ver conmigo.

—No me lo creo.

—¿Por qué no?

—Eres un hombre hecho a ti mismo, Braden.

—En su mayor parte, eso es cierto. Pero ¿de verdad crees que nunca he tenido ayuda en el camino? ¿Que las oportunidades me han llovido del cielo tan solo porque soy yo?

—Lo he leído todo sobre ti.

—Los medios de comunicación nunca cuentan toda la historia.

Me lanzo, ahora que se ha abierto a mí, y sonrío.

—¿Lo harás tú entonces, Braden? ¿Me vas a contar toda tu historia?

Mueve los labios.

Sí, lo he sorprendido. Está intentando no sonreír.

—Eres un desafío, Skye.

—Me lo has dicho muchas veces —respondo—. ¿Se te ha escapado que tú también eres un desafío para mí?

—Nunca he dicho que no lo fuese.

—Entonces, ¿qué vamos a hacer?

Traga un bocado de comida.

—Nunca me he rendido ante un desafío.

—Yo tampoco.

—Entonces harás la publicación para Susanne Cosmetics.

Me congelo, mi tenedor lleno de comida se detiene a medio camino entre mi plato y mi boca. ¿Cómo hemos llegado a esto? Ya sé la respuesta.

—No juegas limpio —le digo.

—Claro que sí. Solo que tengo más experiencia que tú.

No puedo reprocharle su observación.

—Publicar algo sobre una barra de labios no es exactamente un desafío.

—Por supuesto que sí. Es algo nuevo. Es algo para lo que no estás segura de estar preparada, pero te ha surgido. Puedes tomar tus propias fotos, Skye. Obtener crédito por ellas. Esto es lo que quieres.

—Quiero hacer fotos de cosas que conmuevan a la gente. A nadie le va a conmover que lleve una barra de labios de Susanne.

—¿Cómo lo sabes?

—Porque es maquillaje, Braden. ¿A quién le importa?

—A tus seguidores.

—Las masas que siguen a los *influencers* no se preocupan por nada real.

—¿Los conoces a todos?

—Por supuesto que no, pero...

—¿No lo ves, Skye? Tienes la oportunidad de hacer crecer una plataforma. De llegar a la gente. Una vez que llegues a ellos, puedes mostrarles el tipo de fotos que los conmoverá.

41

Me quedo con la boca abierta.

No me extraña que Braden haya llegado tan lejos.

Es un maldito genio.

—Pero —continúa— nunca aceptes la primera oferta. No importa lo alta que sea, haz una contraoferta un poco más alta.

—¿Y si me dicen que me tire por un puente?

—Pues te dirán que te tires por un puente.

—Pero entonces...

—Skye, demuéstrales que sabes lo que vales. No van a conseguir solo a la novia de Braden Black contigo. Van a conseguir a una brillante fotógrafa, alguien que puede hacer que su producto luzca de forma increíble. Lo saben, y, si no lo saben, lo harán pronto.

—Espera un momento —digo, con la cabeza haciendo horas extras—. Tú no habrás...

—Por supuesto que no. No he tenido nada que ver con que te llamaran. Puede que te sorprenda saber que no tengo tiempo para llamar a empresas de cosméticos y pedirles que contraten a mi novia.

Asiento. En realidad, suena ridículo cuando lo dice.

—Nunca tengas miedo de rechazar la primera oferta. Eres nueva en esto, así que pueden hacer que te rebajes.

Todo lo que dice tiene mucho sentido.

—Joder, eres brillante.

—No soy más brillante que los demás —responde—. Solo sé cuáles son mis puntos fuertes y el valor que tienen.

—Braden...

—¿Sí?

—Addison piensa que estás detrás de todo esto, que intentas convertirme en una *influencer* y destruirla a ella en el proceso.

Toma un trago.

—¿Eso es lo que te ha dicho?

—Sí.

—¿Y tú le crees?

—No. —Sacudo la cabeza con vehemencia—. Por supuesto que no.

No responde de inmediato. Qué raro. ¿Podría haber algo de cierto en la teoría de Addie?

Habla por fin, después de beberse el resto de su Wild Turkey.

—Addison es una mujer problemática.

—¿Qué significa eso?

—Creo que ya lo sabes.

—No, la verdad es que no.

—¿Cómo que no? Llevas más de un año trabajando para ella. ¿No está claro que tiene que ser el centro de atención? ¿Y que, cuando no lo es, saca las garras?

Mi mente se remonta a mi conversación con Tessa. Según Betsy, Addie persiguió a Braden sin descanso, hasta el punto de acosarlo, hace once años. Típico de Addie, queriendo la atención de Braden y... ¿haciendo qué cuando no la conseguía?

Ni Addison ni Braden piensan hablar de esa época.

¿Por qué?

—Entiendo lo que dices —respondo—. ¿Puedes contarme más sobre ella?

Se sirve otra copa.

—Buen intento.

—No lo entiendo. ¿Por qué no hablas de tu época con Addison? Los dos erais jóvenes. Seguro que no pudo ser tan terrible.

—Terrible se queda corto.

Trago saliva, con la piel helada. ¿Qué pasó durante ese verano y por qué no quieren hablar de eso?

Los celos asoman su fea cabeza verde y, aunque sé que no debo hacerlo, le suelto:

—¿Cómo era en la cama?

Él se queda callado.

—Cuéntamelo, Braden. Por favor.

—¿Por qué te importa?

—Porque... sí.

—¡Por el amor de Dios, Skye! Éramos críos. Ninguno de los dos sabía qué diablos estábamos haciendo.

—Así que ella era virgen.

—¿Quién ha dicho eso?

No respondo. No puedo traicionar la confianza de Tessa y Betsy.

Se aproxima hacia mí, y yo tiemblo ante él.

—¿Por qué te importa todo esto? ¿Quieres saber si ella era mejor que tú en la cama?

«Sí». Pero no se lo digo.

—¿Quieres saber de todas mis anteriores amantes? Son muchas, y no me voy a disculpar por nada de lo que he hecho en el pasado.

Tiemblo sin querer.

—No te lo estoy pidiendo.

—Entonces, ¿qué es exactamente lo que me estás preguntando, Skye?

—No... No lo sé.

—Te diré lo que me estás preguntando. Quieres saber cómo compararte con Addie, con todas con las que me he acostado. —Toma un trago largo de su *bourbon*—. Solo te diré esto. Nunca he

interrumpido un viaje de negocios por ninguna mujer. Nunca...
Hasta ahora.

El calor me recorre, y mi clítoris se endurece y palpita.

Se acerca más hasta que solo nos separan unos centímetros, pero no me toca.

—Me desafías. Me dejas perplejo. Y, joder, Skye, me sacas de quicio. ¿Quieres saber lo que siento por Addison Ames? ¿De verdad?

Asiento temblando.

—Gratitud.

—¿Gra-gratitud? ¿Por qué?

—Si no fuera por ella, no te habría conocido.

Aguanto una lágrima de alegría.

—Braden, yo...

—Cierra la boca. —Sus labios se estrellan contra los míos.

Me abro al instante y acepto su lengua devoradora. ¿Cuánto tiempo llevo aquí? Este es nuestro primer beso de la noche. Antes me lo negó, y ahora ansío este encuentro forzado de nuestras bocas.

Abro las piernas, me pongo a horcajadas sobre su duro muslo y me aprieto contra él, aliviando las ganas de mi clítoris. Solo me hace desear más. Más besos, su lengua en mis pezones y entre mis piernas, ese orgasmo que me negó antes.

Finalmente, Braden rompe el beso, me da la vuelta contra la isla de la cocina y me baja los pantalones y las bragas por las caderas.

—Braden... Christopher. Y Annika.

—Esta es mi casa, no la suya.

—Pero...

—¡Silencio! —ruge.

Entonces su pene está dentro de mí, presionando como una máquina de vapor entre mis muslos cerrados y en mi apretado canal.

Grito sin querer.

Me agarra las manos y las coloca sobre la encimera de mármol.

—No te muevas —me ordena.

Me penetra una y otra vez, con el frío mármol mordiéndome el vientre con cada furiosa presión. Mi clítoris no recibe ninguna estimulación, salvo el tirón indirecto de las enérgicas embestidas de Braden.

Quiero más. Quiero mucho más.

Pero no puedo moverme. Me ha dicho que no me moviera.

Ojalá pudiera encontrar algo con lo que frotarme. Lo único que necesito es una ligera fricción, lo suficiente para...

—Siento que lo estás buscando —dice contra mi cuello—. No lo hagas, Skye.

—Pero necesito...

—¡No! —Me golpea el cachete del culo y después lo sujeta, agarrándome con fuerza, manteniéndome quieta mientras me folla con más fuerza—. Te he dicho que te calles. Tendrás tu orgasmo, pero con mis condiciones.

Cierro los ojos, apoyándome en la encimera, dejándome llevar por sus embestidas. Me gusta lo que siento, me siento tan completa... Casi puedo ser feliz con su plenitud dentro de mi cuerpo.

—Dios, qué apretada estás. Cómo me gusta. —Me muerde un poco el cuello y luego lo chupa—. Mía. Mía. Mía.

«Mía».

Me gusta la palabra. Me gusta que la diga. Me gusta todo. Quiero ser suya. Quiero ser suya incluso más de lo que quiero ese escurridizo orgasmo.

Me suelta el cachete del culo mientras se sale de mi interior.

Jadeo por la sorpresa, mirando por encima del hombro.

—No has...

—Todo a su tiempo. Necesitaba estar dentro de ti un momento. Ahora necesito otra cosa.

—¿El qué?

—¿Se te ha olvidado que no puedes hablar? —Me da un cachete en el culo y una sacudida me recorre cuando me toca el clítoris.

Una y otra vez. Hasta que deja de tocármelo y empieza a darme palmaditas.

Cada cachete me da un poco de la fricción que anhelo. Solo un poco... y quiero mucho más.

Hasta que los cachetes se convierten en auténticos azotes.

—¡Ah! —grito, instándole a seguir y esperando no haberme ganado el castigo por hablar.

Siento un cosquilleo por todo el cuerpo, y, cuando Braden deja de torturarme el clítoris, desliza la lengua entre mis piernas. Lame los jugos que me cubren los muslos y luego se dirige hacia mi clítoris, haciendo círculos alrededor de él.

Cierro los ojos.

La intensidad de la emoción que se agolpa en mi vientre me abruma. Quiero que se repita lo que hicimos la última vez, los orgasmos múltiples que me obligó a aguantar.

Y vaya si lo aguanté.

Me dijo que le suplicaría que parara esa noche y, aunque la intensidad pasó del placer a casi el dolor, no cedí.

No renuncié al control.

Mi control es lo que todavía quiere.

Incluso ahora, mientras disfruto con su atención, su lengua sondeando mi vagina y mi culo, encontrando cada nervio que me lleva al borde, me contengo.

Le prometí mi control, y a cambio él me prometió no acostarse con nadie más que conmigo y no utilizar condones.

Hice un trato.

Lo cumpliré, aunque me haya convertido en una marioneta, con Braden manipulando mis cuerdas.

«¡Ay!». Demasiados pensamientos. El placer me recorre en suaves ondas, y subo, alcanzando, alcanzando...

Desliza un dedo dentro de mí mientras me lame el culo. Gimo de placer. La cima está en la distancia, acercándose, acercándose cada vez más...

Hasta que su voz atraviesa la bruma.

—Skye —dice, en voz baja. Introduce sus dedos dentro de mí y masajea ese esponjoso lugar interior—. Córrete. Ahora.

42

Estallo.

Estallo como un géiser en Yellowstone.

Estallo como una nube de tormenta que explota en lluvia.

Estallo como un sol que se convierte en nova.

Estallo.

Estallo en un intenso nirvana.

Palabras confusas salen de mi boca. Se me ponen blancos los nudillos mientras aprieto las manos contra el borde de la encimera de mármol. Mi cuerpo se tensa, se afloja, se vuelve a tensar mientras la corriente eléctrica parece recorrerme, mis arterias y venas son sus líneas de energía.

—¡Braden! —grito—. ¡Sí, Braden, Braden!

Me empuja aún más hacia la euforia, continuando su canto.

—Córrete. Ahora. Córrete. Ahora.

Es interminable.

Perfecto e interminable.

Me provoca otro orgasmo y luego otro. Todo el universo palpita con mi clítoris, mi vagina, todo mi cuerpo. Estoy sin fuerzas contra la encimera de granito, completamente a su merced.

—Así es —dice—. Sigue corriéndote. Dame otro.

Exploto. De verdad, como si fuera suya y me encendiera y apagara con el sonido de su voz, me quedo hecha polvo, palpitando, saltando al precipicio una y otra vez.

—Dame más, nena. Más.

De nuevo respondo a su orden. Vuelo. Vuelvo a volar. Y otra vez.

Un orgasmo tras otro me atraviesa, retorciendo mi mundo y destrozando mi percepción. Estoy en lo alto y luego en lo bajo, en lo caliente y luego en lo frío, todo el tiempo la emoción se dispara a través de mí.

—Sigue —me insta.

Una vez más comienza en mi clítoris, corre hacia mis extremidades, calentándome la sangre. Mis piernas ya no me sostienen. Si Braden afloja su agarre, me derrumbaré.

—Otra vez —dice.

Pero estoy agotada. No puedo.

«Hasta que me supliques que pare».

Eso es lo que quiere. Me preparo mientras otro orgasmo intenta surgir. Cierro los ojos, me dejo llevar y me elevo una vez más a las nubes, encontrando esta vez una paz interior que nunca había sentido. Estoy en un sueño. Un hermoso sueño erótico, muy colorido e intenso.

—Uno más, Skye.

Sigo drogada, sigo flotando en el país de los sueños, pero mi cuerpo no puede más. No puedo aguantar más. Me dijo que no hablara, pero tengo que sacar las palabras. Para decirle...

—No puedo —me desgañito.

—Sí puedes.

—No, por favor. No puedo. Para.

En un instante, sustituye sus dedos por su pene, embistiendo dentro de mí mientras caigo de mi último orgasmo. Empuja y empuja y empuja, sus gemidos son un zumbido de vibración alrededor de la burbuja de lujuria que nos rodea.

Me folla duro y rápido, una y otra vez, hasta que se sumerge profundamente dentro de mí.

—¡Dios! ¡Skye!

Siento cada bocanada de su aliento contra mi cuello, cada pulso de su miembro cuando se libera.

Y tengo las manos pegadas a la encimera.

Al cabo de unos minutos, se retira y oigo cómo se sube la cremallera y se abrocha los pantalones.

Aun así, no me muevo.

—Ya puedes moverte —dice Braden—. Christopher te llevará a casa.

Christopher —como sospechaba, ha estado aquí todo el tiempo— tenía un asiento en primera fila para nuestro pequeño interludio. Es probable que no estuviera mirando, pero seguro que ha podido escuchar hasta el más mínimo detalle.

Ahogo la tristeza y la confusión que me atenazan. ¿No acaba de decir Braden que estaba agradecido a Addie porque ella le había conducido hasta mí?

—Dijiste que no volverías a echarme de tu casa.

—Es cierto. Lo hice. —Sale de la cocina, pero me mira por encima del hombro—. Puedes quedarte todo el tiempo que quieras. He dejado mis reuniones de trabajo para volver aquí, así que tengo mucho que hacer. Estaré en mi despacho trabajando.

Eso es depende de cómo lo mires. No me está «echando», pero me está dejando. Ha terminado conmigo por esta noche. Aunque está aquí por mí y probablemente sí que tenga trabajo que hacer.

Sus ataduras invisibles tiran de mí en dos direcciones diferentes.

Compruebo mi reloj. Son las diez y tengo que trabajar mañana. Puedo quedarme aquí y dormir en una de sus habitaciones de invitados, pero no tengo provisiones. Todavía no he traído ropa.

No me ha dado ninguna opción.

Ha encontrado una laguna jurídica. Braden es un hombre de negocios multimillonario. Seguro que es muy bueno encontrando lagunas jurídicas.

Salto de la encimera, me visto, recojo el bolso y me dirijo al ascensor.

—¿A casa, señorita Manning? —me pregunta Christopher.

La idea de viajar con Christopher cuando él sabe exactamente lo que acaba de suceder, no solo nuestro encuentro en la cocina, sino también lo que ocurrió después, me da náuseas.

—No, gracias. Llamaré a un Uber.

—El señor Black quiere que la lleve a casa.

—Por favor, no te molestes.

—No es ninguna molestia. —Llama al ascensor y baja conmigo.

Una vez en el coche, me armo de valor.

—Christopher.

—¿Sí?

—¿Cuánto conoces a Braden?

—Tan bien como cualquier empleado conoce a su jefe, señorita Manning.

—Por favor, ¿podrías llamarme Skye?

—Si así lo deseas.

—Sí.

—Está bien..., Skye.

Cuando llegamos a mi edificio de apartamentos, Christopher sale del coche y me abre la puerta.

—Gracias —le digo.

—El señor Black quiere que te acompañe hasta la puerta.

—Ah. —Hay una primera vez para todo—. Está bien.

Christopher y yo entramos en el edificio y tomamos el ascensor hasta mi planta. Cuando llegamos a la puerta de mi estudio, saco la llave.

—Permíteme. —Toma mi llave, abre la puerta y me la devuelve.

—Gracias, Christopher. Buenas noches.

—Skye.

Me vuelvo.

—Es un buen hombre.

—Lo sé.

—Se preocupa por ti.

Alzo las cejas.

—Ah, ¿sí?

—Sí.

—¿Cómo lo sabes?

—Ya he dicho todo lo que podía decir. Buenas noches.

43

Addie sigue enfadada al día siguiente en el trabajo. No me sorprende. Me he decidido a llamar a Eugenie, pero no puedo hacerlo mientras Addie está en la oficina. En vez de eso, hago lo de siempre: leer y responder correos electrónicos, revisar la publicación patrocinada del día anterior y borrar algunos comentarios que rozan lo negativo. Después respondo a los comentarios de algunas de sus falsas publicaciones personales, todas montadas por mí. Vuelvo a revisar el correo electrónico. Addie tiene una oferta de un nuevo restaurante en el centro de Boston. Parece un lugar para jóvenes y modernos. Genial. Estará contenta. Le reenvío el correo electrónico.

Entonces, por capricho, salgo del Instagram de Addie y entro en el mío.

«¿Hola?», digo en voz alta.

Mis seguidores han pasado de doscientos a más de veinte mil aparentemente de la noche a la mañana.

Ayer no cerré la sesión de la cuenta de Addie, así que no tenía ni idea de lo que estaba pasando en la mía. No me extraña que a Susanne le interese.

No estoy ni cerca de los diez millones de seguidores de Addie, pero aun así... Es increíble.

Y todo porque soy la novia de Braden.

Si mis nuevos seguidores supieran lo cerca que estuve de estropearlo todo anoche... Siempre voy más allá. Siempre trato de hacerme cargo de cada situación.

Addie sale de su despacho.

—Tengo una cita.

Miro su agenda.

—No veo nada.

—Es personal.

—Vale. ¿Cuándo volverás?

—No lo sé.

—¿Has recibido el correo electrónico que te he reenviado? ¿El del restaurante nuevo?

—Me ocuparé de eso más tarde.

Sale por la puerta.

Pues muy bien.

Aprovecharé para llamar a Eugenie ahora que Addie se ha marchado.

Se me empieza a acelerar el corazón. ¿Por qué estoy nerviosa? Después de todo, ella ha sido la que me ha llamado a mí. Yo solo estoy devolviéndole la llamada. Braden me dijo que no aceptara la primera oferta, pero no soy una negociadora. Soy una fotógrafa, una artista. No una mujer de negocios ni una abogada. ¿Cómo se supone que voy a tener el control de esta llamada si no tengo ni idea de en qué me estoy metiendo?

«Hazlo de una vez».

Oigo las palabras con la voz de Braden en mi cabeza.

Respiro y marco el número.

—Susanne Corporate —responde una voz.

El corazón me late con fuerza.

—¿Con Eugenie Blake, por favor?

—¿Puedo decirle quién la llama?

—Skye Manning, de la oficina de Addison Ames.

—Gracias. Voy a ver si se encuentra.

Pasan unos segundos.

—Hola, Skye, ¿qué tal?

—Hola, Eugenie. Bien. Siento mucho la confusión de ayer.

—No te preocupes, es perfectamente comprensible —contesta—. Me temo que Addison estaba un poco desconcertada.

¿Un poco desconcertada? Prueba con «celosa a rabiar».

—Ya lo hemos solucionado.

—Me alegro de oír eso. Me encanta cómo te queda el tono Cherry Russet.

—Gracias. Es mi favorito.

—Ya veo por qué. Y debo decir que estás empezando a acumular bastantes seguidores en Instagram en un tiempo récord.

—Yo no consideraría veinte mil seguidores nada extraordinario —replico—. He empezado a salir con Braden Black. Ese parece ser el desencadenante.

—Sí, ¡menuda suerte tienes!

No sé qué decir a eso, así que solo respondo:

—Gracias.

—El hecho de que hayas ganado tantos seguidores en tan pocos días es muy revelador. Creemos que vas a llegar muy lejos. De todas formas, hemos tenido una racha con el tinte labial Cherry Russet después de que respondieras a ese comentario en la publicación del señor Black, así que estamos dispuestos a ofrecerte cinco mil dólares por hacer una serie de tres publicaciones en tu propia cuenta promocionando nuestros productos.

¿Cinco mil dólares? ¿Por unas pocas publicaciones? A mí me parece un dineral, pero Addie recibe seis cifras por algunas de sus publicaciones. Estoy tentada de aceptarlo y salir corriendo, pero el consejo de Braden entra en erupción como un volcán en mi mente.

«Nunca aceptes la primera oferta».

El problema es que no me dijo cómo pedir una oferta más alta. Repaso corriendo nuestra conversación. Tal vez sí que lo hizo. Me dijo que hiciera una contraoferta un poco más alta. Así que en lugar de rechazar la de Eugenie, le diré que lo haré por otra cantidad.

Pero ¿cuál es la otra cantidad?

Soy nueva y solo tengo una fracción de los seguidores que tiene Addie. No puedo exigir seis cifras. ¿Qué es razonable? ¿Quince mil? ¿Veinte? ¿Cincuenta?

Cómo me gustaría que Braden estuviera aquí para aconsejarme.

—¿Skye? —pregunta Eugenie.

—Sigo aquí. Solo estoy pensando. De verdad, aprecio mucho la oferta.

—Por supuesto. Tómate tu tiempo. ¿Quieres llamarme más tarde?

¿Llamarla de nuevo? ¿Y darle tiempo para que se replantee darle cinco mil dólares a una don nadie? Ni hablar. Me aclaro la garganta.

—Agradezco tu fe en mí y en mis seguidores. —Me hago eco de las palabras que le he oído decir a Addie a los clientes tantas veces—. Pero me temo que no puedo hacer lo que me pides por menos de quince mil.

Silencio durante unos segundos. Mierda. La he cagado.

Entonces:

—Eres un hueso duro de roer, Skye. Podemos ofrecerte diez, pero me temo que no puedo subir más sin el visto bueno de la vicepresidenta de *marketing*. Si estás dispuesta a esperar, puedo consultarlo con ella.

¿Ahora qué?

«Mantén el control, Skye. Has hecho caso al consejo de Braden. Has hecho que subiera la oferta».

Puedo aceptar los diez mil o arriesgarme a que la vicepresidenta de *marketing* lo suba a quince. Puede decir que sí. Puede decir que no. También hay una tercera opción. Es muy posible que le diga a Eugenie que estoy pidiendo demasiado como novata y que no se molesten más conmigo.

No puedo correr ese riesgo. Al menos, no todavía.

—Es muy generoso por tu parte —respondo—. Estaré encantada de hacer las publicaciones por diez.

—Maravilloso. Te enviaré el contrato por correo electrónico. Estamos encantados de trabajar contigo.

—Yo también estoy encantada. Muchas gracias por la oportunidad.

—De nada, Skye. Estaremos en contacto.

Termino la llamada y me recuesto en la silla.

Todavía me late fuerte el corazón, pero me siento bien. Más que bien. Tengo el doble de la oferta original.

No puedo esperar para contárselo a Braden.

Quince minutos después, el contrato llega a mi bandeja de entrada.

Addison hace que uno de los abogados del hotel revise sus contratos, pero, por desgracia, yo no tengo esa opción. Puedo llamar a un abogado y pagar los servicios con los diez mil dólares que voy a recibir, pero ¿a quién llamo? ¿Cómo sé quién es bueno?

Suspiro.

Sé la respuesta.

Braden. Braden tiene acceso a los mejores abogados de la ciudad. Puede decirme a quién contratar.

¿Por qué se me revuelve el estómago? Nunca lo he llamado por teléfono, pero anoche me presenté en su casa sin avisar. Una llamada telefónica no es nada. Me apresuro a buscar el número y lo llamo.

—Black, Inc.

—Con Braden Black, por favor.

—¿De parte de quién?

—Skye Manning.

—Un momento.

Entonces:

—Buenos días, Skye.

Se me estremecen los muslos al oír su voz.

—Hola, Braden. Siento molestarte en el trabajo, pero tengo el contrato con Susanne Cosmetics y me preguntaba si conocías a un buen abogado de precio razonable que pudiera revisarlo por mí.

—Envíamelo. Yo lo revisaré.

—Pero no eres...

—¿Abogado? Es cierto, pero he revisado suficientes contratos. También tengo cuatro abogados aquí en la oficina que pueden ayudarme con la jerga legal si es necesario.

—Braden, no te he llamado para darte trabajo. Estoy más que dispuesta a pagar a un abogado.

—Tengo los mejores abogados aquí en la empresa.

—Ninguno de los cuales me puedo permitir, estoy segura.

—¿Te he dicho que tenías que pagar?

—No, pero...

—Envíamelo. Estaré en contacto. Adiós.

¿Eso es todo? Típico de Braden.

Es casi mediodía. Imprimo el contrato y llamo rápidamente a Tessa para cancelar nuestra cita para comer. Por suerte, me salta el buzón de voz. Ya se lo contaré todo, pero de momento tengo que darme prisa. Puede que Braden no esté mucho tiempo en su oficina.

¿Quiere que le envíe el contrato? Se lo enviaré.

Personalmente.

44

Todo el mundo en Boston está familiarizado con el Black Building, pero muy pocos han estado dentro, incluida yo. Eso está a punto de cambiar.

Me paro frente al rascacielos plateado. No siempre fue el edificio Black. Black, Inc. lo compró hace cinco años, cuando la empresa salió a bolsa. Se va a construir un nuevo edificio, el que Peter Reardon y su padre quieren diseñar, pero al parecer no lo harán. Por ahora, Black, Inc. tiene su sede aquí.

Entro en el amplio vestíbulo. Paso por un detector de metales mientras un guardia armado revisa el contenido de mi bolso. Luego me dirijo al mostrador de recepción, donde firmo y recibo una tarjeta de visitante.

—¿A quién ha venido a ver? —me pregunta una de las recepcionistas.

—A Braden Black.

—¿Tiene una cita?

—No. Soy su... novia.

Las cejas de la joven casi se le disparan de la frente al oír la palabra *novia*. Después, dice:

—Así que es usted.

—Al parecer, sí —contesto.

—Debería hacerle una llamada rápida.

—Si lo desea.

Se detiene un momento, mirándome. Al final, dice:

—Suba. Planta treinta. Dejaré que la recepcionista de arriba se ocupe de usted.

No sé qué pensar de sus palabras. Me dirijo al ascensor y pulso el botón correspondiente. Me transporta al trigésimo piso tan rápido que siento que mis pies están enterrados en el suelo.

Tomo aire y salgo del ascensor.

En efecto, otra recepcionista, esta vez de pelo negro y muy guapa, está sentada justo fuera.

Levanta la mirada cuando las puertas del ascensor se cierran.

—¿Puedo ayudarle?

Me aclaro la garganta.

—Soy Skye Manning y estoy aquí para ver a Braden Black.

—¿Tiene una cita?

—No. —Le sostengo la mirada con toda la valentía que puedo reunir, aunque me tiemblan un poco las rodillas.

—Ya veo. Le acaban de entregar su almuerzo. Déjeme ver si le importa que lo molesten.

Asiento.

—Señor Black —dice por su auricular—. Skye Manning está aquí para verlo. —Pausa—. Muy bien, gracias. —Fija su mirada en la mía—. Siga adelante. Gire a la derecha y vaya recto. Es la oficina de la esquina.

—Gracias.

Obligo a mis pies a moverse como si supiera lo que estoy haciendo. El pasillo es largo y estrecho, y parece más largo y estrecho cuanto más me acerco al despacho de Braden.

Hasta que estoy frente a su oficina y su puerta cerrada casi me golpea en la cara.

Llamo con más fuerza de la que siento.

—Adelante.

Abro la puerta.

El despacho es enorme, con ventanas de cristal que dan a la ciudad, al igual que su dormitorio da a la bahía. Braden está sentado detrás de un escritorio de madera de cerezo oscuro, con un festín *gourmet* extendido ante él.

—Skye —dice simplemente.

—He traído el contrato. —Lo saco del bolso—. Pensé que tal vez podríamos mirarlo juntos.

—¿No podía esperar hasta esta noche?

—No hemos hecho ningún plan y se me ocurrió...

—¿Interrumpirme en el trabajo?

—No estás trabajando. Estás comiendo.

—Siempre estoy trabajando, Skye. Cierra la puerta, por favor.

La cierro en silencio, avanzo y le entrego el contrato.

—Déjalo en el escritorio. ¿Has comido?

Pongo el documento en la esquina de su enorme escritorio.

—No.

—¿Quieres la mitad de mi comida?

—No, da igual.

—¿Así que quieres sentarte aquí y verme comer?

—Bueno..., supongo.

Se levanta, recoge sus recipientes de comida y los traslada a la mesa del otro lado de la habitación. Vuelve a su mesa y pulsa un botón de su teléfono.

—Claire, ¿podrías traer otro plato, por favor?

Unos segundos más tarde, alguien —Claire, supongo— llama a la puerta.

—Adelante —dice Braden.

La puerta se abre y entra una mujer rubia y de ojos azules que lleva un vestido de tubo azul ajustado. Deja el plato que trae sobre la mesa.

—Gracias, Claire.

Asiente y sale del despacho, cerrando la puerta tras de sí.

—Siéntate y sírvete. Siempre mandan lo bastante para dos o más personas.

—No he venido aquí para...

—Come, Skye. Necesitarás energía para lo que tengo planeado para ti esta tarde.

—Yo...

—Irrumpes en mi oficina con un contrato que podrías haberme enviado fácilmente por correo electrónico, con aspecto sexi y los labios rojos separados. ¿Crees que no voy a follarte después de eso?

—Yo... Yo no quería...

—Me prometiste tu control, Skye, pero te aferras a él de cualquier manera. No creas que no sé por qué has aparecido aquí. Ha sido en completo desafío. Te dije que enviaras el contrato por correo electrónico, así que has hecho lo que siempre haces. Te has saltado mis instrucciones.

—Me dijiste que enviara el contrato, Braden. No dijiste que lo enviara por correo electrónico. Así que te lo he enviado. En persona.

—Sabías exactamente lo que quería decir.

No me molesto en discutir el tema. Él y yo sabemos que tiene razón.

—Pues sí, he desobedecido tus instrucciones. Al igual que anoche tú te saltaste nuestro acuerdo de no echarme nunca de tu casa. Dijiste que podía quedarme, pero dejaste muy claro que habías terminado conmigo por esa noche.

Le tiemblan los labios. ¿Cree que esto es divertido? Me arde el cuello por la ira que me invade. Espero que reconozca mi punto de vista, pero no lo hace.

—Nunca he prometido renunciar a mi control fuera del dormitorio, Braden.

—Es cierto —responde—, pero te olvidas de un detalle muy importante.

Me llevo las manos a las caderas.

—¿Cuál?

—Cualquier lugar puede ser un dormitorio.

45

Me tiemblan las piernas. No dudo ni por un segundo de que Braden vaya en serio. Después de todo, anoche me folló en la cocina, donde Christopher o Annika podrían haber entrado en cualquier momento. Ya me arden las entrañas.

Entonces suena un golpe en la puerta.

—Adelante —dice Braden.

Claire entra, con su larga melena rubia recogida sobre un hombro.

—El *Babbler* acaba de salir en internet. He pedido copias, pero he supuesto que querría ver esto ahora, así que lo he impreso. Dígame cómo quiere proceder. —Le da un papel y se va, cerrando la puerta.

Braden ojea el papel. Suspira y me lo entrega, sin decirme nada.

Me quedo boquiabierta con el titular.

«Braden Black sale con una chica de Kansas e *influencer* en ciernes».

¿*Influencer* en ciernes? La oferta de Susanne Cosmetics la he recibido hoy. Kay Brown trabaja muy rápido.

Parpadeo un par de veces, esperando que el titular desaparezca.

—¿Qué diablos...?

—¿Creías que la gente estaría callada durante mucho más tiempo? —pregunta Braden.

—Pero yo no he dicho nada.

—¿Crees que eso importa?

—¿Por qué sigues haciéndome preguntas?

—Permíteme que te lo diga de esta manera. Ninguno de nosotros ha dicho nada. No teníamos que hacerlo. Lee el artículo.

Miro hacia abajo.

«El mismísimo multimillonario de Boston, Braden Black, de Black, Inc., ha sido visto acariciando...».

—¿Acariciando? —digo, perpleja.

—Haciéndonos arrumacos —responde él.

Pongo los ojos en blanco.

—Sé lo que significa, Braden. Madre mía. No estábamos haciendo eso.

—Tú léelo —replica.

«El mismísimo multimillonario de Boston, Braden Black, de Black, Inc., ha sido visto acariciando un nuevo interés amoroso en el reciente evento benéfico de MCEE. Se trata de Skye Manning, una granjera confesa y aspirante a fotógrafa que trabaja para la *megainfluencer* Addison Ames. "Está enamoradísima", confiesa una fuente cercana a Manning. "Nunca la había visto tan encaprichada"».

Sí, me va a dar algo.

«Black, conocido por sus maneras de mujeriego, no ha salido con nadie en serio desde que su corta relación con la modelo Aretha Doyle terminó el año pasado. "Le deseo lo mejor", dice Doyle. "Él y yo seguimos siendo muy amigos"».

Ah, ¿sí? Primera noticia que tengo. Pero como ninguna fuente que conozco diría que estoy enamoradísima, es probable que sea otra mentira.

«Black y Manning se conocieron hace poco en la oficina de Ames y desde entonces se han vuelto inseparables. Han cenado juntos en público en varias ocasiones y Manning lo acompañará a la gala del Boston Opera Guild este sábado por la noche en el Hotel Ames Downtown.

»La aspirante a fotógrafa Manning está, al parecer, encantada con la atención. Varios clientes de Ames se han puesto en contacto con ella personalmente para pedirle publicaciones en Instagram. "Está encantada", afirma la fuente. "No solo va del brazo de Braden Black, sino que está recibiendo la atención que anhela por su trabajo".

»La oficina de Black no ha hecho declaraciones al respecto».

Trago saliva.

—Braden, nunca he dicho nada de esto.

—Lo sé.

—Y no tengo ni idea de quién es esa supuesta fuente.

Asiente.

—¿Cómo pueden mentir de esa manera?

—Fácil —responde—. Han encontrado una «fuente» que roza la credibilidad y han conseguido que diga lo que quieren. Me pasa todo el tiempo.

—Esta vez no. No has hecho ningún comentario. Me hace parecer que te persigo.

Mueve los labios.

—¿Y no lo haces?

—¡Braden! Estoy hablando en serio. He recibido *una* llamada de Susanne Cosmetics, no *varias* llamadas. Esto no está bien. ¿Y cómo saben que vamos a ir juntos a la gala de la ópera?

Se ríe.

—¿De verdad crees que voy anunciando a dónde voy y con quién lo hago?

—Pues alguien lo sabe. ¿Christopher? ¿Annika?

—Confío en mi personal con los ojos cerrados.

—Entonces, ¿quién es?

—Una fuente, probablemente.

Miro alrededor con nerviosismo. ¿Han puesto micrófonos en este despacho? ¿Hay una cámara oculta? Braden no me grabaría sin que yo lo supiera. ¿Verdad?

—Te estás montando películas —dice.

—¿Qué quieres decir?

—Sé lo que estás pensando. Lo mismo que pensé yo la primera vez que me pasó esto. Te preguntas quién te está vigilando. Quién te está escuchando. Quién de tu círculo de amigos podría haberte vendido. ¿La respuesta? Nadie.

—Entonces, ¿cómo...?

—Ya te lo he dicho. Encuentran una fuente que no quiere ser nombrada. Seguro que ya has leído la prensa sensacionalista antes.

—Pues la verdad es que no —contesto.

—Hazte un favor entonces. No empieces a leerla ahora. Invadirá tu mente poco a poco, y no vale la pena. Nadie le da crédito al *Babbler*.

—Entonces, ¿por qué Claire ha venido a traértelo directamente a ti?

—Tengo que estar al tanto de lo que dicen los periódicos de mí. Pero eso no significa que le dé ningún valor.

—Entonces, ¿por qué...?

—Si se dice algo que pueda afectar al negocio, tengo que estar atento y presentar las demandas pertinentes por difamación.

—Bueno, quiero saber quién es esa fuente.

—Los periodistas no tienen por qué revelar sus fuentes.

—Esto no es periodismo, Braden. Es un chisme. Un chisme inventado.

—¿Qué más da? Déjaselo a los tribunales. Además, mira los hechos. Estamos saliendo. Nos sentamos juntos en el evento de MCEE. Vamos a ir juntos a la gala del Boston Opera Guild. Y hemos sido prácticamente inseparables desde que nos conocimos.

—Pero me hacen sonar como una colegiala enamorada que quiere el trabajo de Addie. Se va a aprovechar al máximo de esto.

—A lo mejor no lo ve —responde.

Me río. Me río mucho, porque lo que acaba de decir Braden es gracioso de una manera ridícula.

—¿Que a lo mejor no lo ve? Esa mujer se nutre de la atención. Busca su nombre en Google todo el tiempo. ¿Cómo no lo va a ver?

No me contesta.

—No me parezco en nada a Addison —digo indignada.

—Si te parecieras en algo a Addison, ¿crees que tendría el más mínimo interés en ti?

—¿La verdad? No lo sé, Braden, porque no me cuentas lo que pasó entre vosotros dos.

—Skye, pones a prueba mi paciencia.

Se pone de pie, me levanta de la silla y me estrecha contra su cuerpo.

Separo los labios.

—Joder, eres muy sexi. —Me besa. Con fuerza.

En un instante, me olvido del *Babbler*, de la fuente, de Addie y de Braden y de lo que sea que pasara hace tantos años.

Solo sé que desliza los labios contra los míos, que introduce la lengua entre ellos, que su gemido vibrante zumba dentro de mí. Mis pezones están duros y tensos, deseando liberarse de su encierro. Su erección empuja contra mi vientre.

Lo deseo.

Aquí, en su despacho, lo deseo.

Rompe el beso y respira hondo.

—Mira lo que me haces...

Se quita la corbata del cuello y toca la tela. Jadeo bruscamente.

—La seda no es lo mejor para atar —dice—. Los nudos son a veces demasiado apretados, lo que puede suponer un problema si necesito desatarte rápido.

Arqueo las cejas, con el corazón palpitante. ¿Atarme? ¿A mí? ¿En su despacho?

—Sin embargo, es lo único que tengo en este momento.

Se desabrocha la camisa y se la quita. Se queda con una camiseta blanca.

Y, joder, qué sexi es.

No tengo ni idea de lo que tiene en mente. Solo sé una cosa.

Sea lo que sea, lo haré.

46

—Quítate la ropa, Skye.

Miro la puerta.

—No, no está cerrada —dice Braden.

Separo los labios, me hormiguea todo el cuerpo.

—Nadie nos interrumpirá. Conocen el castigo por entrar sin llamar.

La oleada de excitación me invade, sus palabras fluyen directamente hacia mi clítoris. La puerta no está cerrada y, de alguna manera, eso me excita.

—Nunca te he atado de las muñecas antes —dice.

Sacudo la cabeza.

—¿Estás preparada?

¿Lo estoy? No tengo ni idea, lo que no explica que asienta.

Quiero lo que él quiera, lo cual es increíble, pero no menos cierto.

—Quítate la ropa, Skye —vuelve a decirme.

Tiemblo mientras obedezco y me pongo de pie desnuda, a la vista de cualquiera que pueda estar escalando el edificio. ¿Y si los trabajadores que limpian las ventanas están trabajando hoy?

—Ahora, mantén las muñecas extendidas. Juntas.

Lo hago, y él envuelve su corbata con fuerza y la asegura con un nudo que no reconozco. Tampoco es que reconozca ningún tipo de nudo.

Me quedo mirándolo. Sus hombros están bronceados y son magníficos, todos sus músculos de acero pueden verse debajo de su camiseta de tirantes. Deseo acercarme a él y tocarlo, rozar con las yemas de los dedos su cálida piel, pero no me atrevo a moverme.

Tengo las muñecas atadas. Todavía puedo caminar, todavía puedo tocar, pero algo en mí me hace permanecer inmóvil hasta que Braden me diga qué hacer a continuación.

—Estás preciosa, Skye.

Sonrío con nerviosismo.

—Atada para mi placer —añade.

Me estremezco cuando me mira, como si sus ojos fueran láseres que me tientan. No sé lo que va a hacer, y eso me asusta y me excita a la vez.

Y la puerta sin llave...

—Camina hacia la ventana, Skye, y mira por ella. Las manos sobre la cabeza.

Estoy tan desnuda. Tan expuesta. Pero obedezco, presionando mis pechos desnudos contra el cristal, con las muñecas atadas apoyadas en el cristal por encima de mí.

El cinturón de Braden tintinea. Luego, su cremallera.

Está detrás de mí, empujándome. Me agarra de las muñecas atadas y las sujeta contra la ventana.

—No te muevas —me susurra al oído.

Entonces, de una rápida embestida, está dentro de mí.

No puedo evitarlo. Grito.

—Eso es, nena —dice—. Tómalo. Toma todo de mí.

Se retira y vuelve a metérmela.

Mi mejilla y mis pechos se aplastan contra el cristal. La mano de Braden permanece sujeta a mis muñecas atadas, dejándome inmóvil.

Con su otra mano, me agarra la cadera mientras me folla.

—Buena chica. No te muevas. Déjame tomar lo que es mío.

Me derrito contra el cristal, cerrando los ojos contra lo que sea que esté al otro lado. ¿Puede verme alguien? No me importa. Solo me importa que Braden esté dentro de mí, tomándome, llenando el doloroso vacío que no sabía que tenía hasta que lo conocí.

Es un polvo duro y primitivo. No hay besos en mi cuello ni mordiscos en mi oreja. Solo un polvo salvaje, y yo estoy más que dispuesta a que me folle.

—Eso es. —Él bombea más rápido—. Sí, nena, justo así.

Desliza su mano desde mi cadera y me toca suavemente el clítoris. Jadeo. Luego no lo hace con tanta suavidad.

Exploto.

Rápido como un rayo, se retira y me hace girar para que quede frente a él. Mi cuerpo aún palpita por el orgasmo mientras me levanta, con el culo presionando contra el cristal de la ventana.

—Pon los brazos alrededor de mi cuello —ordena.

Me miro las manos atadas. ¿Cómo...?

—¡Hazlo! —grita.

Todavía tambaleándome por el orgasmo, levanto los dos brazos y los pongo alrededor de su cuello. Ahora estoy suspendida, apoyada en la ventana, con los brazos atados alrededor de él. Me abre las piernas al máximo, con sus brazos bajo mis muslos como un columpio improvisado. Sujeta todo mi peso, empujándome hacia arriba y contra el cristal. Cualquiera que mire hacia arriba puede verme el culo desnudo. Cualquiera...

Pero el pensamiento huye de mi mente cuando él se sumerge en mí.

Aunque acaba de estar dentro de mí, estoy tensa por el orgasmo, y esta nueva posición se siente increíblemente diferente. Arde dentro de mí, carga contra mí, embistiendo y embistiendo.

—Joder —gime—. Qué bien se siente.

—Dios, sí —digo—. Por favor.

Quiero que me toque. Que me toque el clítoris. Que me dé otro orgasmo.

Pero no lo hace. En lugar de eso, se inclina hacia mí, con nuestros pechos tocándose, y mece su pene despacio hacia delante y hacia atrás dentro de mí.

Es deliciosamente erótico, una nueva sensación, y...

—¡Braden! ¡Me corro!

—Eso es, nena.

Se retira un poco y se sumerge hasta el fondo. Se retira y luego embiste.

Un polvo. Un polvo de los buenos y duros.

El orgasmo me atraviesa y, cuando mi cuerpo se libera, chillo. Grito. Y me importa un bledo quién pueda oírme.

Braden empuja dentro de mí una última vez, arrancándome otro orgasmo mientras se entrega al suyo.

Juntos, nos elevamos por la ventana y sobre los rascacielos de Boston.

Abro los ojos y los colores son mucho más vívidos. El centro de la ciudad no es gris y marrón. Es plateado, dorado y cobrizo, y el sol proyecta rayos luminosos sobre los edificios y sobre los coches y los transeúntes de abajo.

Cierro los ojos una vez más y me rindo a las sensaciones que bullen dentro de mí, aunque permanezco inmóvil.

Por dentro estoy volando, agitando los brazos y riéndome. Me siento vibrante y libre.

Muy vibrante y libre.

Cuando por fin vuelvo a abrir los ojos, Braden se retira, jadeando.

Quiero darme la vuelta para verlo: su cara reluciente, su pelo revuelto, sus músculos tensos y apretados.

Pero no me muevo.

Me dijo que no me moviese.

Finalmente, me toca las muñecas y me baja las manos, girándome hacia él. Sin decir nada, afloja el nudo y me quita la corbata de las muñecas. Las frota.

—¿Estás bien?

Asiento.

—Dímelo.

—Sí, estoy bien.

—Estupendo.

¿Lo habrá hecho con Aretha Doyle contra la ventana de su despacho? ¿Con alguien más? Quiero preguntárselo, pero no lo hago. No haré nada que estropee este momento.

—Braden.

—¿Qué?

—Eso ha sido... increíble.

Asiente.

—Pues sí.

Y ahora, ¿qué?

—Quiero decir, realmente increíble. Cualquiera podría habernos visto.

Sus labios se curvan un poco hacia arriba, como si quisiera sonreír pero se estuviera conteniendo.

—¿Qué? —pregunto.

—Las ventanas están tintadas por fuera, igual que en mi apartamento. Podemos ver hacia fuera, pero nadie puede ver hacia dentro.

—Ah.

Es extraño, pero me siento un poco decepcionada. Casi desearía que no me lo hubiera dicho.

—¿Te ha gustado estar atada? —pregunta.

—No... no estoy segura.

—¿No estás segura? Tú misma has dicho que ha sido increíble.

—Me refería al sexo.

—Que te atara las muñecas era parte del sexo.

—Pero ha sido todo. Estar en tu oficina. La puerta sin llave. La ventana.

Su mirada azul penetra la mía.

—Te gusta que te miren.

¿Me gusta?

—No, en realidad no. Ha sido más...

—Acabas de admitirlo. Nunca dejas de sorprenderme, Skye.

—Creo que nunca había pensado en ello. Era saber que cualquiera podía entrar. El suspense. Era...

—Erótico —dice—. Erótico y un poco aterrador porque te estabas arriesgando. ¿Te ha gustado que te atara?

Se me sonrojan las mejillas.

—Sí. Y estar atada con tu corbata —digo sin pensar.

¿Por qué las cosas siempre suenan más divertidas en mi cabeza?

—¿Te sorprendería saber que me gustaría atarte de tus cuatro extremidades, tenerte abierta, desnuda, para hacerte lo que yo quiera?

Mi cuerpo se estremece mientras el calor chisporrotea desde mi núcleo hacia fuera. ¿Atada? ¿Atada de verdad?

Mi mente vuelve a pensar en el extraño artilugio que cuelga del techo sobre la cama de Braden. ¿Es ahora el momento de preguntar por eso?

Tal vez, excepto que soy incapaz de formar las palabras.

—¿Skye?

—No —digo, temblando.

—Bien —dice—. Porque quiero hacerte todo eso y más. ¿Alguna vez te han follado por el culo, Skye?

Trago saliva. No debería sorprenderme su pregunta. Ha dejado claro que le gusta jugar con mi culo.

—No.

—¿Recuerdas el instrumento con el que te acaricié mientras tenías los ojos vendados?

—Sí. Lo sentí fresco contra mí.

—¿Te gustó?

—Sí.

—¿Sabes lo que era?

—¿Cómo podría saberlo? Tenía los ojos vendados.

Sus labios se mueven. De nuevo, siento que quiere sonreír, pero se contiene.

—Era un dilatador anal.

—¿Qué es eso?

—Un juguete para prepararte para el sexo anal.

—Braden, yo...

—No te preocupes. No vamos a hacerlo todavía. No hasta que estés preparada.

Puede que nunca esté preparada para eso, pero no lo digo. No quiero decir o hacer nada que pueda disuadir el interés de Braden por mí.

—Ve a vestirte —dice— y repasaremos tu contrato.

Mientras me visto, Braden agarra su camisa y abre una puerta en el lado opuesto de la habitación. Dentro cuelgan por lo menos una docena de camisas blancas e impolutas. Alcanza una, se la pone y luego mete la camisa que llevaba en lo que parece una bolsa de lavandería.

¿Por qué tiene tantas camisas limpias en su despacho?

¿Lo hace con muchas mujeres aquí?

Me digo que no importa. Que ha prometido acostarse solo conmigo mientras estemos juntos.

Pero sí que importa.

Los celos se deslizan a través de mí, no de una manera furiosa, sino más bien sutil, como un pequeño bicho en mi interior que no puedo espantar.

Como Braden no quiere hablarme de sus relaciones pasadas con Addie y otras mujeres, temo que el bicho nunca me deje en paz.

47

De vuelta a la oficina, firmo electrónicamente el contrato que Braden ha aprobado y se lo envío por correo electrónico a Eugenie. Compruebo el correo. Será mejor que revise otra vez la publicación de ayer. Me conecto...

La contraseña no funciona. Debo de haberla escrito mal. Antes de volver a introducirla, suena el teléfono.

—Oficina de Addison Ames.

—¿Skye?

—¿Sí?

—Soy Eugenie. Acabo de recibir el contrato firmado, estamos encantados de tenerte a bordo.

—¡Estupendo! Estoy deseando trabajar con vosotros.

—Nos gustaría que hicieras la primera publicación en cuanto sea posible. Hoy mismo si puedes.

—Muy bien. ¿Tienes alguna...?

La puerta de la oficina se abre y se cierra de golpe. Addie irrumpe, con el *Babbler* en su puño cerrado.

—¿Se puede saber qué es esto?

—¿Skye? —me llama Eugenie.

—Lo siento. ¿Puedo llamarte luego? Tengo un... asunto que atender.

—¡Cuelga el puto teléfono! —Addie golpea el tabloide contra el escritorio.

—Claro —contesta Eugenie—. Pero devuélveme la llamada antes de una hora, por favor.

—Lo haré. —Termino la llamada.

—¿Preparada para convertirte en la próxima novia de Instagram? —Addie clava su mirada en mí.

—Ya sé lo del artículo. Nunca he dicho esas cosas y no tengo ni idea de quién es esa supuesta fuente.

—Pues tu amiguita, ¿o acaso lo dudas?

—¿Tessa? Por supuesto que no. Tessa no mentiría sobre mí.

—¿Incluso aunque le ofrecieran dinero?

—¿Es que pagan a sus fuentes? —Sacudo la cabeza.

—No lo sé —responde ella—, pero no me extrañaría que lo hicieran. ¿Cuántas llamadas has recibido de mis clientes, Skye?

—Una. Solo la de Eugenie.

—Eso no es lo que dice esto. —Señala el periodicucho.

—Puedes creerme a mí o puedes creerle a esa «fuente» —digo—. Tú decides.

—No importa a quién crea. Ahora eres la competencia, lo que significa que tienes un conflicto de intereses. Skye, estás despedida.

Abro mucho los ojos.

—¿Perdona?

—Ya me has oído. Soy una profesional, así que tendrás dos semanas de indemnización, pero tu trabajo aquí ha terminado. Ya te he bloqueado de mi cuenta.

Eso explica por qué la contraseña no funciona.

—¿Y qué pasa con la sesión de mañana?

—Me ocuparé yo misma. O contrataré a una nueva asistenta. No eres indispensable, por mucho que te lo creas.

—De acuerdo —respondo.

—A la larga, acabarás perdiendo.

—¿Qué se supone que significa eso?

—Braden. Acabará contigo. Puede que te convierta en una gran *influencer*, pero un día desearás haber seguido mi consejo y haberte alejado de él.

—¿Cómo puedo seguir tu consejo si no me das ningún detalle?

—Averígualo tú misma. Ya he acabado. —Entra en su despacho privado, pero me mira por encima del hombro—. Recoge tus cosas y vete de aquí. —Da un portazo.

Me siento entumecida. ¿Se ha acabado? ¿De esta manera? Este nunca ha sido el trabajo de mis sueños, pero he hecho un buen trabajo para Addie. No solo un buen trabajo. Mi mejor trabajo. Es una mierda que no lo aprecie.

No tengo muchas cosas personales en la oficina. Todo cabe con facilidad en una bolsa de supermercado reutilizable. Sin embargo, cuando estoy a punto de irme, imprimo la lista de contactos del correo electrónico de Addie antes de que me bloquee ahí también. No voy a ir a por sus clientes, pero muchos de esos contactos son también los míos, y no pienso perderlos.

Le devuelvo la llamada a Eugenie en cuento llego a mi apartamento.

—Siento mucho la interrupción —le digo—. Créeme que no volverá a ocurrir.

—No pasa nada. ¿Podrás hacer la primera publicación para hoy?

—Por supuesto. ¿Hay algo en concreto que quieras que incluya?

—No. Te lo dejo todo a ti, Skye. Solo usa el tono Cherry Russet y menciónalo. Si no, sé creativa. Ya me he puesto en contacto con el departamento de contabilidad. Como has elegido la transferencia bancaria, la primera mitad debería llegarte a tu cuenta al final de la jornada de mañana.

—Gracias.

—Según el contrato, la segunda parte se liquidará cuando se suban las tres publicaciones.

—Entiendo. Gracias otra vez. Aprecio muchísimo la oportunidad.

—Puedes llegar muy alto, Skye. Sabemos que eres el cerebro detrás de las publicaciones de Addie. Sé tú misma y utiliza tu talento. La eclipsarás en poco tiempo.

«No me he metido en esto para eclipsar a nadie». Pero no digo las palabras.

—Subiré la publicación antes de las siete de la tarde —le prometo—. ¡Ah! Y a partir de ahora, por favor, ponte en contacto conmigo en este número. —Y se lo digo.

—Genial. Hablamos pronto.

Eugenie tiene mi número. Perfecto. ¿El único problema? Que todos mis otros contactos intentarán llamarme a la oficina de Addison. Y eso es un problema. Si ella contesta el teléfono, sin duda tratará de jugármela.

«La eclipsarás en poco tiempo». ¿Por qué diría eso Eugenie? ¿Es ella la fuente de Kay Brown?

Me río a carcajadas. La directora de redes sociales de una importante empresa de cosméticos tiene sin duda mejores cosas que hacer que dar información falsa a un periodicucho.

«Puedes llegar muy alto, Skye».

Eugenie comentó que yo era el cerebro detrás de Addison, que utilizara mi talento y que fuera yo misma.

Pero la verdad es que Braden es la única razón por la que a alguien le importa la clase de pintalabios que utilizo.

Braden.

Una vez que esté fuera de escena, ya no le importará a nadie lo que yo piense.

Suspiro. Es un hecho. Pero tengo que considerar otro hecho.

Ahora estoy sin trabajo. Necesito un flujo constante de ingresos, y, si esto me da ingresos, tengo que hacerlo.

Soy fotógrafa. Una artista. Voy a ponerme creativa y a darle a Susanne Cosmetics una publicación que no solo sea pegadiza e informativa, sino también una obra de arte. Voy a usar esto a mi favor, tal y como sugirió Braden. Es una oportunidad para enseñarle al mundo mi talento como fotógrafa.

Ojalá tuviera un estudio de fotografía donde pudiera manipular la iluminación.

Por supuesto, las sesiones de estudio a veces pueden parecer asépticas.

Una foto en mi apartamento sería más personal, pero, de nuevo, tengo un problema de iluminación.

Tengo que darle una vuelta.

Voy al baño y me retoco el pelo y el maquillaje hasta que estoy satisfecha. No está mal. No está nada mal.

Mi contrato establece tres publicaciones con el tinte labial Cherry Russet. ¿Qué es lo que más me gusta de él? Es lo bastante oscuro como para lograr un efecto espectacular por la noche, pero también lo bastante neutro como para usarlo en el día a día.

Casual, formal y espectacular. Perfecto.

Empezaré por lo casual. Me veo bien, así que salgo del apartamento y me voy a la calle. No es el mejor día para una sesión de fotos en el exterior, así que camino un par de manzanas hasta la cafetería Bean There Done That. Observo el entorno. La iluminación es buena, sobre todo si puedo conseguir una mesa donde la luz del sol incida en sentido contrario. Me apresuro a pedir un café moka con canela y encuentro una mesa que me sirve.

No tengo una asistenta que sostenga el teléfono para mi selfi. Todo esto corre por mi cuenta. Menos mal que tengo mucha experiencia haciendo fotos de *influencers*.

Me hago unos diez selfis: sonriendo, seria, incluso fingiendo la risa en una.

Y esa es la que elijo.

Es espontánea y viva. Perfecta para mi tema casual. Hago algunas ediciones rápidas hasta que me veo lo mejor que puedo.

Ahora, el texto. Casi siempre le escribo el texto a Addie, a menos que se encargue el cliente. Entiendo la voz de Addie.

Pero yo no soy Addie y no quiero serlo.

Tengo que encontrar mi voz propia, y mi voz propia será auténtica, no falsa.

¿Qué puedo decir?

¿Qué me parece el tinte labial?

Me encanta. Es mi básico. Y es todo lo que necesito.

Me encanta mi tinte labial Susanne del tono Cherry Russet. Es mi básico para cualquier ocasión. ¡Y perfecto para una tarde casual! @susannecosmetics #colaboración #labios #tintelabial #apruebadebesos #labiosbesables #sabesquequieresuno

Mmm. Seis *hashtags* son demasiados. Borro *#labiosbesables*. Añado la ubicación de la cafetería Bean There Done That. Puede que vean la publicación y quieran que haga una para ellos. A mí sí que me gusta de verdad el café.

Se me acelera el corazón mientras mi dedo se cierne sobre el botón de «Compartir».

Analizo una vez más la publicación. ¿Foto perfecta? Hecho. ¿Texto decente? Hecho. ¿Una buena mezcla de *hashtags* de *marketing* y divertidos? Hecho.

Travo saliva, armándome de valor.

Y le doy a «Compartir».

En un minuto, aparecen los comentarios.

¡Te queda genial! #lopidoya

¡Me encanta el color!

¡Pareces muy feliz!

Este se lo tengo que comprar a mi mujer.

Más y más de lo mismo. Y emoticonos también. Hasta que...

@realaddisonames #vetealamierda

48

Eliminar.

Pan comido.

Hasta que...

@realaddisonames #nuncaseráscomoyo

Estoy tentada a dejar ese y que mis seguidores vean quién es realmente Addison, pero también lo borro.

Espero su próximo movimiento.

Nada. Al menos por ahora. Si continúa, tan solo la bloquearé, aunque espero no llegar a eso. Ella misma dijo que ahora soy la competencia, y siempre es buena idea vigilar a la competencia.

Luego, un comentario que me deja sin aliento.

@bradenblackinc Estás preciosa. Nos vemos esta noche.

Se me dibuja una amplia sonrisa en la cara. No hemos hecho ningún plan para esta noche, así que supongo que me llamará para darme los detalles. Sigo leyendo los comentarios tan rápido como aparecen mientras termino mi café con leche. Estoy tan metida en los comentarios que me sobresalto cuando suena un mensaje en mi teléfono. Es de Eugenie.

> ¡Perfecto! Me encanta la publicación. Quiero ver otra mañana y la última el fin de semana.

Le respondo.

> Me alegro de que te haya gustado. Eso está hecho.

La siguiente publicación será formal.

Mmm... ¿Estaría Eugenie dispuesta a esperar hasta el fin de semana cuando esté en la gala de la ópera con Braden?

Me apresuro a volver a escribirle y ella acepta.

Bien.

Tengo la idea perfecta en mente para la foto de temática espectacular también. Posaré junto a la ventana de Braden mirando el puerto iluminado por la luna. Eso significa que tendré que estar en su casa durante el fin de semana. Como vamos a la gala, lo más probable es que terminemos la noche en su casa. No hay problema.

Compruebo mi reloj. Tal vez Tessa pueda quedar para tomar algo y yo pueda contarle todas mis novedades. Mmm... Todavía falta una hora para que salga del trabajo. Conozco la forma perfecta de matar el tiempo. Enciendo el portátil y hago algunas búsquedas.

«Addison Ames», «Braden Black».

Muchas coincidencias, pero todas recientes y todos son artículos en los que se menciona a ambos, pero no juntos. Hojeo varios, pero busco lo que pasó hace once años.

Añado el año a la búsqueda.

Nada. Nada sobre los dos juntos en ese lapso de tiempo.

¿Qué pasó ese verano?

Me temo que nunca lo sabré.

Vuelvo a mirar el reloj. Tessa acaba de salir del trabajo, así que la llamo.

—Hola, Skye.

—Hola. ¿Estás ocupada? ¿Quieres ir a tomar algo?

—En realidad, no te lo vas a creer.

—¿Qué?

—Ya tengo planes para tomar una copa. Con Betsy. Lo creas o no, me ha llamado ella. Puedes venirte con nosotras.

—No estoy segura de que sea una buena idea. Es una amiga de Addie, y Addie y yo como que... Bueno..., digamos que ya no trabajo para ella.

—¿Qué ha pasado? ¿Va todo bien?

—Sí, estoy bien. Es una larga historia. Tal vez vaya. Addie no puede haberme puesto en la lista negra de toda la ciudad todavía.

—Rápidamente, le doy a Tessa la primicia.

—¿En serio? ¿Está dejando comentarios desagradables en tus publicaciones? Pero qué inmadura es.

—Pues sí —contesto—. ¿Dónde vas a quedar con Betsy?

—En Esteban's para el *happy hour*. Por favor, vente.

—Sí, creo que iré. Allí nos vemos.

—Cuatro margaritas grandes y dos Wild Turkey. —El camarero nos pone las bebidas, dos para cada una, ya que es el *happy hour*.—. Y patatas fritas con guacamole.

Hasta ahora, me he enterado de que Betsy no es tan amiga de Addie como se lo hizo saber a Tessa. Aguardo con paciencia. Los dos margaritas deberían hacerla hablar. Sorbo con calma mi primer Wild Turkey. Tessa y Betsy intercambian historias de perros. Tengo que reconocérselo a Tessa. Puede mentir sobre un perro falso tan bien como cualquiera.

Tessa y Betsy ya van por su segundo margarita antes de que yo haya llegado a la mitad de mi primera copa. No me sorprende. Estoy pendiente de la conversación, comiendo algunas patatas fritas de vez en cuando.

Hasta que...

—¡Skye! —grita Betsy.

Reprimo una sacudida y abro los ojos.

—¿Sí?

—¿De verdad? ¿Estás saliendo con Braden Black?

Asiento.

—Sí.

—Vaya. ¿Addie no te ha advertido?

—Ah, sí lo ha hecho, pero no quiso entrar en detalles, así que ¿por qué debería escucharla?

Las mejillas de Betsy se ponen coloradas.

—No debería hablar sobre ello.

—Vale —respondo—. No tenemos que hablar de Addie o Braden en absoluto.

Betsy sonríe con timidez y se termina su segundo margarita.

—Todo fue hace mucho tiempo. Y mira lo que ambos han conseguido desde entonces.

—Sí, los dos han tenido mucho éxito —dice Tessa—. Lo que significa que lo que pasó no les afectó en absoluto.

—Por supuesto que no —responde Betsy—. Nadie lo sabe y nadie podrá averiguarlo nunca.

—¿De verdad? —Tessa levanta las cejas—. ¿Y cómo es eso?

Betsy le hace un gesto al camarero.

—Otro, por favor. ¿Queréis otra ronda, chicas?

Todavía estoy a medio camino de la primera, así que sacudo la cabeza.

—Claro —dice Tessa, llenando un plato con patatas fritas.

—Disculpadme. —Betsy se levanta—. Voy al baño.

Una vez que se ha ido, agarro a Tessa del brazo.

—Necesito salir de aquí.

—No, confía en mí. Es mejor que estés aquí. Tu presencia apela a su conciencia. Si realmente estás en peligro, no podrá guardárselo para sí misma.

—Braden no es peligroso.

—Yo tampoco creo que lo sea, pero Addison sí, y Betsy sabe por qué. Ella y Addie no son precisamente amigas.

—Lo deduje por lo que estaba diciendo cuando llegué. ¿Por qué Addie hace sus publicaciones gratis entonces? Eso no es propio de ella para nada.

—No lo sé, pero estoy segura de que podemos averiguarlo esta noche si jugamos bien nuestras cartas.

Pasan cinco minutos.

Luego, diez.

Veinte.

Suspiro.

—O tiene una diarrea crónica o nos ha dejado tiradas.

—Mierda. ¿Tú crees? —pregunta Tessa.

—Solo hay una forma de averiguarlo. —Me levanto y me dirijo al baño.

Solo hay un cubículo ocupado. Oh, vaya. No puedo culpar a Betsy. Ella conoce a Addie desde siempre y es probable que haya cambiado de opinión acerca de hablar.

No tengo que usar el baño, así que me echo un vistazo rápido en el espejo y me doy la vuelta para salir...

Cuando escucho un sollozo procedente del cubículo ocupado.

Miro los pies. Botas militares negras. No me he fijado en los zapatos que llevaba Betsy, pero apuesto a que las botas pegan con el conjunto boho-chic que lleva. Es un modelito fluido marrón y verde.

—¿Betsy? —la llamo.

Otro sollozo.

—¿Estás bien?

La puerta del cubículo se abre y Betsy sale con la cara inundada de lágrimas y los ojos rojos.

—¡Madre mía! ¿Qué te ha pasado?

Ella sacude la cabeza.

—No puedo decírtelo, Skye. Ojalá pudiera, pero no puedo.

Le toco el hombro.

—No pasa nada. No tienes por qué contarme nada.

—Pero quiero hacerlo. En realidad quiero hacerlo. Te mereces saberlo. Pero hice una promesa hace mucho tiempo. Una promesa de la que me arrepiento ahora. Addie no es quien tú crees que es.

Creo que es una heredera egocéntrica, pero puede que Betsy no lo sepa.

—Creía que vosotras dos erais amigas.

—Lo somos. O lo éramos. O... No sé qué diablos somos, para serte sincera.

—Está bien. Estoy segura de que las publicaciones de Addie te ayudan con tu tienda.

—Pues sí, pero no las hace por mí.

Arqueo las cejas.

—Ah, ¿no?

—Quiero decir, sí que lo hace, pero no porque seamos viejas amigas. Lo hace para... —suspira—. Lo hace para que no hable, Skye.

—¿Para que no hables sobre qué?

—Sobre ese verano. Le dije a Tessa que podía contártelo.

—Puede que me haya mencionado algo.

Betsy escupe la historia que ya escuché de Tessa sobre la fiesta ilícita en la casa de los Ames, la asistencia de Braden y la obsesión de Addie por perder su virginidad con él.

—Vaya —digo.

—Lo sé.

—Pero Braden no es el problema —continúo—. Parece que Addie es la que lo persiguió. Entonces, ¿por qué dice que él no me traerá nada más que problemas?

—Hay mucho más detrás de esa historia —contesta Betsy.

—¿Ha salido alguna vez en las noticias? —pregunto—. Porque no encuentro nada sobre ellos dos ese año.

—No, no salió nada en las noticias.

—Entonces, ¿qué pasó?

Betsy se suena la nariz con papel higiénico.

—Lo siento mucho. Te he contado todo lo que podía. —Sale corriendo.

49

¿Ahora qué?

Antes de salir del baño, me suena el teléfono con un mensaje de Braden.

Braden: ¿Dónde estás?

Yo: En Esteban's. Tomándome unas copas con Tessa.

Braden: Estoy en tu casa. ¿Por qué no estás aquí?

Es verdad. El comentario que me dejó en la publicación decía «Nos vemos esta noche». Aun así, no habíamos concretado nada.

Así que le contesto.

Yo: Porque estoy en Esteban's tomándome unas copas con Tessa.

Me galopa el corazón a la vez que los puntos suspensivos saltan mientras escribe. Entonces:

Braden: Estaré ahí en quince minutos.

Sonrío durante unos segundos, pero luego salgo corriendo del baño. Si Braden aparece, a Betsy le dará un ataque. Regreso a la mesa. Tessa está sentada sola.

—¿Dónde está Betsy?

—Se ha ido. Volvió con una pinta horrible, tiró unos billetes, murmuró una disculpa rápida y salió corriendo. ¿Qué diablos ha sucedido en el baño?

Se lo cuento todo a Tessa.

—Para complicar las cosas, Braden viene de camino hacia aquí.

—¿Y eso por qué?

—Parece que quiere verme esta noche.

—Puedo quitarme de en medio. No necesitaba ese cuarto margarita de todas formas. Menos mal que hoy he tomado el metro para ir a trabajar.

—Te puedes quedar.

—No pasa nada. —Se levanta—. Llámame mañana.

—Lo haré.

Se aleja, pero después se gira y mira hacia atrás.

—Por cierto, he visto tu publicación. ¡Es preciosa!

Me regocijo.

—Gracias. Eso creo.

—Puedes hacerlo, Skye. Yo creo en ti. —Me guiña un ojo y se marcha del restaurante.

Miro la cuenta y sumo el dinero que han dejado Betsy y Tessa. Saco mi cartera y...

—Yo me encargo. —Braden se sienta y me quita la cuenta.

—No hace falta. Ya tengo el dinero.

—He visto a Tessa cuando salía —me informa—. Le he dicho que ya le devolverías el dinero.

—¿Y qué pasa con el dinero de Betsy?

—¿Quién es Betsy?

—Betsy... Ay. No me sé su apellido. De todas formas, es la dueña de la Bark Boutique, donde me dieron la cesta de regalo de Sasha.

—También puedes devolverle el dinero.

—Es amable por tu parte, pero no tienes que...

—Ya sé que no tengo que hacerlo, Skye. Pero quiero hacerlo. Esto son monedas para mí.

Sonrío.

—De acuerdo entonces. Te dejaré, pero porque ahora estoy oficialmente desempleada.

Sacude la cabeza.

—¿Por qué no me sorprende?

—No lo sé. Todavía no tengo ni idea de lo que pasó entre Addison y tú.

Arroja una tarjeta de crédito sobre la cuenta.

—Buen intento. Pero hoy tampoco va a colar.

El camarero llega y toma la cuenta y la tarjeta de crédito.

—¿Puedo ofrecerle algo, señor Black?

—Sí, un Wild Turkey con un hielo y un menú, por favor. La señorita Manning y yo vamos a cenar.

—¿Quieres cenar aquí? —pregunto, atónita.

—¿Por qué no?

—No es exactamente una cena de lujo.

—¿Y qué? Parece que se te olvida que provengo de South Boston. He crecido con judías y estofado.

—¿Las judías con salsa de tomate? —No puedo evitar preguntar.

—Las mismas.

—Cuando crecí, no había cadenas de este tipo, pero teníamos algunos restaurantes familiares pequeños y estupendos en los pueblos cercanos. No se trataba de restaurantes de lujo, sino de una comida deliciosa en la que todo el mundo se conocía. Teníamos un restaurante mexicano increíble dirigido por una pareja que había emigrado hacía veinte años. La mejor comida mexicana de la historia. La de aquí no se puede comparar.

—La comida mexicana de Esteban's no es para tirar cohetes —dice—, pero está decente.

—Es verdad.

El camarero vuelve con los menús. Yo ojeo el mío por encima.

—Come bien, Skye —comenta—. Vas a quemar muchas calorías esta noche.

En cuanto entramos en el ático de Braden, me ataca al lado del ascensor, besándome fuerte y profundo. Respondo de inmediato, se me estremece todo el cuerpo ante lo que está por venir.

Entonces, le suena el móvil y rompe el beso.

—Ignóralo —susurro.

—No puedo. Lo siento. Estoy esperando una llamada importante.

—¿A las nueve y media?

No me responde, solo saca su teléfono.

—Black —contesta, caminando hacia el salón.

Me aliso la ropa y lo sigo, pero unos segundos después se aleja y entra en su despacho, cerrando la puerta.

No es asunto mío. Lo entiendo.

Me dirijo a la cocina a por un vaso de agua. Me lo bebo rápido. Los dos Wild Turkey y el beso de Braden me tienen peligrosamente deshidratada.

Unos quince minutos después, Braden regresa.

—Lo siento —dice—. Tengo que volar de vuelta a Nueva York.

—¿Ahora mismo?

—Sí. No debería haberme venido antes. Ha sido culpa mía.

Se ha venido antes por mi culpa. ¿Se supone que debo sentirme mal por eso? Porque no lo hago. Ni en lo más mínimo. Simplemente digo:

—Oh.

Se acerca a mí a pasos agigantados.

—Parece que tomo decisiones cuestionables por tu culpa, Skye.

No digo nada. Solo me estremezco por su cercanía.

—Quiero que pienses en algo mientras no estoy.

Me estremezco.

—¿En qué?

Me pone algo en las manos. Es una cadena de plata con algunos adornos de aspecto extraño en cada extremo.

—En llevar esto a la gala del sábado.

Me lo envuelvo alrededor del cuello y lo aseguro como si fuera un collar de lazo.

—De acuerdo. Quedará bien con el vestido negro.

Braden se ríe.

Se ríe con una carcajada grave y desbordante.

Sonrío porque me encanta verlo reír.

—¿Qué es tan gracioso?

—No es un collar.

Se me ruborizan las mejillas. Me lo quito del cuello y se lo tiendo.

—¿Y entonces qué es?

—Esas cosas que hay en cada extremo son pinzas para los pezones, Skye.

Se me tensan los pezones y se me encogen las aureolas alrededor de ellos en respuesta a sus palabras. Me quedo boquiabierta cuando examino los adornos de cada extremo. Parecen pequeñas pinzas de la ropa con un dispositivo de rosca que recuerda a algunos de los viejos pendientes de clip de mi madre.

—Yo controlo lo apretadas que están las pinzas —dice—. Y cuando le doy un buen tirón a la cadena que está en medio... Bueno, ya te lo puedes imaginar.

Le devuelvo la cadena y me aclaro la garganta.

—Lo... Lo pensaré.

Se le oscurece la mirada.

—Piénsatelo *mucho*, Skye.

Asiento con la cabeza, intentando no echarme a temblar.

—Siento lo de esta noche. Christopher te llevará a casa.

—¿Cuándo volverás?

—El sábado por la tarde, como estaba previsto. Te recogeré en tu casa para la gala a las seis en punto. Llevaré la cadena y te la pondré.

Ahora estoy más cachonda que nunca, y él se va.

Quizás esta noche vuelva a intentar masturbarme.

Asiento.

—Braden.

—¿Qué?

—Te... Te voy a echar de menos.

Sonríe.

—Yo también te voy a echar de menos, Skye. Más de lo que te imaginas.

50

A la mañana siguiente, me permito un poco de indulgencia. Duermo un poco. No tengo que ir al trabajo, así que ¿por qué no? Enciendo el portátil y compruebo mi cuenta bancaria. Efectivamente, Susanne Cosmetics me ha enviado cinco mil dólares, la mitad del importe del contrato.

Por lo menos podré pagar mis facturas durante uno o dos meses tras guardar un tercio para los impuestos. Ser autónoma conlleva sus propios problemas.

Por lo general no hago ejercicio durante la semana, pero tengo tiempo, así que me dirijo al estudio de yoga y me apunto a una clase por la mañana. Después de un rápido viaje para hacer la compra, vuelvo a casa a la una de la tarde, me preparo un sándwich y me siento frente al ordenador.

Primero, compruebo mi teléfono. ¿Lo he silenciado sin querer?

No, está con sonido. No hay llamadas.

Nadie más me pide que haga una publicación.

De acuerdo. No hay razón para entrar en pánico. El sábado me pagarán otros cinco mil dólares.

Es hora de revisar mi publicación.

Borro algunos comentarios que rozan lo negativo y respondo a bastantes. No hay más comentarios de Addie. Seguro que pensó que la bloquearía y que, si lo hacía, ya no podría vigilarme.

Por supuesto, siempre podría abrirse una cuenta de Instagram falsa.

Yo también podría hacerlo si acabara teniendo que bloquearla.

Tal vez está de verdad tomando el camino correcto. Al menos por ahora. Puede que no, pero una puede tener esperanzas.

Paso el tiempo en Instagram hasta que me suena el teléfono con una notificación. Mmm. Al parecer tengo un mensaje directo. Nunca nadie me había enviado un mensaje en Instagram.

Hago clic.

El mensaje es de Tammy Monroe. Nunca he oído hablar de ella.

¡Hola, Skye! Veo que eres una nueva *influencer* y me encanta tu nombre. Soy la directora de *marketing* de New England Adventures y nos gustaría contratarte para una campaña en Instagram. La llamaremos «Skye Takes to the Sky». Darías un paseo en uno de nuestros globos aerostáticos y publicarías sobre la belleza de nuestra campiña de Nueva Inglaterra. Ponte en contacto conmigo si estás interesada.

¿Una publicación desde un globo aerostático? Me intriga muchísimo, excepto por el hecho de que me da mucho miedo. Llamo a Tessa al trabajo al instante.

—Pues hazlo —dice—. Ya has volado antes.

—Dentro de un avión. Sí.

—¿Qué diferencia hay? No tienes miedo a las alturas.

—Tienes razón —le contesto—. No tengo miedo a las alturas. Tengo miedo de caer en picado desde la cesta de un globo aerostático y acabar muriéndome.

Se ríe.

—Es totalmente seguro.

—¿Lo has hecho alguna vez?

—Bueno, no, pero...

—Entonces no lo sabes. —Se me enciende una bombilla—. Deberías venir conmigo.

Se ríe de nuevo.

—Iría sin pensármelo dos veces, pero no me han invitado.

—Veré si puedo llevar a una amiga.

—Espera. Esta es solo tu segunda oferta. No te ganes la reputación de hacer demandas poco razonables.

—¿Qué hay de poco razonable en querer que mi mejor amiga venga conmigo?

—Tan solo te estoy diciendo que tengas cuidado. La oferta podría desaparecer si empiezas a pedir favores.

—Esto no es o blanco o negro, Tess. Hay zonas grises. Si me quieren, estarán dispuestos a negociar.

—Todavía no sabes lo que te están ofreciendo.

—Tienes razón. Tengo que irme. Ya te contaré.

Termino la llamada y respondo enseguida a Tammy, haciéndole saber que me interesa conocer más detalles y dándole mi número de móvil.

En quince minutos, mi teléfono suena con un número que no reconozco.

—¿Dígame?

—¿Skye Manning?

—Sí.

—Soy Tammy Monroe de New England Adventures.

—Hola. Muchas gracias por escribirme.

—De nada. Déjame contarte lo que tenemos pensado. Queremos subirte a uno de nuestros globos aerostáticos y que hagas fotos desde el aire. No tienen que ser selfis. Queremos mostrar a tus seguidores las maravillas que pueden ver si dan uno de nuestros paseos en globo.

Me late más rápido el corazón. ¿Tomar fotos reales de paisajes hermosos?

—Eso suena muy bien.

—¿Te has montado en globo antes?

—Me temo que no.

—Entonces lo vas a disfrutar mucho. Es una experiencia impresionante.

—No quiero parecer grosera, pero... es seguro, ¿verdad?

Se ríe.

—No eres para nada grosera. Nos lo preguntan todo el tiempo. Es muy seguro. Todos nuestros pilotos están certificados por la Dirección General de Aviación Civil.

—¿La DGAC certifica a los pilotos de globos?

—Sí. Todos tienen licencias de piloto de globos y pecan de precavidos. Si hay algún indicio de que el tiempo puede suponer un problema, no suben.

—Está bien.

—Supongo que ya has volado antes, ¿no?

—En un avión grande, sí.

—Te prometo que te encantarán nuestros paseos.

Me aclaro la garganta.

—Si las fotos no tienen que ser selfis, ¿para qué me necesitas? Envíame las fotos y las publicaré.

—Porque la experiencia tiene que ser auténtica.

Tiene razón, por supuesto. Si voy a ser una *influencer*, voy a ser auténtica. No voy a ser Addison, que publica sobre el café cuando lo aborrece.

Continúa.

—Podemos prepararte una prueba de vuelo. Si realmente no es lo tuyo y decides que no puedes hacer las publicaciones, pues no pasa nada.

Prueba de vuelo. Eso suena bien.

—¿Te importa si llevo a una amiga?

—Por supuesto que no. ¿Qué día te viene bien?

—En cualquier momento. Soy flexible. —Estar sin empleo, sin duda, le da a uno flexibilidad.

—¿Qué tal mañana? Se supone que hará un tiempo estupendo. Digamos que sobre las once de la mañana.

—No estoy segura de que mi amiga pueda salir del trabajo.

—Muy bien. ¿El sábado por la mañana, entonces? Aunque, por supuesto, dependerá del tiempo.

—Tendré que consultarlo con ella.

—Claro. Llámame cuando lo sepas. Estamos muy contentos de poder trabajar contigo.

—Gracias. Te agradezco mucho la oportunidad, Tammy. Pronto tendrás noticias mías.

Suspiro y dejo el teléfono sobre mi mesita. Luego, me reprendo a mí misma. No he preguntado por lo que estaban dispuestos a pagarme por las publicaciones. Sin duda, Braden querría darme otra paliza si supiera que he cometido semejante metedura de pata.

Soy nueva en esto, sin duda, pero ¿cómo he podido olvidarme de preguntar por el dinero?

Lo dice alguien que valora el control.

Me apresuro a llamar a Tammy de nuevo.

—Tammy Monroe.

—Tammy, soy Skye Manning.

—¡Qué rápido!

—Sí, cambio de planes. Iré mañana sin mi amiga, si todavía estás dispuesta a ello.

—Por supuesto.

Me aclaro la garganta. ¿Alguna vez será fácil preguntar por el dinero?

—¿Cuántas publicaciones querrías y qué tipo de compensación puedo esperar recibir?

—Nos gustaría empezar con una publicación y ver cómo van las cosas. Estamos dispuestos a compensarte con el viaje en globo, que tiene un valor de trescientos dólares, más dos mil dólares más.

Mmm. Mucho menos que la oferta de Susanne.

«Nunca aceptes la primera oferta».

La sabiduría de Braden.

—Me temo que es demasiado poco para mí.

—Eres nueva en esto, Skye.

—Lo entiendo, pero soy fotógrafa profesional y tengo un acuerdo con otro cliente por mucho más.

—Somos una empresa pequeña. No podemos permitirnos pagar lo que paga Susanne Cosmetics.

—Me parece justo —contesto—, pero no puedo aceptar menos de cuatro mil dólares por una publicación.

—Dos mil.

—Tres.

—Lo siento. No puedo subir más de dos. No nos lo podemos permitir.

¿Qué haría Braden?

Joder, no tengo ni idea. Dos mil dólares no son nada para él. Para mí, es casi un mes de gastos pagados. El día que tenga el dinero de Braden será el día en que pueda rechazar una oferta.

Por desgracia, ese día no es hoy.

—Está bien, Tammy. Aceptaré los dos mil. Envíame el contrato por correo electrónico.

Le proporciono mi dirección de correo electrónico.

—¡Maravilloso! Nos vemos mañana. A las once en punto.

—Allí estaré, y gracias de nuevo por esta oportunidad.

Sí.

Acabo de aceptar subir a un globo mañana por dos mil dólares.

Oficialmente he salido de mi zona de confort.

Antes de seguir pensando más en mi locura, alguien llama a la puerta.

51

Abro la puerta. No hay nadie, pero hay un paquete en el suelo. Lo recojo y lo llevo dentro.

Está envuelto en papel marrón liso con una nota adjunta. Abro el sobre.

«Esto combinará muy bien con tu vestido negro. Lleva el pelo recogido y píntate los labios de rojo. De rojo sangre. Te recogeré a las seis».

No lleva firma, pero está claro que es de Braden.

Abro el paquete. En su interior, encajada en algodón blanco, se encuentra una gargantilla de perlas negras. Inspiro una bocanada de aire. Las perlas son perfectamente redondas, no nudosas como las perlas de agua dulce baratas. Es preciosa.

Saco las perlas de la nube de algodón y me las acerco a la cara.

Llevo puesto el tinte labial Cherry Russet, y se ve bien, pero el rojo sangre resaltará mucho más contra todo el negro, sobre todo si me hago un maquillaje ahumado en los ojos.

¿Cómo sabrá Braden eso?

Y debajo del vestido... las pinzas para los pezones unidas por la cadena de plata.

¿Me pongo sujetador? ¿Se verán las pinzas?

¿Y por qué me preocupa todo esto si mañana puedo caerme de un globo?

Sin embargo, antes de seguir pensando en ello, agarro mi bolso y salgo del apartamento para dirigirme al centro comercial. Voy al mostrador de Susanne Cosmetics. Me acaban de pagar diez de los grandes, así que debería hacerles algún gasto.

—¿Puedo ayudarla? —me pregunta una dependienta.

—Sí, por favor. Necesito un pintalabios de color rojo sangre.

—El que lleva puesto le favorece mucho —responde.

—Este es el tono Cherry Russet. Es mi básico. Pero voy a asistir a una gala este fin de semana y mi novio quiere que me pinte los labios de rojo sangre.

—¡Oh! —casi grita—. ¡Suena muy emocionante! Voy a ver lo que tenemos. —Saca una bandeja de muestras y toma una—. Este tono es rojo vampiro.

Tomo la muestra y me la pruebo en el dorso de la mano.

—Este es más bien rojo tirando a negro. Me dijo rojo sangre.

—Pruebe este. —Me da otro.

Extiendo un poco junto a la anterior. Es menos oscura, pero sigue siendo demasiado oscura. Leo la etiqueta: New York Heat. Interesante. Estoy a punto de abrirme una vena para mostrarle de qué color es realmente la sangre, pero me da otra.

—Este tono se llama Hotshot. Puede que no sea lo bastante oscuro, pero pruébeselo.

Extiendo una línea de Hotshot en el dorso de la mano junto a las otras dos. Tenemos ganador.

—Este es perfecto.

—¿Está segura?

—Sí. La sangre es roja. De un rojo penetrante con un ligero matiz azul.

—Mmm. Tiene razón. ¿Cómo sabe tanto sobre el color?

—Soy fotógrafa. El color es lo mío.

—¡Qué interesante! ¿Quiere llevarse entonces alguno de estos?

—Este es un pintalabios. ¿Tiene un color parecido pero en tinte labial? Preferiría no tener que estar reaplicándomelo todo el rato.

—Voy a ver. —Saca unas muestras de tintes labiales y me da una—. Creo que este es el más parecido.

La muestra se llama Night on the Town. A primera vista, parece rojo sangre, pero la verdadera prueba es cómo se me verá puesto.

—¿Tiene algún desmaquillante de labios? Voy a probarme este en los labios.

—Claro. Aquí tiene. —Me da una muestra y un algodón.

Enseguida retiro el Cherry Russet y me aplico el Night on the Town.

Oh, sí. Rojo sangre en su máxima expresión. Puedo entender por qué Braden me lo ha pedido. Sobre mi piel clara y contra el vestido negro y las perlas, mis labios serán el centro de atención.

—Me llevaré uno de este tono —digo.

—Por supuesto. ¿Algo más?

—De momento no. Gracias.

Me cobra y me voy del centro comercial, con los labios pintados. Recibo más de una mirada mientras me dirijo a casa. De repente, no tengo miedo. ¿Quién iba a decir que los labios pintados de rojo sangre eran tan potentes? Definitivamente, llevaré este tono de labios en mi viaje en globo.

Cuando vuelvo a casa, el contrato está esperándome en la bandeja de entrada. Lo leo enseguida. Braden no está aquí para consultárselo, y no quiero que me reprenda por hacer una publicación por tan poco dinero, así que lo leo yo misma. Es bastante sencillo. Lo firmo electrónicamente y se lo vuelvo a enviar a Tammy.

Solo para recibir un correo electrónico casi al instante.

Hola, Skye:

Parece que tenemos que cancelar tu vuelo en globo de mañana. Me equivoqué cuando te dije que teníamos disponibilidad. Te he apuntado para el lunes, a la misma hora. Ya me dices si te va bien.

Me apresuro a contestarle al correo electrónico que no pasa nada, y me siento aliviada. Ahora ya no tengo que ocuparme del viaje en globo. Siendo el lunes, tendré la oportunidad de leer sobre globos aerostáticos para saber mejor qué esperar.

Compruebo mi publicación para Susanne. Todo sigue bien. Ahora tengo casi mil comentarios. Addie consigue mil comentarios en la primera hora, no en las primeras veinticuatro, pero soy nueva en esto. Nunca he pretendido superarla. Aun así, por curiosidad, voy a mirar su perfil.

Aparece una nueva publicación.

Es un selfi, pero un poco borroso, así que debe haberlo tomado ella misma.

¡Encantadísima porque mañana me voy a subir a un globo aerostático! @newenglandadventures #colaboración #takingtothesky #globoaerostático

Me quedo boquiabierta.

Esto no puede ser real. ¿Cómo se ha enterado de mi acuerdo con New England Adventures? ¿Es esta la razón por la que Tammy ha cancelado mi viaje para mañana? ¿Y por qué aún no he recibido el contrato refrendado? ¿#takingtothesky? Tammy dijo que mi campaña se llamaría «Skye Takes to the Sky».

Todo esto parece demasiado oportuno.

Me paseo por mi apartamento. ¿Qué hago? No voy a llamar a Addison. Podría llamar a Tammy, pero no lo voy a hacer. Nunca voy a rogar por un trabajo, y no le voy a pedir que me diga si ella y Addie han estado en contacto. Soy una profesional y no puedo arriesgarme a tener una mala reputación en el negocio. Me niego a ser una llorona.

«Piensa en positivo, Skye». Por lo que sé, Addison se subirá en globo e intentará hacer las fotos ella misma, lo que significa que serán una mierda. Cuando Tammy vea mis fotos, sabrá quién representa mejor a su empresa. Pero Addie es una conocida *influencer* y tiene muchos más seguidores que yo. Además, puede contratar a alguien profesional para que haga las fotos.

Respiro hondo.

Addie puede ir de farol fácilmente, e incluso si no va, me niego a dejar que esto me afecte. Siempre me mantendré centrada. Voy a mirar el lado positivo. Incluso si mi contrato con Tammy no llega a buen puerto, lo bueno es que no tendré que subirme a un globo aerostático.

¡Ay, pero qué fotos más impresionantes de la pintoresca campiña de Nueva Inglaterra podría hacer!

Ahora quiero este contrato más que nunca.

Compruebo la bandeja de entrada de mi correo.

Todavía no tengo noticias de Tammy y no me ha mandado el contrato refrendado.

Suspiro y compruebo el reloj. Las cinco y media. Bien. Perfecto para tomarme un Wild Turkey. No hay motivos para preocuparse. En dos días, Braden estará de vuelta y yo iré a la gala de su brazo.

Y, después de la gala, le cederé mi control.

No tenía por qué preocuparme. A la mañana siguiente, me despierto con tres mensajes de Instagram, todos de establecimientos locales que me piden que publique en su nombre. Ninguno de ellos es de una empresa grande como Susanne, pero no me importa empezar poco a poco. Me pongo en contacto con cada uno de ellos y hago los acuerdos necesarios. Todos son contratos menores, entre quinientos y dos mil dólares, pero los acepto todos y no negocio. ¡Bien! He ganado otros cuatro mil dólares, y dos de las publicaciones las puedo hacer hoy.

Tomo otra clase de yoga y me hago un selfi rápido después.

¿A quién le encanta el yoga? ¡A mí! Qué ambiente más relajante tiene el Wildflower Yoga. #yoga #dateuncapricho #sabesquequieres

No me pagan por esto, pero en pocos minutos ya tengo más de cien «me gusta» y cincuenta comentarios. Es surrealista. Me ducho, me cambio y me dirijo a la panadería para publicar una foto.

Sí, la panadería de los pasteles eróticos. Suelo comprar con frecuencia allí, me encantan sus *baguettes*, así que eso es lo que he elegido para posar.

¿Necesitas pan? ¡Ve a Le Grand Pain! Tiene las mejores *baguettes* de la zona.

(Y si necesitas una tarta especial para tu despedida de soltero/a, LGP puede ayudarte). @LeGrandPain #colaboración #panadería #pan #baguettes #comegluten #elpanesbien #ylastartastambién

Salgo de allí un poco más rica y con tres *baguettes* recién horneadas.

No está mal para una media hora de trabajo.

Me está empezando a gustar esto de ser *influencer*, aunque Braden sea la única razón por la que a alguien le importa lo que pienso. Anoche investigué un poco sobre lo que los *influencers* pueden esperar que se les pague. Resulta que Addie recibe mucho más que la mayoría, así que el hecho de que haya conseguido diez mil dólares de Susanne es todo un logro.

Tengo hambre y hay una pequeña cafetería cerca del puerto que quería probar. Me subo al metro y veinte minutos después salgo de la estación y me sumerjo en la zona del puerto.

Esta es la belleza que veo iluminada por la noche desde la ventana de Braden. De una forma extraña, siento que su edificio me observa mientras camino por una calle lateral. Me detengo a observar las antigüedades de un escaparate y, entonces, ahí está la Bark Boutique de Betsy.

Justo aquí, donde siempre está. Todavía tengo el dinero de Betsy en el bolso, así que abro la puerta en un impulso y entro. Betsy está ayudando a un cliente, por lo que miro su selección de collares para perros hechos a mano mientras espero.

Unos minutos más tarde, se acerca.

—Hola, Skye.

—Hola, Betsy. Quería devolverte el dinero de la otra noche. —Le entrego los billetes—. Braden acabó pagando toda la cuenta.

—¿Has venido hasta aquí para eso? —me pregunta.

—También he venido a comer. Quería probar la nueva cafetería *delicatessen* que hay en esta calle.

—Ah, vale. Odiaría pensar que te has dado el paseo solo para darme unos pocos billetes.

—¿Por qué? Es tu dinero.

—Podías haberlo guardado fácilmente y nunca me habría enterado.

Levanto las cejas.

—Yo nunca haría eso.

—No, claro que no. —Sus ojos se vuelven vidriosos, como si mirara a través de mí.

—Betsy, ¿te encuentras bien?

—Sí —dice en voz baja, mirando a sus otros clientes—. Debería disculparme por... ya sabes.

—¿Por qué?

—Por venirme abajo en el baño. No tenías por qué ver eso.

—No pasa nada.

—Solo ten cuidado, Skye.

—¿Con qué tengo que tener cuidado? ¿Con Braden?

Ella asiente.

—No lo entiendo. Todo lo que hace el hombre es analizado por la prensa y la gente. No ha tenido ni una pequeña mancha en su historial en los últimos diez años. ¿Cómo voy a creer que no me traerá nada más que problemas, como dice Addie, cuando lo peor que he leído sobre él es que es un mujeriego?

—¿Y no es suficiente?

Se me acelera un poco el corazón.

—No es el primer multimillonario al que le gustan las mujeres y mientras me sea fiel el tiempo que estemos juntos, no veo por qué me debería importar.

—¿Te es fiel?

—No llevamos mucho tiempo, pero sí, hasta ahora sí.

Betsy se aclara la garganta.

—Addison ha venido a la tienda esta mañana.

—Ah, ¿sí?

—Sí. No quiere que hable contigo.

—¿Por qué no ibas a poder hablar conmigo?

—Está muy nerviosa por ti y tus nuevas publicaciones en Instagram. Se ha puesto rara. No la he visto así desde... —Sacude la cabeza.

—Desde... ¿cuándo?

Betsy sacude la cabeza.

—Nada. Si no vas a comprar nada, necesito que te vayas, Skye.

52

Sigo a Betsy hasta el mostrador y dejo mis *baguettes*.

—No tengo perro, pero voy a comprar unas golosinas para el perro de un amigo.

Coloco una bolsa de pequeñas galletas con forma de hueso sobre el mostrador.

Me despacha rápidamente.

—Once dólares con treinta y ocho centavos.

Introduzco mi tarjeta de crédito en el datáfono.

—¿De qué tienes miedo, Betsy?

No me mira a los ojos.

—No tengo miedo de nada.

—Mírame.

Duda unos segundos, pero luego se encuentra con mi mirada y habla en voz baja.

—Me caes bien, y Tessa también. Todas hemos congeniado muy bien y os echaré de menos, pero no puedo hacer esto.

—¿Hacer qué?

—Quedar otra vez con vosotras, chicas.

—¿Por qué?

—Porque no puedo.

—Lo que sea que Addie tenga sobre ti...

—Ella no tiene nada sobre mí. Soy yo, Skye. Yo soy la que tiene algo sobre ella.

Levanto las cejas.

—Entonces, ¿qué importa lo que te diga?

—Es una gran *influencer*. Podría arruinarme.

Las manos de Betsy tiemblan un poco. Solo un poco, pero lo noto.

Tiene miedo de Addison. Pero ¿por qué?

—Quizás tenga miedo de que tú la arruines a ella —digo en voz baja.

Betsy echa un vistazo a la tienda. Dos clientes están mirando. Uno se va. Cuando el otro elige unos artículos y los paga, Betsy le da las gracias con amabilidad y luego cierra la puerta de la tienda, colocando el cartel de «Cerrado» en el escaparate.

—¿Vas a cerrar para comer? —le pregunto.

Asiente.

—¿Quieres venir conmigo?

Vuelve a asentir.

—Acabas de decirme que no quieres quedar más conmigo.

—He dicho que no puedo quedar más contigo. Hay una gran diferencia.

Asiento. Lo entiendo.

—Tienes razón. Lo siento.

—Me caéis muy bien. Hace tiempo que no hago ninguna amiga nueva. Mi tienda me mantiene ocupada. Solo tengo un empleado y es a tiempo parcial. Trabaja un par de tardes a la semana. La tienda va bien, pero sin la promoción de Addie, no estoy segura de que me mantuviera a flote. Cada publicación que hace supone una gran afluencia al negocio.

—Solo vendes aquí. ¿Por qué no te expandes?

—No me lo puedo permitir.

—Claro que sí. Expándete a las compras online. Addie atrae clientes a grandes empresas como Susanne, que tienen tiendas en todo el mundo, además de su página web.

Ella abre los ojos. ¿De verdad no ha pensado nunca en esto?

—¿Crees que funcionaría?

—Hoy en día todo el mundo compra por internet. Y la gente adora a sus perros. Siempre buscan formas de mimarlos.

—Es cierto. Vendo mucho durante las vacaciones. No creerías cuánto se gasta la gente.

—Piensa en todo lo que puedes vender online. ¡Y también puedes montar una tienda en Etsy!

Duda.

—Pero hay un millón de tiendas de mascotas online.

—Pero solo hay una Betsy's Bark Boutique.

Sonríe.

—¿Crees que puedo hacerlo?

—Claro. Podríamos hablarlo durante la comida.

Regreso a casa después del almuerzo. No he presionado a Betsy para que hablara de Addie y nos hemos pasado toda la comida hablando de la expansión de su negocio. Volvió a su tienda entusiasmada, con una promesa de Tessa —la llamamos— para ayudarle a hacer algunos números.

Me suena el teléfono móvil.

—Hola, Tess —la saludo.

—Nunca adivinarías lo que he hecho.

—Seguro que no.

—Bueno, Betsy es muy buena y me he sentido superculpable por mentirle y decirle que tengo una perra, así que he hecho un almuerzo tardío después de vuestra llamada y he ido al refugio. He encontrado a Rita.

—¿Has adoptado una perra?

—Sí. Es una adorable mezcla de *terrier*. La recojo esta noche después del trabajo. ¿Quieres acompañarme?

—Por supuesto. Pero ¿qué pasa con tu apartamento?

—Puedo tener una mascota.

—Ah, ¿sí?

—Sí, y me sacará a pasear, lo cual es bueno. Además, ya tiene dos años, así que el entrenamiento en casa no será difícil.

Me río.

—Resulta que hoy he comprado algunas golosinas en la tienda de Betsy.

Paso el resto de la tarde trabajando en mis publicaciones hasta que me voy para encontrarme con Tessa en el refugio.

Amo y odio a la vez el refugio. Adoro ver a todos los perros, pero acabo queriendo llevármelos a todos y cada uno de ellos a casa y no puedo.

Hoy es particularmente difícil. Me he enamorado.

Una pequeña cachorrita se sienta sola, alejada del resto de su camada. Parece llorar, y sus tristes ojos marrones me llegan al alma. Es negra con manchas blancas, probablemente una mezcla de *heeler* o *border collie*.

Es mi perrita. Lo siento en mi interior, pero en mi edificio no se permiten perros.

—¿Puedes llevártela también? —le pregunto a Tessa.

—Ya sabes que no puedo con dos perros.

—Por favor, Tess. Se me rompe el corazón.

—Llama a Braden.

—Ni de broma.

—Está superinteresado en ti. Seguro que se la lleva y podrás visitarla todo el tiempo.

Considero por un instante su idea. Braden sigue en Nueva York. Son más de las seis, aunque conociéndolo, probablemente siga trabajando. O ha salido a cenar por negocios.

Al final, sin embargo, no puedo hacerlo. No puedo ser la novia necesitada que ruega por un cachorro.

Un trabajador del refugio saca a Rita para Tessa. Es blanca y gris, tal vez una mezcla de *scottie* o *highland*, y mueve la cola sin parar.

Está muy contenta de irse a casa y yo solo puedo pensar en mi dulce Penny.

Sí, ya le he puesto nombre. Soy masoquista.

—Necesito salir de aquí —le digo a Tessa.

—De acuerdo. Lo entiendo. Ya he hecho todo el papeleo, así que podemos irnos.

Le pone a Rita la correa que ha traído y nos vamos.

Pensaba ir a casa con Tessa y ayudarle a instalar a Rita, pero no puedo. Le pido que se vaya.

He perdido mi corazón por una dulce cachorrita.

Al igual que estoy perdiendo mi corazón por Braden Black.

Y todavía no sé el secreto que Addison y él están guardando.

¿Dónde diablos me he metido?

53

No he tenido noticias de Braden, pero supongo que nuestra cita para la gala sigue en pie.

Me maquillo y me hago un moño ligeramente desordenado. Después me pongo el vestido negro. Me pinto los labios con el tono Cherry Russet para hacer la publicación formal para Susanne. Salgo al pasillo, me hago un selfi rápido y copio el texto que he escrito antes.

> Hoy llevo otra vez mi tinte labial Cherry Russet de @susannecosmetics. Mi color básico es perfecto para todo, desde un día en casa hasta una noche formal. #colaboración #labios #bésame #formal #vestiditonegro

Regreso al baño y me quito el Cherry Russet. Solo entonces me pinto los labios de color rojo sangre y me coloco las perlas en su sitio.

Menudo cambio.

Y suena un golpe en la puerta.

Los escalofríos me recorren el cuerpo mientras la abro, con la mano temblando.

Me quedo boquiabierta.

Braden está en la puerta, vestido con su esmoquin negro y con un aspecto muy atractivo. Un sencillo antifaz negro le cubre los ojos y en los brazos lleva un ramo de flores.

De rosas.

De rosas rojas como la sangre.

Van perfectamente a juego con mis labios.

Entra de inmediato, cerrando la puerta detrás de él.

Su oscura apariencia llena mi pequeño apartamento. Es el dueño de esta habitación. Es mi dueño.

Va a besarme. Lo veo en sus ojos. Lo siento.

Se me acerca y aspiro su aroma picante y amaderado. Se inclina hacia mí, con sus labios firmes listos para tomar los míos...

A un milímetro de distancia, se detiene.

—No lo haré —dice con voz ronca—. No voy a arruinar esos labios perfectos. Todavía no.

Suspiro.

—Por favor.

—Todavía no —dice de nuevo, esta vez con su voz oscura.

Tiemblo ante él. Mi cuerpo responde a todo lo que hace Braden. Estoy dispuesta a entregarme aquí y ahora. A la mierda la gala. Vamos a follar.

—Te he echado de menos —comento en voz baja—. ¿Por qué no me has llamado?

—He estado ocupado —responde.

—¿No has podido sacar ni dos minutos?

Me agarra las mejillas.

—Nena, si te hubiera llamado, no habría podido evitar subirme a un avión y volar de vuelta contigo.

Inhalo rápidamente. Sus palabras me provocan un estremecimiento erótico.

—No podía hacer eso. Ya lo hice una vez y casi pierdo un acuerdo por ello. Tenía que hacerme cargo de los negocios.

Asiento. Sé que estaba ocupado. Pero, joder, estoy enamorada de él. Estoy perdidamente enamorada de Braden Black.

Perdidamente enamorada de un hombre que tiene un secreto que no quiere divulgar.

Él no me quiere. No quiere una relación. No quiere...

—Christopher está esperándonos —dice—. Vamos.

Tomo la bolsa que he preparado.

—¿Qué es eso? —me pregunta.

—Ah. —Se me calientan las mejillas—. Me dijiste que llevara algo de ropa y unas cuantas cosas.

—¿Y supones que vamos a ir a mi casa?

—Sí —contesto con valentía.

—Supones bien. —Me mira fijamente, le brillan los ojos como zafiros contra un mar de espuma blanca—. Quítate la parte superior del vestido.

Deslizo uno de los tirantes sobre el hombro, yendo despacio a conciencia. Él respira con dificultad. Contengo la sonrisa que quiere dibujarse en mi cara mientras deslizo el otro tirante por el hombro y empujo la tela hacia abajo. Lo único que se interpone entre él y mis pechos es un sujetador sin tirantes.

Nos quedamos ahí, con las miradas fijas, hasta que...

—A la mierda. —Y estrella sus labios contra los míos.

Tengo los labios separados y él introduce su lengua entre ellos. Me responde todo el cuerpo. Los pezones me sobresalen, y recuerdo las pinzas para los pezones. ¿Las habrá traído? Ya me he puesto tensa por la expectativa.

Me desabrocha el sujetador con destreza y lo arroja al suelo. A continuación, me toma los pechos y me roza los pezones duros mientras profundiza el beso. Nuestras bocas son una sola, dando, tomando, lamiendo, besando. Bajo la mano hacia su entrepierna y agarro el bulto que hay debajo de sus pantalones.

Gime dentro de mí, un zumbido bajo y melódico como el comienzo de un trueno.

Me deleito con su cálida boca, su sabor picante, su lengua aterciopelada girando alrededor de la mía. Me arqueo, con el clítoris palpitándome, buscando algo contra lo que frotarme. Sí, su muslo. Su muslo duro y tenso. Me aprieto contra él, aún sosteniendo su erección vestida...

Rompe el beso e inhala con brusquedad.

—Joder, Skye.

Me estabilizo y me obligo a no caer con mis piernas de gelatina.

Saca la cadena del bolsillo.

—Tus tetas son tan bonitas, tus pezones están tan duros... Dios, quiero chuparlos y morderlos hasta que no puedas soportarlo.

—Hazlo —respondo con valentía.

—Más tarde. Ahora mismo... —Me coloca una de las pinzas alrededor de un pezón.

Me estremezco.

—Tranquila —dice—, no va a dolerte.

—¿No va a dolerme?

—No, a menos que tú quieras.

El acero inoxidable se siente frío sobre mi piel. Enrosca el pequeño tornillo poco a poco, apretándome el pezón. Una intensa sensación fluye directamente entre mis piernas.

—¿Bien? —me pregunta.

Asiento con los labios entreabiertos.

—Ahora mismo estás espectacular —comenta—. Muy sexi.

No sé cómo me veo, pero sé cómo me siento. Me siento sexi. Increíblemente sexi. El acero no puede compararse con los cálidos dedos o labios de Braden, pero es una presión constante, un pellizco constante, y, madre mía, ¡qué bueno!

Ajusta la segunda pinza alrededor de mi otro pezón.

—Preciosa —dice, con los ojos entrecerrados—. Estás preciosa. ¿Estás preparada, Skye?

—¿Preparada para qué? —Me salen las palabras en un suspiro.

—Para esto. —Tira de la cadena entre las pinzas.

—¡Ah! —La sensación es intensa y pura, como si me mordiera los dos pezones a la vez. Estoy mojada. Muy mojada. Preparada para su pene dentro de mí. Me acerco a su bulto, pero me aparta la mano.

—Es hora de irse, nena.

¿Está de broma?

—Braden...

—Lo sé. Esto te mantendrá al límite esta noche. Al límite y bajo mi control. No debes tocar esa cadena, Skye.

—Pero la llevo puesta. ¿Cómo no voy a hacerlo?

—Porque no lo harás. Y si lo haces, lo sabré.

—Pero ¿cómo puedes...?

—Lo sabré. Hazme caso. —Tira de mi vestido hacia arriba—. Quiero que vayas sin sujetador esta noche.

—Pero se me verán las pinzas.

—No, las pinzas no. Pero sí se te verán los pezones, lo cual es muy sexi. Estarán duros toda la noche y sobresaldrán más que las propias pinzas. Nadie se dará cuenta.

—Pero...

—Y podré tirar sutilmente de la cadena cuando quiera.

Trago saliva.

—Eso me...

—Te volverá loca. Lo sé. Esa es la idea. —Se inclina y me muerde el lóbulo de la oreja—. Entonces tal vez sabrás lo totalmente fuera de control que me pongo con solo pensar en ti.

Casi me fallan las piernas, pero él me sostiene.

—Ahora ve. Arréglate esos labios rojo sangre.

Asiento con la cabeza y me dirijo al baño. No se me ha corrido el pintalabios, menos mal. El labial de Susanne es un buen producto. Aun así, mis labios necesitan un retoque, y lo hago, con las manos temblando.

Cuando regreso, Braden ha puesto las flores que me ha traído en un jarrón. Están sobre mi mesita.

—Gracias por las flores —digo.

—No hay de qué. ¿Estás preparada?

Asiento. Cada vez que me muevo, se me mueven las pinzas y la cadena también. El más mínimo movimiento me hace sentir una gran excitación.

Mierda.

Esta noche va a ser muy larga.

54

Cuando llegamos a la gala, Braden y yo somos tratados como verdaderos invitados VIP, porque supongo que él lo es. Yo no me siento como alguien VIP, pero nos conducen a la mejor mesa de la sala, justo en la parte delantera, donde nos esperan una botella de Dom Pérignon y una bandeja de frutos rojos.

—Creen que esto nos gusta más que el Wild Turkey —me susurra Braden.

Me río. Nunca he probado el Dom Pérignon, obviamente, y me gustaría probarlo. El camarero abre la botella y nos sirve dos copas, entregándome la primera a mí.

Braden toma la suya y choca su copa con la mía.

—Por el control —dice, bajando la mirada a mis pechos.

¿Por el control? Es un brindis extraño, ya que desde que nos conocimos ha intentado que renuncie al control. Entonces me doy cuenta de lo que quiere decir.

Su control, como demuestran las pinzas y la cadena que me atan a su voluntad. Solo su mirada hace que mis dos pezones se estremezcan. No ha tocado la cadena y ya me estoy doblegando a sus deseos.

—Por el control. —Me hago eco y bebo un sorbo de champán. Es ácido, seco y elegante, y las burbujas efervescentes burbujean en mi lengua y parecen explotar mientras bajan por mi garganta. Es maravilloso.

La sala ya está llena de invitados. Braden no intenta hablar con nadie y pronto veo por qué. La gente lo busca, se acerca a él, lo corteja. Él no tiene que molestarse en hacer el cortejo.

Peter Reardon y Garrett Ramirez se sientan a unas mesas de distancia de nosotros. ¿Le habrá dado Braden la noticia de que su empresa no conseguirá su gran contrato? No tengo ni idea. Peter me mira y sonríe. Él aparta la mirada con rapidez.

Braden me presenta como un caballero a todos los que le hablan. Estoy en una bruma de surrealismo hasta que me doy cuenta de que debería escuchar y tomar nota. Si voy a ser una *influencer*, necesito todos los contactos de los peces gordos de Braden.

—George —dice Braden—, te presento a mi novia, Skye Manning.

Un hombre mayor me tiende la mano. No sé nada más aparte de que su nombre es George.

—Un placer, señorita Manning —me dice George.

—Por favor, llámame Skye.

Asiente con la cabeza y continúa su conversación con Braden. Yo escucho, pero pronto las palabras se convierten en un revoltijo en mi mente. El barullo de la conversación se cierne a mi alrededor, casi visible. Abundan los hombres con esmoquin y la moda femenina va desde los conservadores vestidos largos de manga larga hasta los escuetos modelitos de cóctel muy parecidos a los míos.

¿Alguien más llevará pinzas para los pezones? Me encuentro mirando los pechos de las mujeres y preguntándomelo. Me obligo a parar.

—Háblame de ti, Skye.

Me estremezco. ¿Quién me está hablando?

George me mira. ¿Quién era George? Braden debe de haberme mencionado quién es y qué hace.

—Soy fotógrafa —le contesto.

—Interesante. ¿Qué tipo de fotografías haces?

—De momento, sobre todo para las redes sociales, pero mi sueño es fotografiar algún día para el *National Geographic*.

—Interesante —dice de nuevo. Claramente, no está interesado en absoluto. Vuelve a su conversación con Braden.

Y me doy cuenta.

Soy una mujer florero.

Una mujer florero con pinzas en los pezones.

Bebo otro sorbo de champán y vuelvo a echar un vistazo a la sala. ¿Se daría cuenta alguien si yo no estuviera aquí? Algunos hombres me miran, pero nadie se atreve a acercarse a mí con Braden a mi lado. No es que quiera que lo hagan, pero estoy aislada. Toco con suavidad el brazo de Braden.

—Discúlpame un momento.

Él asiente.

Dejo nuestra mesa y recorro la sala. En uno de los laterales de la estancia, se han colocado artículos de subasta silenciosa. Los ojeo y hago algunas fotos. También podría hacer una publicación en Instagram. Este es mi trabajo ahora. Luego me hago un selfi.

¡En la gala del Boston Opera Guild! #operaguild #baileformal #apoyaalasartes

No se me ocurre ninguna otra etiqueta, así que la publico. Al fin y al cabo, no es una publicación pagada. Casi de inmediato recibo una consulta.

¡Me encantan tus labios! ¿Qué color usas?

Respondo al instante.

El pintalabios Night on the Town de Susanne. ¡Perfecto para una noche elegante!

Vuelvo a recorrer la estancia y me fijo en Peter y Garrett de nuevo. Como son las únicas personas que conozco en la sala, me acerco a su mesa.

—Hola, Peter. Hola, Garrett —les saludo.

Ambos se levantan.

—Skye. —Peter mira a su alrededor, sus ojos se contraen un poco—. Me alegro de verte.

—¿Ocurre algo? —pregunto.

—No.

—¿Cómo está Tessa? —pregunta Garrett.

—Bien.

—Genial —contesta.

—Deberías marcharte —me dice Peter.

—¿Por qué?

—Porque Black nos está disparando dagas con los ojos.

Miro hacia la mesa de enfrente. Braden nos está observando.

Le sonrío.

Pero él no me devuelve la sonrisa.

Peter se sienta.

—Me alegro de verte, Skye. Adiós.

—¿En serio? —le digo.

Garrett también se sienta.

—Así son las cosas. Saluda a Tessa de mi parte.

—¿La has llamado?

—Bueno..., no. No dadas las... ya sabes. Las circunstancias.

—¿Y qué circunstancias son esas? ¡Oh, por el amor de Dios! No importa.

Pongo los ojos en blanco y me dirijo a la mesa de Braden. Se excusa de la multitud que le rodea y me lleva a un lado, acompañándome rápidamente fuera del salón de baile hasta un pasillo apartado.

—¿Qué ha sido eso?

—Estaba hablando con Peter y Garrett. Son las únicas dos personas aquí que conozco.

—Conoces a mucha gente. Te he presentado a todas las personas con las que he hablado.

Contengo un resoplido.

—Eso no significa que las conozca.

—Las conoces tan bien como conoces a Peter Reardon.

—En realidad, no. Peter y yo hemos bailado. Nos hemos tomado una copa.

Me agarra el hombro, no con fuerza, pero de una forma que me hace saber que va en serio.

—Por el amor de Dios, Skye. ¿Estás intentando distraerme?

Me muevo para deshacerme de su agarre.

—Estoy intentando pasar un buen rato aquí.

—¿Estar conmigo no es pasar un buen rato?

—No me refiero a eso, y lo sabes. Solo...

Agarra la cadena debajo de mi vestido sedoso y tira.

—¡Ah! —La sensación se agita en mis pezones y luego hacia afuera, aterrizando en mi vagina.

—No te olvides de con quién has venido —dice, con voz grave y oscura.

—No lo he olvidado. Yo...

Vuelve a tirar de la cadena, esta vez con más fuerza. La intensidad aumenta y casi pierdo el equilibrio.

—La cena ya está servida. Vamos a volver a la mesa, comemos y luego nos vamos.

—Pero es un baile. ¿No vamos a bailar?

—No —dice—. Nos iremos después de que me agradezcan mi generosa donación, lo que ocurrirá justo después de la cena.

—Pero...

—Sin peros, Skye. Ya me has sacado de mis casillas lo suficiente esta noche. Es hora de que te devuelva el favor.

55

Me agarra del brazo y me acompaña de vuelta al salón de baile. La multitud se ha dispersado un poco mientras la mayoría de la gente toma asiento para la cena. Los camareros traen platos cubiertos de cúpulas de plata.

Estoy siguiendo a Braden, sin mirar por dónde voy, cuando alguien se pone delante de nosotros.

—¡Estáis los dos impresionantes!

Reconozco la voz. Y el sarcasmo. Me encuentro con la mirada de Addison.

—Me alegro de verte —dice Braden con brevedad.

—Y yo, como siempre —responde secamente y luego me tira del otro brazo y me susurra al oído—: ¿Pinzas para los pezones? Típico de Braden.

Me sonrojo de vergüenza y de rabia a la vez. ¿Utilizó pinzas para los pezones con Addie hace once años? E incluso si lo hizo, ¿debería importarme?

Braden me lleva con rapidez a nuestra mesa, donde nos sentamos. Los camareros colocan los platos delante de nosotros casi de inmediato.

—No dejes que te afecte —me dice Braden.

Asiento.

Sin embargo, ya ha me ha afectado. Pinzas para los pezones. Las pequeñas joyas que me dan tanto placer están ahora manchadas. ¿Y ella cómo lo sabe? No son visibles. Solo se ven mis pezones erectos —me aseguré de ello en el espejo— y no soy la única aquí con pezones erectos. Ni de lejos. Además, de alguna manera se enteró de mi publicación para New England Adventures. Todavía no he recibido el contrato refrendado por Tammy, por cierto.

—Braden —digo.

—Dime.

—Está tratando de acabar conmigo. —Me apresuro a contarle lo de New England Adventures.

—Yo me ocuparé de eso —responde.

—¡No! No es eso lo que quería decir. No quiero que te involucres. Este es *mi* problema.

—Lo único que hace falta es una llamada rápida al sitio de los globos.

—Por favor, no. No te lo he contado por eso.

—Entonces, ¿por qué me lo has contado?

«Porque eres mi novio. Porque necesito hablar contigo de cosas que pasan en mi vida. Porque si algo me molesta, debería importarte. Porque, porque, porque...».

No digo nada de eso.

—Skye, si me cuentas un problema, le encuentro una solución. Es lo que hago.

—No te estoy pidiendo una solución. Por favor. Me encargaré de esto yo misma.

—¿Estás segura?

—Por supuesto que sí. Vamos a cenar.

El salmón *en croute* con espárragos y salsa de nueces me sabe a serrín. Ni siquiera el *bourbon* que me trae Braden ayuda a levantarme el ánimo. Addie me ha arruinado la noche. Ni siquiera los montones de «me gusta» y comentarios en mis dos publicaciones de hoy me ayudan. Silencio mi teléfono para no tener que seguir escuchando los pitidos.

Se sirve el postre y el maestro de ceremonias, algún pez gordo del gremio de la ópera, ocupa el centro del escenario.

—Gracias a todos por estar aquí esta noche —dice.

Lo reconozco. Es George, el tipo que Braden me presentó al principio de la noche.

—Me complace informar de que hemos superado las donaciones previstas para la noche gracias a nuestro generoso benefactor, que ha duplicado todos nuestros ingresos. Por favor, dadle un aplauso al mismísimo Braden Black de Boston.

Braden se pone de pie en medio de un atronador aplauso. Su comportamiento es estoico, como siempre. Acepta los aplausos con elegancia y se sienta después de varios segundos, cuando empiezan a menguar.

George sigue hablando y Braden se vuelve hacia mí.

—Hora de irse —me dice.

—¿Ahora? ¿Mientras está hablando?

—Sí. Ahora. Antes de que te arranque ese vestido aquí mismo.

Para mi sorpresa, Christopher no nos está esperando. Lo hace una limusina. Un chofer al que no reconozco abre la puerta, y entro en la parte trasera mientras Braden me sigue. El interior está decorado con cuero rojo y negro. Aspiro la fragancia terrosa y ligeramente dulce.

—¿Dónde está Christopher? —pregunto cuando estamos seguros en la limusina.

—Tiene la noche libre.

—Ah.

—No pensabas de verdad que podría esperar hasta que llegáramos a mi casa para tenerte, ¿verdad?

Trago saliva.

—Yo... no lo había pensado.

Se acerca a mí, me quita con cuidado los tirantes de los hombros, dejando al descubierto mis pechos, y después le da un buen tirón a la cadena que los une.

Chillo.

—Eso es. He estado pensando en esas pinzas para los pezones toda la noche, Skye. Cada vez que te miraba. Cada vez que alguien te miraba.

—Nadie me ha mirado —contesto.

—No, descaradamente no. No se atreverían. Pero miraban, nena, y cada vez que lo hacían, pensaba en lo que te haría esta noche en esta limusina. Lo que yo, y nadie más que yo, te haría.

—¿Y qué es lo que vas a hacerme? —pregunto.

Vuelve a tirar de la cadena.

—Voy a volverte tan loca como me has vuelto a mí toda la noche.

Estrella su boca contra la mía.

La abro al instante mientras él sigue tirando de la cadena junto con los empujones de su lengua.

Con un rápido movimiento, me tiene en su regazo, con el vestido alrededor de la cintura y mis pezones con pinzas a la vista. Nos besamos y nos besamos y nos besamos, mientras el ritmo de los tirones de la cadena se vuelve discordante y sin sentido. Es emocionante.

Necesito respirar. Pero, madre mía, no quiero romper este increíble beso. Al final, separa su boca de la mía, con los labios hinchados y brillantes.

—Joder, vaya tetas —dice.

Me levanta la falda y me arranca las bragas. Luego, sosteniéndome a un lado, se desabrocha el cinturón, se desliza los pantalones y los calzoncillos por las caderas, todo ello con su única mano libre. Su miembro sobresale, duro y hermoso como siempre, la vena azul que lo atraviesa palpitando al ritmo de mis latidos. ¿Me lo estoy imaginando o estamos así de sincronizados?

—Tengo que tenerte ahora mismo. —Me agarra de las caderas y me empuja hacia su erección.

Llena. Tan llena y completa. Estoy lista. Mojada y preparada. Durante toda la noche, las pinzas de los pezones me han provocado, me han mantenido el cuerpo en el límite, me han hecho vivir con la anticipación.

—Cabálgame, Skye —dice con voz ronca.

¿Va a dejar que me haga cargo de verdad? Antes de que cambie de opinión, empiezo a hacérselo rápido y fuerte. No me importa que el conductor esté justo detrás de la pared. A él tampoco parece importarle. Gimo, jadeo, grito su nombre, mientras sé que el chofer puede oírnos.

Los dedos de Braden nunca abandonan la cadena entre mis pechos, tirando de ella de la misma manera discordante mientras me lo follo, así que nunca sé cuándo va a venir.

Mis tetas rebotan mientras me muevo cada vez más y más fuerte.

—Joder. Qué tetas —dice de nuevo, tirando de la cadena. Luego me agarra de las caderas, haciéndose cargo de las embestidas. Ahora lleva él el ritmo y, mientras toma el control, retuerce la cadena entre mis pezones con fuerza, lanzándome en paracaídas hacia un intenso clímax.

Un momento después, se suelta y me estrecha contra él. Las paredes de mi vagina son tan sensibles que siento cada contracción de su miembro.

Cuando ambos bajamos por fin de nuestro subidón, no puedo moverme. Estoy inmóvil, con mi vestido negro alrededor de la cintura como si fuera un cinturón.

Me abraza, manteniéndome cerca, algo que ha hecho muy pocas veces. Me calienta todo el cuerpo.

—Pronto estaremos en casa —comenta—. Tengo una sorpresa para ti.

56

¿Una sorpresa? No sé si estar emocionada o asustada. Estoy ambas cosas, y es una mezcla estimulante de emociones.

Llega la limusina y el conductor nos abre la puerta. Braden le da las gracias y entramos en su edificio. Llama al ascensor.

No digo nada mientras subimos. Nada mientras se abre la puerta.

Nada mientras...

—¡Oh, Dios mío! —Me tapo la boca con la mano.

Sasha corre hacia nosotros, y tiene una amiga.

Es Penny, mi cachorrita del refugio. La agarro y la sostengo, dejando que me salpique la cara con dulces besos de cachorro.

—¿Te gusta? —pregunta Braden.

—¡La amo! La adoro. ¿Cómo lo has sabido?

—Tessa me ha llamado.

—Pero... sabes que no puedo quedarme con ella. Mi apartamento no...

Coloca dos dedos sobre mis labios.

—Lo sé. Vivirá aquí con Sasha y conmigo hasta que consigas un piso nuevo.

¿Un piso nuevo? No me planteo mudarme pronto. Pero no me importa. Braden ha rescatado a Penny por mí.

Por mí.

La calidez del amor que siento por este hombre me abruma. Si tenía alguna duda sobre el rumbo de mis sentimientos, este acto de pura bondad hacia una inocente cachorrita —para hacerme feliz, nada menos— la desmiente.

Estoy enamorada de Braden. Realmente enamorada.

¿No quiere una relación? No puedo permitirme pensar en eso en este momento, no con esta adorable cachorrita jadeando en mi cara y besándome.

—¡Gracias! —chillo—. Muchas gracias.

Penny se escurre de mis brazos y salta al suelo, persiguiendo a Sasha.

—Annika la está entrenando con papel —dice Braden—. Y saldrá junto a Sasha a pasear con Christopher y conmigo. Estará adiestrada en casa en poco tiempo.

—Tiene tres meses —respondo—. No tardará precisamente poco tiempo.

—He tenido perros toda mi vida —contesta Braden—. Sé lo que me espera.

Sonrío. Es probable que lo sepa incluso mejor que yo. En la granja no tuvimos que entrenar mucho a nuestros perros. Tenían el control del terreno y se entrenaban solos para hacer sus necesidades. Les enseñábamos a sentarse y a venir, y eso era todo. Braden siempre ha vivido en la ciudad y los perros de la ciudad deben entrenarse.

—Parece tan feliz ahora —digo—. Ayer en el refugio se sentó en un rincón y no interactuó con los de su camada. Me miró con tanta tristeza que decía: «Por favor, llévame a casa». Me angustié cuando no pude hacerlo. Y entonces Tessa... —Sonrío, con lágrimas en los ojos—. No puedo agradecértelo lo suficiente, Braden. De verdad. Es lo más bonito que alguien ha hecho por mí.

Braden sonríe. Una gran sonrisa que muestra sus dientes perfectos. Una sonrisa que he visto muy pocas veces. La oscuridad que siempre está presente desaparece por un momento mientras me mira a mí y a las perras.

Está feliz.

Braden Black está feliz.

Quiero embotellar este momento y guardarlo para siempre. Mantenerlo cerca de mi corazón y no dejarlo ir nunca.

«Te quiero».

Las palabras revolotean en mi lengua, pero no puedo pronunciarlas. Lo más probable es que no me las devuelva, y no puedo arriesgarme a ese dolor devastador.

—¿Ya sabes cómo la vas a llamar? —pregunta Braden.

—Penny. Le puse nombre en el refugio.

—Ah, ¿sí? Tessa no me lo ha contado.

—Porque no se lo he dicho. Me lo guardé para mí. No pensé que volvería a ver a esta chiquitina. —Tomo a Penny una vez más y acurruco su suave pelaje contra mi mejilla—. La quiero tanto.

De nuevo, Braden está sonriendo. Y, madre mía, es tan guapo. Tan magnífico. No estoy segura de haberlo visto nunca tan devastadoramente hermoso.

Y tomo una decisión. Una decisión verdadera y honesta para esta noche y para el tiempo que me tenga.

Le daré lo que ansía.

Lo he dicho antes, pero aun así he estado luchando contra ello.

Ya no.

Se lo ha ganado.

Mi control.

Se lo entregaré para siempre. Esta noche.

Braden me quita a Penny y saca a Sasha de la habitación y las lleva a las escaleras, donde supongo que Annika u otra persona las atenderá. Nunca he subido por esas escaleras y, aunque siento curiosidad, esta se ve reprimida por el amor que siento por el hombre que tengo delante.

¿Podrá quererme él también?

¿Me querrá él también?

Un hombre no rescata a una cachorrita para una mujer por la que no siente nada, ¿verdad?

No pienso en ello. Quiero estar en la cama de Braden. Quiero mostrarle lo que siento aunque no pueda decírselo.

Quiero darle lo que desea.

—Braden —lo llamo.

Me toca algunos mechones del pelo.

—¿Sí?

—Llévame a la cama. Por favor.

57

No lo duda. Me toma en brazos y se dirige al dormitorio. Las luces del puerto iluminan la madera oscura y la ropa de cama. Más tarde, haré mi última publicación para Susanne junto a esta ventana.

¿Y ahora?

Ahora no pienso en el trabajo. Solo pienso en el hombre que me sostiene con los brazos como si fuera ligera como una pluma.

—Soy tuya —le digo—. Haz lo que quieras conmigo.

Se le oscurecen los ojos.

—Eso es decir mucho, Skye. ¿Estás segura?

—Al cien por cien.

Levanta la mirada hacia el artilugio que hay sobre la cama.

—¿Lo que sea?

Asiento, temblando.

—¿Qué es esa cosa?

—Ya no funciona —responde.

Contengo un suspiro de alivio.

—Era un arnés, en el que podía suspender a una pareja, pero descubrí que ese tipo de juego no me resultaba especialmente agradable.

—Ah. ¿Y a tu pareja?

—Depende de quién fuera.

He abierto la caja de pandora, y de repente desearía no haberlo hecho. Estoy a punto de ceder el control para siempre a este hombre, y no quiero pensar en todas las demás parejas que ha tenido en esta habitación.

—¿Y entonces por qué sigue ahí?

—Es que todavía no he pedido que me lo quiten.

—¿Por qué no?

—Porque he conocido a una mujer que invade mi mente cada maldito segundo. —Me coloca encima de la cama—. Y en lo único que puedo pensar es en todas las cosas oscuras y sucias que quiero hacerle.

Trago. Está bien. Quiero estas cosas tanto como él. Quiero ceder.

—¿Te gustó cuando te até las muñecas? —pregunta.

Asiento, mi cuerpo palpita.

—¿Qué tal esto? —Tira de la cadena entre las pinzas—. ¿Te gusta esto?

Asiento otra vez, inhalando rápidamente contra el tortuoso placer que las pinzas infligen a mis pezones.

—Dilo con palabras, Skye.

—Sí. Me gusta. Mucho.

—¿Te gustó que te tapara los ojos?

—Sí, Braden.

—¿Qué más quieres que te haga, Skye?

Respiro con fuerza.

—Lo que tú quieras.

Levanta las cejas, se sienta en la cama a mi lado y se dedica a hacer muescas en los peldaños del cabecero.

—¿Sabes qué es esto?

—No.

—Mandé diseñar este cabecero especialmente. Tengo ataduras que se aseguran aquí y aquí, y lo mismo en la parte de los pies. Te mantendrán en el sitio, de las cuatro extremidades, te dejarán indefensa por completo, Skye. ¿Y si quiero hacerte eso?

¿Atarte con las piernas y los brazos abiertos y luego hacer lo que quiera contigo?

Me palpita el cuerpo.

—Entonces quiero que lo hagas.

Se levanta y se dirige a la cómoda, abre un cajón y saca lo que parece ser una fusta.

—¿Y si quiero usar esto por todo tu cuerpo mientras estás atada?

—Quiero que lo hagas.

Deja la fusta en el suelo y agarra un objeto de acero inoxidable.

—Este es el dilatador anal que utilicé en tu cuerpo mientras tenías los ojos vendados. ¿Qué pasa si quiero ponerte esto en el culo y después follarte?

Me aclaro la garganta. Estoy decidida a terminar lo que he empezado.

—Quiero que lo hagas.

Deja el dilatador y toma otra cosa, algo que no reconozco en absoluto. Parece un collar, pero tiene una anilla de plata con cuatro brazos que sobresalen. Me estremezco.

—Esto es una *spider gag*, Skye. ¿Sabes para qué sirve?

—No.

—Es una mordaza que mantiene tu boca abierta para que pueda follarla. ¿Y si quiero usar esto esta noche?

He llegado demasiado lejos como para echarme atrás ahora.

—Entonces quiero que lo hagas.

—¿Estás segura?

—Braden —digo—, déjame que sea clara. Me estoy entregando a ti. Te estoy dando el control que tanto deseas. Si quieres ponerme un collar y llevarme con una correa como a Sasha o a Penny, hazlo. Soy tuya.

—¿Esta vez es de verdad? ¿Tengo tu control en esta habitación?

—Sí, Braden. Me rindo ante ti. Te cedo el control. —Ha abierto mi lado oscuro, y, en este momento, no temo nada de este hombre.

Nada.

Lo quiero. Lo quiero *todo*.

Gime, me empuja sobre la espalda, se tumba encima de mí y me da con su pene de golpe.

—¿Ves lo duro que estoy por ti? ¿Ves lo que me haces? Todas las cosas que me gusta hacer, todos los juguetes... Ni siquiera los necesito contigo. Lo único que necesito es tu exuberante cuerpecito, tus preciosos labios separados, esas deliciosas tetas. Tu control. Pero sobre todo te necesito a ti, Skye. Puedo follarte toda la puta noche.

Me abro mientras él desliza sus labios contra los míos, introduce su lengua en mi boca. Todavía estamos vestidos del todo, pero siento que ya estamos haciendo el amor, que nuestros cuerpos ya se han unido de la forma más íntima. Profundiza el beso.

Estoy enamorada de este hombre. Enamorada hasta la médula.

¿Es posible que corresponda mis sentimientos?

Rompe el beso, jadea bruscamente y da un fuerte tirón a la cadena entre mis pechos. Arqueo la espalda y todo mi cuerpo reacciona ante el cosquilleo que sale de mis pezones. Entonces agarra la tela de mi vestido y lo rasga, arrancándolo de mi cuerpo.

—¡Braden!

—Ya te lo he dicho. Mandaré rehacer este vestido las veces que haga falta.

Mis pezones están rojos y tiesos por las pinzas que aún los sujetan. Ahora solo mis bragas negras se interponen entre Braden y yo.

—Agárrate a los peldaños del cabecero, Skye —dice con un tono oscuro.

No dudo en obedecer. Agarro la madera con firmeza.

—No te sueltes —me ordena.

—No lo haré.

Se levanta y regresa a la cómoda.

¿Qué tendrá preparado para mí? Quiero saberlo y, con la misma desesperación, no quiero saberlo.

Pero ahora estoy dispuesta a hacerlo todo.

Tomaré lo que me da, y lo tomaré con gusto del hombre al que quiero.

Vuelve con un trozo de cuerda.

—El nailon —explica— no provoca quemaduras de cuerda.

Asiento mientras me ata con habilidad las muñecas en las extrañas muescas de los peldaños. Tiro en vano de mi sujeción. Estoy segura con sus ataduras. Segura de lo que tiene reservado para mí.

Vuelve a caminar hacia la cómoda y regresa de nuevo, esta vez con un trozo de seda negra. Me tapa los ojos.

—¿Recuerdas la última vez que te privé de la vista?

—Sí.

—Aquello fue para aumentar tus otros sentidos. Pero esta vez no lo hago por eso.

No respondo.

—Esta vez, lo hago porque puedo. Porque tú me lo estás permitiendo.

—Sí.

—No puedes mover los brazos. No puedes ver. ¿Qué más debo tomar de ti?

—Todo lo que tú quieras, Braden.

Tira otra vez de la cadena entre mis pechos. Me arqueo ante la sensación, con los pies apoyados en la cama mientras mis caderas se elevan. Tiro de las ataduras y me apetece recorrer el sedoso pelo de Braden, recorrer su masculina mandíbula y rozar su barba incipiente, tocar sus duros hombros y su musculatura.

Unos sonidos me llegan a los oídos. Se está desvistiendo, creo. Pronto. Pronto me tocará con esas manos ardientes, esos labios firmes, esa verga hermosa y dura.

Pero nada.

Nada, hasta que...

¡Zas!

Un latigazo cae sobre mis pechos, sacudiendo la cadena y las pinzas y provocándome una intensa sensación.

Otro latigazo y luego otro.

—La parte superior de tus pechos se te está poniendo de un color rosa muy bonito, Skye. ¿Quieres que lo haga de nuevo?

—Sí, por favor. Haz todo lo que quieras.

El látigo baja una vez más y después otra. Jadeo y luego suspiro. Jadeo y luego suspiro. Jadeo...

—¡Ah!

Algo me pincha en el pezón. Después, en el otro.

¿Qué ha sido eso?

A continuación, la suavidad, la humedad, la succión de un pezón. El pinchazo no ha sido un pinchazo en absoluto. Braden me ha quitado la pinza sin aflojarla, y ahora está lamiendo y chupando el ya sensible pezón. Estoy tan preparada para él que creo que voy a morirme poco a poco si no se mete dentro de mí pronto.

Pero continúa con su tortuosa provocación, lamiendo y mordiendo mis pezones, y entonces...

—¡Ay!

Algo frío hace que mi aureola se encoja tanto que creo que podría reventar. No me ha dicho que no hable, pero me quedo callada de todos modos.

Tiene mi control. Se lo entrego voluntariamente, y se siente... Se siente *liberador*.

Yo misma me siento libre.

Libre como un pájaro que surca los cielos azules. ¿Quién iba a decir que renunciar al poder podía ser tan liberador? ¿Cómo me siento tan libre cuando estoy atada?

El rastro helado se extiende por mis pechos y después desciende por mi vientre, donde se encharca en mi ombligo durante unos segundos. Luego baja, sobre mi vulva, y...

Me sacudo, arqueándome. La punta del hielo se derrite contra mi clítoris, y es una afluencia de calor y frío que se mezclan en una intensa espiral. Pequeñas gotas caen sobre mis labios, heladas y ardientes al mismo tiempo.

—¡Braden! —grito.

—Nena —dice con voz ronca—, solo acabamos de empezar.

58

La frialdad se desliza dentro de mí entonces, y levanto las caderas contra la invasión. Luego, su boca está sobre mí, sustituyendo el frío por su lengua caliente.

Me devora por completo, lamiendo y chupando, subiendo hacia mi clítoris como si supiera exactamente cuándo lo necesito, pero luego lo deja antes de que pueda alcanzar el precipicio que anhelo.

Es bueno provocándome, anticipándose. Lo disfruta... y, a decir verdad, yo también.

Entonces abandona mi vulva, y yo gimoteo por la pérdida, pero el calor me sube por el cuerpo y me preparo para que introduzca su miembro duro dentro de mí.

Vuelvo a gemir cuando la embestida no llega.

En cambio, una suave caricia en el lóbulo de mi oreja y luego un ronco susurro.

—Sé tu secreto, Skye.

—¿Qué... qué secreto?

—Solo te corres cuando cedes el control.

Mis ojos se abren de golpe bajo la venda. Todo lo que veo es negro.

—¿Te sorprende? —dice en voz baja.

No digo nada. Aunque nunca lo había pensado, sus palabras tienen mucho sentido. Todos estos años he intentado tener un orgasmo y he fracasado una y otra vez. Solo cuando le he cedido el control a Braden lo he conseguido.

Vaya. Hablando de epifanías.

—Te he dado orgasmo tras orgasmo, pero solo cuando te has sometido a mí. Esta noche me has dicho que tu lucha ha terminado. Que tengo tu control.

—S-Sí —respondo.

—¿Sabes lo que eso significa para mí?

—N-No.

—Significa que eres mía, Skye. En esta habitación, en la oscuridad, eres mía.

—Tuya —me hago eco—. Tuya en la oscuridad.

Entonces, me penetra.

Me arqueo ante la invasión, tratando de abrirme para tomar más de él.

—Quiero hacerte mucho más —dice contra mi mejilla—. Mucho más. Y ahora que tengo tu control, lo haré. Pero, por ahora, quiero follarte así, mientras no puedes tocarme, no puedes verme. Tus tetas son tan hermosas, tus pezones rojos por las pinzas y tu pecho rosado por mí. Colores que te he dado, Skye. Colores que demuestran que eres mía aquí en la oscuridad.

—Tuya —repito mientras envuelvo mis piernas sobre sus caderas. Su perfecto trasero está duro contra mis pantorrillas.

Embiste. Embiste. Embiste.

Me deleito en la plenitud, la totalidad de él dentro de mí. Qué bueno. Mejor que bueno, incluso. Esta vez hay algo diferente, algo que no puedo decir lo que es.

Hasta que estalla en mi mente como si siempre hubiera estado ahí.

Me estoy permitiendo sentir la emoción detrás de lo físico.

Yo lo quiero. ¿Me querrá él a mí? No lo sé y, por este breve tiempo, no importa. Voy a sentir la emoción. Dejarme llevar.

Lanzarme a esta unión con todo mi corazón y que le den a las consecuencias.

Lo quiero. Puede que él no me esté haciendo el amor, pero yo sí se lo estoy haciendo a él.

Quiero recorrer con mis dedos sus anchos hombros y su fuerte espalda. Arañarlo. Marcarlo.

Mío.

Esta noche, al menos en este momento, es mío.

Sus testículos me golpean y los sonidos de mi humedad me llevan al borde del abismo.

Al borde.

A la cumbre.

Al precipicio.

Aun así, no llego. No lo logro. Hasta que...

—Córrete, Skye. Córrete para mí.

Una bomba de placer explota en mi interior y se expande hacia fuera, hacia fuera, hacia fuera...

Tapices de color y sonido se arremolinan en mi mente mientras salto al olvido. Un olvido perfecto.

—Eso es, nena. Muéstramelo. Muéstrame cómo te corres por mí.

—¡Braden! —grito.

Luego más palabras, algunas desordenadas, otras completamente ininteligibles. Porque ahora todo es fantasía. Ya ni siquiera tiro de mis ataduras, porque de repente todo tiene sentido. Un perfecto sentido. Todo y nada al mismo tiempo.

Todo.

Simplemente todo.

Se lo doy todo a Braden. No solo mi control, sino también mi corazón. Ya sabía que estaba enamorada, pero ¿ahora? Estoy perdida sin él.

Perdida sin darle todo de mí.

Embiste por última vez y se corre, y, cuando siento que se contrae, llenándome, sé que esto es lo que he estado buscando. Esto.

Solo esto.

—Eres preciosa —dice Braden, acariciándome la mejilla—. Tienes un aspecto increíble recién follada.

Me quita la venda y me suelta las muñecas.

Las froto instintivamente, aunque no tengo rozaduras ni me duelen.

Me ha cuidado muy bien.

Miro por sus increíbles ventanas del suelo al techo hacia el puerto centelleante.

Esto.

Es todo esto.

Así es como me haré la última foto para mi contrato con Susanne Cosmetics. Me envolveré con una sábana, dejaré mi pelo despeinado de recién follada y haré que Braden me haga una foto de perfil contra la ventana.

—¿Lo harás? —le pregunto después de contarle mi plan.

—Lo haré. Pero no puedes publicar que estás en mi casa.

—Yo no haría eso —le respondo—. Nuestra vida privada es privada.

—No te sorprendas si el *Babbler* escribe algún artículo sobre esto.

—Tienes razón. Me pondré una bata en lugar de una sábana.

—Joder, no, Skye. Ponte la sábana. Venderás tanto tinte labial que Eugenie, o como se llame, se quedará a cuadros.

Me levanto, voy al baño, me quito el Night on the Town y me aplico el Cherry Russet. Me paso los dedos por el pelo para que el desorden haga que parezca que esté despeinado pero arreglado. Perfecto.

Preparo la toma, encuentro el lugar en el que la iluminación es perfecta y le paso mi teléfono a Braden.

—Ponte aquí. Quiero una foto de perfil contra el puerto. Asegúrate de sacar una buena foto de mis labios.

—Espera —dice él.

—¿Para qué?

—Ahora lo verás. —Se dirige a su armario, rebusca y vuelve con un objeto negro. Me lo entrega—. Ponte esto.

—¿Un antifaz? —Es de satén y tiene unas plumas negras y una gran joya de cristal que sobresale en abanico a un lado. Casi me da miedo tocarlo porque parece muy delicado. Me quedo mirándolo unos minutos.

—Confía en mí —me dice—. Ve al baño y póntelo. A ver qué te parece.

Asiento y me meto en el baño, asegurando la sábana a mi alrededor. Me pongo el antifaz sobre los ojos...

Y me transformo. Mis ojos resaltan contra su negrura. Pero ¿y mis labios? No resaltan. No, esa es una palabra demasiado suave. El rojo carmesí parece más vibrante de lo que es, casi como si el resto de mí se hubiera desvanecido en blanco y negro.

Braden tiene razón.

Me ajusto un poco el pelo despeinado para acomodar el antifaz y luego vuelvo a la ventana donde Braden me está esperando, todavía con el teléfono en la mano.

—Estás impresionante —me dice.

—Recuerda que lo que estoy haciendo es promocionar el tinte labial.

—Haré varias fotos —me responde—. Conseguiremos una buena.

Voy a mi lugar en la ventana.

—Sonríe —dice. Pero, luego, añade—: No, no lo hagas. Separa tus labios de esa forma tan sexi.

Me río y después muevo la boca hacia mi expresión normal. Espero que se refiera a eso.

—Perfecto.

Hace varias fotos y mira la pantalla.

—La segunda, Skye. Usa la segunda.

Le quito el teléfono y examino las fotos. Aunque prefiero la cuarta, ya que mis labios son más visibles, entiendo la opinión de Braden. En la segunda, mi mirada parece enfocada en nada en particular, como si estuviera contemplando el puerto. O la noche. O el antifaz que llevo. O el hecho de que me acaban de follar increíblemente bien. O cualquier cosa. Eso no importa. Lo que importa es el aspecto etéreo de la foto. Captura a la perfección un momento perfecto.

La segunda será. Hago algunas ediciones rápidas y publico la foto.

Tinte labial Cherry Russet de @susannecosmetics. Perfecto para todos los momentos de la vida. #colaboración

Sin más etiquetas que la requerida. Solo el texto.

No hay nada más que decir.

Braden camina hacia mí y me rodea con los brazos. Contemplamos la belleza del puerto, con la luna brillando y lanzando destellos de plata sobre los barcos.

—Tengo más cosas reservadas para ti —susurra—, ahora que te controlo en la oscuridad. ¿Me seguirás hacia la oscuridad, Skye? ¿Confiarás en mí para que te dé todo tipo de placer?

Sonrío contra su hombro.

—Sí.

Me besa la frente.

—No puedo creer lo que voy a decir.

Me alejo un poco y me encuentro con su mirada. Me está mirando. Su mirada es auténtica, y siento, casi por primera vez, que me está viendo de verdad.

—¿El qué? —pregunto.

—Tal vez... —Su voz es baja, hipnótica—. Tal vez podamos darle una oportunidad a esta relación.

Me invaden oleadas de felicidad y no puedo evitarlo.

Digo las palabras.

—Te quiero, Braden.

Los segundos pasan. Segundos que parecen horas mientras se me acelera el corazón. Hasta que...

—Yo también te quiero, Skye.

59

El lunes me llega un correo de Eugenie.

Skye, las publicaciones han sido fabulosas, sobre todo la última. Estabas radiante, ¡y las ventas del Cherry Russet se han disparado! Además, también estamos recibiendo pedidos del Night on the Town. Te he hecho la transferencia de los cinco mil dólares restantes a tu cuenta, además de una bonificación de mil dólares por la publicación adicional sobre el Night on the Town. Quiero reunirme contigo en persona para hablar de nuestro próximo acuerdo. ¡Estamos muy contentos! Me volveré a poner en contacto contigo para fijar las fechas para que vueles a Nueva York. ¡Muchas gracias!

Sonrío y me abrazo a mí misma. Puede que Addison haya arruinado mi sesión de fotos en globo, pero Eugenie está contenta. Echo un vistazo rápido a mis publicaciones. Las fotos son buenas. No, no solo buenas. Son geniales, y he ganado otros diez mil seguidores. Me falta mucho para sobrepasar los diez millones de Addie y puede que nunca lo consiga. ¿Y si no lo hago? No pasa nada. Estoy haciendo buenas fotos. Puede que todavía no cambien el mundo, pero algún día haré una foto que la gente recuerde siempre.

Me he librado de Addison Ames, estoy ganando dinero, tengo una cachorrita nueva adorable y estoy enamorada de un hombre increíble que también me quiere. Todavía sé muy poco sobre Braden, pero él ha rescatado a Penny por mí. Salvó a un cachorro. Por mí.

En realidad, ¿qué más necesito saber?

Después de ducharme y vestirme, tomo el metro para ir a la Bark Boutique el lunes temprano. ¡No veas si se sorprenderá Betsy cuando sepa que tengo una nueva cachorrita!

Cuando me bajo del metro, suena el teléfono. Es un mensaje de Braden.

«Prepárate para esta noche. Voy a llevarte a donde nunca has ido antes».

Las chispas me chisporrotean bajo la piel. ¿Qué habrá querido decir? ¿Está siendo literal? ¿Me va a llevar a algún sitio? Lo dudo. Probablemente sea una nueva aventura en el dormitorio. Podría significar cualquier cosa y no quiero saberlo casi tanto como quiero saberlo. La sorpresa aumenta la anticipación. Mi cuerpo ya está ardiendo.

Escribo rápidamente una respuesta.

«¡Me muero de ganas!».

Luego, entro en la tienda de Betsy. Ella sonríe y me hace señas para que me acerque al mostrador.

—Skye, ¿qué estás haciendo aquí?

—Necesito de todo. Un collar. Un plato para perros. Un transportín. Golosinas y juguetes.

—¿Para el perro de Tessa?

Sonrío.

—No, para el mío.

—¿Tienes un perro? —chilla.

Asiento.

—Es la cachorrita adoptada más dulce del mundo y tiene unos tres meses. Se llama Penny.

—Pero dijiste que en tu casa no se admiten perros. ¿Te vas a mudar?

—Ahora mismo no. Mi contrato de alquiler no termina hasta dentro de seis meses, pero ella se va a quedar en la casa de Braden hasta entonces.

Betsy deja de sonreír.

—Ah.

—¿Qué ocurre?

Sacude la cabeza.

—He estado dándole muchas vueltas a esto, Skye. No hay manera de evitarlo. No puedo decirte lo que sé.

—No te he pedido que lo hagas.

—Pero lo has hecho.

—Sí, antes. Pero el pasado ya no me importa, Bets. Lo quiero.

Vuelve a sacudir la cabeza.

—Mierda.

—¿Qué ocurre?

—Que lo quieres.

—Sí, y él me quiere a mí.

—¿De verdad?

—Sí. —Me abrazo a mí misma—. Me lo dijo el sábado por la noche. Bueno, en realidad fue el domingo por la mañana temprano.

—Ay, Skye...

—No pasa nada. El pasado ya no importa. No me importa lo que pasó entre él y Addison. Nada importa excepto el presente, y ahora mismo necesito suministros para mi adorable cachorrita nueva. ¿Te puedes creer que Tessa llamó a Braden y le contó lo de la perrita y que él fue directamente a buscarla por mí?

—Me parece muy bonito por su parte —dice ella.

—Pues sí. Estoy muy contenta.

—Me alegro de que estés así, Skye. Quiero que seas feliz.

—Lo soy. Venga, enséñame todo lo que necesito para mi cachorrita.

—Luego lo hago, pero ahora tenemos que hablar.

—Vale...

Va hasta la puerta y la cierra, colocando el cartel de «Cerrado».

Oh, oh... Se me acelera el corazón.

Me lo va a decir. Por fin.

Y no va a ser agradable.

—Ven conmigo. —Me lleva a la sala trasera de la tienda, donde hay una mesa y sillas—. Siéntate. ¿Quieres algo de beber?

—¿Lo necesito?

—Puede, pero solo tengo refrescos y botellas de agua.

De repente, se me seca la boca.

—Agua, por favor.

Saca dos botellas de un minifrigorífico y me tiende una.

—Así que de verdad lo quieres, ¿eh?

—Sí. Desde hace tiempo, pero ahora aún más si cabe. Ha rescatado a una cachorrita por mí, Betsy.

Asiente.

—Voy a contarte algo, pero tienes que prometerme que no se lo dirás a nadie. Ni siquiera a Tessa.

—No sé si puedo prometerte eso. Puede que tenga que hablar con Braden sobre esto.

—Si tienes que hablar con Braden, no puedes decirle quién te lo ha contado.

—Está bien. Trato hecho.

—Ya sabes que Addison acosó mucho a Braden ese verano.

—Sí.

—Encontró su apartamento y fue a esperarlo allí. Consiguió que la invitara a entrar.

—Vale.

—Intentó seducirlo, pero al principio no mordió el anzuelo.

—Bien por él.

—Al principio, Skye. Pero luego sí lo hizo. Se acostaron esa noche.

—¿Solo esa noche?

Niega con la cabeza.

—No. Acabaron acostándose todo el verano y Addie descubrió que Braden tiene... ciertos gustos.

La sensación fantasma de las pinzas de plata me recorre y mis pezones se tensan. Los nervios me raspan los bordes de la piel. No sé si es por el recuerdo de las pinzas o por la aprensión de lo que está por venir.

—¿Qué tipo de gustos?

—Le gusta ser dominante en la cama.

Me recorre una sensación de alivio.

—Ya lo sé.

—Ah, ¿sí?

—Llevo un par de semanas con él. ¿Cómo no voy a saberlo?

—¿Y te parece bien?

—Me respeta, así que sí, me parece bien.

Más que bien, en realidad, pero Betsy no necesita saber eso. Asiente.

—Bien, me alegra oírte decir eso.

—¿No trataba a Addie con respeto?

—La verdad es que no lo sé. Resulta que Addie era sumisa por naturaleza y prácticamente le dejaba hacer lo que quería con ella. Nunca usó la palabra de seguridad.

—¿Tenía una palabra de seguridad?

—Sí. ¿Tú no?

—No. Supongo que nunca he pensado que necesitaría una.

—Puede que tú no, pero Addie definitivamente sí. Adoptó el papel de sumisa...

—Espera. ¿Addison sigue siendo así? ¿Sumisa? Porque estoy segura de no haberlo visto nunca.

—No tengo ni idea, pero a menos que hayas estado en la cama con ella, no lo sabrías de verdad.

—Vale, acabo de tener una visión que no quería tener. Continúa.

—Probaron muchas cosas y Addie siempre estaba dispuesta a más. Me lo contaba todo, y admito que me quedaba fascinada con sus historias. Hicieron algunas cosas pervertidas y ella estaba feliz de dejar que él hiciera lo que quisiera.

—¿Como qué? —le pregunto sin estar segura al cien por cien de querer saberlo de verdad.

—Empezaron de forma inocente con un poco de *bondage*.

Recuerdo la vez que Braden me ató las muñecas con su corbata de seda. Eso parecía bastante inocente en ese momento. Luego me ató con una cuerda a su cabecero. ¿De forma inocente? Tal vez...

«Un poco de *bondage*».

—A Addie le gustaba, quería más. Ambos eran jóvenes e inexpertos, y llegaron a hacer cosas para las que ninguno estaba preparado.

—¿Qué tipo de cosas? —Trago de manera audible.

—No estoy segura, pero Addie quedó trastornada después de que hicieran algo.

—¿Se hizo daño?

Una parte de mí no quiere saberlo. Una parte de mí no quiere ni siquiera contemplar la idea de que el hombre por el que he perdido mi corazón, el hombre que rescata cachorros, sea capaz de hacer daño a otro ser humano, aunque sea a Addison Ames, una mujer que parece decidida a convertirse en mi némesis.

—No —contesta Betsy—, pero no fue la misma desde entonces. Y luego...

Se hace el silencio durante unos segundos hasta que no puedo soportarlo más.

—¿Qué? ¿Y luego qué?

—Madre mía... Odio tener que contarte esto.

—¿Qué? Cuéntamelo, Betsy, por el amor de Dios. No me dejes a medias. ¿Qué?

—Cuando ella se negó a volver a acostarse con él —dice Betsy mientras cierra los ojos, hace una pausa y luego los abre—, él la dejó de una manera muy fría y le rompió el corazón. Nunca volvió a ser la misma. Tardó una eternidad en recuperar la confianza en sí misma. En realidad, hasta que su Instagram despegó.

¿Addie perdió la confianza en sí misma? No le pega nada. Excepto... que piensa que mis nuevos seguidores son una amenaza, lo que no es un peligro para ella. Pero estoy ganando seguidores gracias a Braden...

¿Está todo relacionado de alguna manera? Frunzo el ceño, sin saber qué decir.

Betsy hace una pausa y después continúa:

—Le gusta el sexo oscuro, Skye. Depravado.

Oscuro, sí. Lo sé bien. Pero ¿depravado? ¿A Braden? Nunca me ha parecido moralmente corrupto. Me aclaro la garganta.

—Continúa.

Betsy arruga la frente. ¿Está sorprendida por mi reacción? O más bien decepcionada.

—Es implacable —prosigue—. Presiona y presiona hasta que al fin le dejas hacer lo que quiere. Entonces, te destroza. Es un juego para él.

Mantengo la compostura lo mejor que puedo.

—¿Estás segura?

Asiente con agresividad.

—Sí. Hace creer a las mujeres que se preocupa por ellas, toma lo que quiere y luego se marcha.

Está demasiado alterada por todo esto. Tal vez no tan alterada como ansiosa. Asustada. Por mí.

Por supuesto, Betsy sabe esta información por Addie. Y nadie sabe mejor que yo lo bien que Addie juega con su público. Podría ser fácilmente que Addie actuase como una mujer despechada, tratando de hablar mal del hombre que amaba y que no le correspondía.

Aun así, Braden no quiere hablarme de esta parte de su pasado, así que no tengo ningún punto de referencia. ¿Hasta dónde llegaron Addie y él? No soy una ingenua. Braden tiene un lado muy oscuro, un lado que me atrae mucho. Me ha contado algunos de sus deseos, pero no todos. Sé que quiere más.

¿Cuánto más?

¿Hasta dónde me va a empujar?

¿Y por qué tiemblo de la emoción al pensarlo?

Betsy suspira y se inclina hacia delante.

—Mira. Solo prométeme que vas a tener cuidado, ¿vale? Esto no es solo una fantasía sexual. Braden Black es peligroso.

Me vibra el teléfono en el bolsillo. Sin pensarlo, lo saco.

Es un mensaje de Braden. Noto que se me ha adormecido la piel y la expectación que sentía antes se ha transformado en una aprensión que me enardece y me petrifica.

«Todo está listo para esta noche. ¿Lo estás tú?».

AGRADECIMIENTOS

Conocí a Liz Pelletier por primera vez hace más de una década por medio del Colorado Romance Writers. Yo había publicado algunos libros y había ganado un par de dólares, y Entangled era solo una semilla en la mente empresarial de Liz. Charlamos en las reuniones y salimos de fiesta en las conferencias. (¡Lo que pasa en las conferencias se queda en las conferencias!). Yo seguí escribiendo y Liz fundó Entangled más o menos un año después.

Avancemos diez años. Asistí a uno de los talleres de Liz y comenzamos a hablar. Unas semanas más tarde, nació *Sígueme en la oscuridad.*

¡Hemos recorrido un largo camino, amiga! Muchas gracias, Liz, por tu confianza en mí y en mi trabajo, por tu amistad y orientación y, por supuesto, por tu brillante ojo editorial. ¡Ha sido un éxito!

Gracias también al resto del equipo de Entangled. Stacy Abrams, tú sabes cómo usar de manera correcta el punto y coma y te tengo devoción tan solo por eso, pero también por tu vista de águila como editora de textos. Heather, Jessica, Katie y Curtis: muchas gracias por vuestras contribuciones a este proyecto. Y, Bree Archer..., ¡la ilustración de la portada es muy deslumbrante y provocativa! ¡Es perfecta!

Gracias a las mujeres y hombres de mi grupo de lectores, Hardt and Soul. Vuestro apoyo infinito e inquebrantable me hace seguir adelante.

A mi familia y amigos, gracias por vuestros ánimos.

Gracias sobre todo a mis lectores. Sin vosotros nada de esto sería posible.

Espero de verdad que os haya encantado *Sígueme en la oscuridad*. ¡Braden y Skye volverán pronto!

SOBRE LA AUTORA

La pasión de la autora número 1 en el *The New York Times*, en el *USA Today* y en el *The Wall Street Journal*, Helen Hardt, por la palabra escrita comenzó con los libros que su madre le leía a la hora de dormir. Escribió su primera historia a los seis años y no ha parado desde entonces. Además de ser una galardonada autora de ficción romántica, es madre, abogada, cinturón negro en taekwondo, fanática de la gramática, apreciadora del buen vino tinto y amante del helado de Ben & Jerry's. Escribe desde su casa en Colorado, donde vive con su familia.

helenhardt.com

¿TE GUSTÓ
ESTE LIBRO?

escríbenos y
cuéntanos tu opinión en

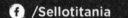 /Sellotitania   /@Titania_ed

 /titania.ed

#SíSoyRomántica